曲學探賾

蔡孟珍 著

臺灣學生書局印行

序

爲自己的書寫序，是件相當愉悅的事，因爲，那畢竟代表著自己又一次耕耘的完成。

可是在學術行旅中，當自己可以攀登上一座大山之後，我卻發現還有更多的山要攀登。倘使在這本書裡，讀者認爲我所寫下的戲曲理論是正確的結果，其實正由大量的錯誤中得出來的。歷史古典，絕不是塵封舊事而是不斷的開展。更何況在戲曲藝術長河中熠熠生光，在重新珍視世界文化遺產呼聲中受到推崇的崑曲，我覺得仍有許多必須完成與塡補的工作猶未著手；有很大一批的疑惑尚待解決；以及雖掌握了理論框架方法，資料面面俱到，有些卻依舊是望文生義的一般泛論必須跨越。

不可否認，從五四以來我們一直活在西方價值觀的複雜與膚淺中，西式教育觀，很難再保持傳統學術訓練那種「文」、「學」兼備的素養，以致「學進文退」。而強調方法學及系統化的治學方式，雖提供迅捷的研究結果，卻又造成學術格局的封閉。以「戲曲」言，其中匠心、深情與境界是中華文化的核心，西方現代理論從未指點出何處高妙，詮釋也未達令人十分激賞的地步。

在這種傳統大量逸出的情況下，研究中國古典戲曲，「欲明曲理，須先唱曲」就格外重要。至於作曲、譜曲、度曲的整套學問，鼓吹千載的舞臺瓌姿，就更不能輕率忽略甚而割捨了。也因此，我重新檢視近十年自己發表於學術刊物上的單篇論文，揀選與曲律、嬗演、音韻相關的部分結集成書。其中〈湯顯祖「拗折天下人嗓子」質疑〉一篇，則是對舊稿大幅修訂，重新判讀，期就教於國內外曲學方家。

學術，本就是一種理想，在研究進程上該有確定的內容與思路，該有準確可遵循的方向感。十年來，我個人研治曲學的心得是：「與古人商榷，與今人辨疑。」，在優雅的古典戲曲中，「能傳古人之神，方爲上乘。」我始終以此自勉，也寄望拋磚引玉，未來有更多古典戲曲的研究者能由唱演入手，力掃凡響，變爲新聲，重新呈現中國古典戲曲的精緻風華。

二〇〇二年冬至　蔡孟珍　序於度曲樓

曲學探賾

目次

由表演美學論古典戲曲的特殊綜合歷程

前言

戲曲的生命在舞台，不能付諸氍毹搬演的案頭劇，永遠無法體現戲曲的本色，由此可知表演美學洵是決定戲曲風格、特色的重要關鍵。

我國古典戲曲以滄海納百川之態勢，吸取各曲藝伎樂芳華，匯成綜合度極高的一門藝術。在文學方面，它幾乎囊括所有的文學體裁，如詩、詞、賦、駢文、散文、小說等無不被其吸收融化，以作爲展開戲劇衝突和塑造人物形象的手段，正如孔尚任《桃花扇・小引》所言：「傳奇雖小道，凡詩、賦、詞、曲、四六、小說家，無體不備。至於摹寫鬚眉，點染景物，乃兼畫苑矣。」音樂方面，它涵融宋詞、大曲、鼓子詞、唱賺、諸宮調、金元蕃曲，與各地聲腔曲調之集粹；在搬演方面，它直接繼承古優之歌舞、漢角觝戲、唐宋參軍戲、滑稽戲……等優秀傳統；在意境方面，又每與書法、繪畫、雕刻等他種藝術基礎密然相關。故古典戲曲的搬演繁複而多姿，演員藉著歌唱、賓白、科介的表現方式，融入五光十色的舞蹈、武術、曲藝、雜技，以戲劇化、虛擬化、程式化的表演手法鋪展劇情，使觀眾涵泳於一幕幕的美感經驗。正因爲它具有文化積澱性與藝術綜合性極高的特色，因而在表演方式上形成與他國迥然不同的美學品格。

每種藝術表現皆有其特有的美學思想作爲指導，在中外戲劇美學比較勃興之際，由於傳統戲曲美學理論未見發皇，西方戲劇又藉電影、電視諸傳媒而廣爲大眾所接受，一般對我國古典戲曲之表現手法，或未諳其趣而妄詆爲落伍，或但賞其趣而不知其所以然，以致古典戲曲之表演美學湮沒不彰，是本文擬振葉尋根、觀瀾索源，嘗試就傳統戲曲已然形成的表演特色與風格，探討其所以形成之特殊綜合歷程。

壹、詩樂舞相融之美

我國古典戲曲自孕育、形成至繁盛，在藝術型態上始終堅持詩歌、音樂、舞蹈三位一體的綜合觀念，即藉詩、樂、舞緊密而有機結合的表演方式，使觀眾聆賞「有聲皆歌，無動不舞」的豐富舞台藝術。反觀西方戲劇則不然，古希臘悲喜劇雖亦有詩樂之綜合表演，然其綜合方式大體以對話式的劇詩爲主幹，再加入歌隊演出，屬於物理性的結合，與我國戲曲詩樂舞密不可分的「化合」性質迥異其趣，故發展至文藝復興時期，西歐戲劇即出現大分化現象，分化出話劇、歌劇與芭蕾舞劇三種。就表演手段而言，話劇僅突出語言和動作的作用，歌劇僅強調歌唱的作用，舞劇又只偏重動作和表情的作用，三者所產生的審美效果皆較單純。我國古典戲曲則自萌芽以來即運用唱、唸、做、打等多種方式，與表演作直接、有機的綜合，即唱唸的詩歌化、音樂化，與做打的舞蹈化，引起多樣而複合的審美效果，創造出中國戲曲舞台豐富多姿的藝術魅力。

何以詩、樂、舞三者在我國戲曲舞台上能相融無間而不分化？這與古典戲曲體系的開放性有關。我國藝術理論向來強調不同藝術型態之間可相互溝通❶，《禮記·樂記》有云：「詩，言其志也；歌，詠其聲也；舞，動其容也。三者本於心，然後樂器從之。」「說之，故言之，言之不足，故長言之，長言之不足，故嗟歎之，嗟歎之不足，故不知手之舞之，足之蹈之也。」各種藝術的不同表現樣式之所以能彼此聯繫，其根本原因在於人類情感表達的內在需求，故諸藝術之間不可能永遠滲不相涉。而中國美學與西方相較，又更重視人心內在情感的抒發，使得詩樂舞的結合顯得自然而緊密。西方美學主張「摹仿

❶ 我國藝術理論的開放性，亦與古代和合為美的哲學有關，如《國語·鄭語》云：「夫和實生物，同則不繼。以他平他謂之和，故能豐長而物歸之。若以同裨同，盡乃棄矣。故先王以土與金、木、水、火雜，以成百物。是以和五味以調口，剛四支以衛體，和六律以聰耳，……聲一無聽，物一無文，味一無果，物一不講。」〈樂記〉云：「和，故萬物皆化」；「和，故百物不失。」《國語·周語》云：「樂從和。」葛洪《枹朴子·博喻》亦云：「匪和弗美」。

說」，如亞里士多德《詩學》云：「人從孩提的時候起就有摹仿的本能，人和禽獸的分別之一，就在於人最善於摹仿，他們最初的知識就是從摹仿得來的，人對於摹仿的作品總是感到快感。」「史詩和悲劇，喜劇和酒神頌，以及大部分雙管簫樂和豎琴樂——這一切實際上是摹仿。」摹仿說雖亦論及主體，但就整個美學體系而言，卻是側重客體。中國美學則主張「物感說」，〈樂記〉云：「凡音之起，由人心也。人心之動，物使之然也。」劉勰《文心雕龍》云：「人稟七情，應物斯感，感物吟志，莫不自然。」鍾嶸《詩品》亦云：「氣之動物，物之感人，故搖蕩性情，形諸歌詠。」物感說雖亦論及客體，實則強調主體，認爲一切文學藝術皆是主觀情感之抒發。〈毛詩序〉也一再強調由於「情動於中而形於言」，故「言之不足」可以嗟歎，可以永歌，更可以進而手舞足蹈，連續運用不同的藝術表現方式，藉以抒發內心躍動奔騰的情志。而歌聲、音樂、舞姿三者都具有在時間單線中承續運動的特點，是一種屬於時間的動態藝術，不善於靜止客體的描繪，而長於直接抒情，在本質上正與中國重人重抒情的美學思想深相契合，故詩樂舞在我國古典戲曲舞台上能相融無間，而在西方美學重物重摹仿影響下的戲劇表演中，則難免有所分化。

至於詩樂舞相融程度的高低、繁簡，實與我國古典戲曲的孕育與發展息息相關。如《呂氏春秋·古樂》記載：「葛天氏之樂：三人操牛尾，投足而歌八闋。」描繪初民狩獵之歌舞；年終歲暮，先民亦有爲酬謝與農事有關的八位神靈而舉行的「蜡」祭和天旱求雨的「雩」祭等歌舞儀式❷。商周之際，已有手執雉翟而舞的文舞，如「韶舞」，以及手執干戈而舞的武舞，如「大武」。據《史記·樂書》所載，「大武」之樂係周公攝政六年之時，於宗廟演奏，以象武王伐紂之事，其規模體制隆重而莊嚴，已非初民祭祀時簡單而自發性強的天然韻律，它雖是詩樂舞相融表演，但由於舞蹈內容極富象徵意義，抒情性高於敘事性，以致孔子與賓牟賈所感受的意見頗爲相左。

❷《孔子家語·觀鄉》：「子貢觀於蜡。孔子曰：『賜也，樂乎？』對曰：『一國之人皆若狂，賜未知其爲樂也。』孔子曰：『百日之勞，一日之樂；一日之澤，非爾所知也。』」《周禮·春官·宗伯》：「司巫，……若國大旱，則帥巫而舞雩。」

上述諸般歌舞敘事性的薄弱，使它們離戲劇的產生還有一段距離，而先秦時代的儺、優孟衣冠、巫覡等之所以常被視爲中國戲劇的萌芽階段，即因具備歌、舞、樂相融之特質；漢初的百戲，將角觝武術舞蹈化，並以舞蹈表演故事，其中「東海黃公」已具戲劇雛型；隋唐的歌舞戲如「踏謠娘」等進一步將歌舞相結合，以歌唱和舞蹈表演故事；唐代參軍戲與宋代滑稽戲，以語言和動作表演故事，皆爲未來的戲曲提供重要的表現手段。綜觀元代以前之戲曲，因其表演內容簡單，詩、樂、舞相融之表演方式亦各有所偏，故僅屬「小戲」階段；自元以降，由於說唱藝術中音樂、搬演與故事題材之豐沛資源，使得南戲、北劇蔚爲「大戲」。而今我們無論欣賞南曲戲文、元雜劇、明清傳奇乃至各地方劇種之演出，皆可發古典戲曲中詩、樂、舞三位一體之綜合特色，進而享受「聽覺形象音樂化，視覺形象舞蹈化」那種審美型態多樣化的完美境界。

齊如山曾云：「東西洋之劇，均有舞無歌，或有歌無舞，中國劇，則同時歌舞并作。且西洋之舞，只有板眼，而中國之舞，則不但有板眼，且舞之姿勢，須與詞句之意義相合；舞之動作，亦須與腔調相合。」❸正因爲詩樂舞相融之美是我國古典戲曲的重要特質，因而一位戲曲演員，自然必須嫻熟唱唸做打諸般功夫，才算技藝精湛，誠如俞大綱在「西方人的國劇觀」中所言：「他（國劇演員）必須做到圓熟的掌握肢體運作，控制自如的嗓音，來表達感情思想，使他所扮演的人物成爲視覺中的眞實人物。因此一個中國舞台成功的演員，應當是舞蹈家、歌唱家、戲劇家三者合體的藝術家。」❹古典戲曲的表演藝術要求如是嚴格，它所散發的藝術魅力與他種文學或藝術相較，相對地顯得高妙而完整。

❸ 見《中國劇之組織》頁廿七。

❹ 見民國六十三年十月三日聯合報副刊。

貳、意境深美的抒情傳統

我國古典戲曲重在揭示人物的內心世界，強調主體情感的抒發，對於劇本的整體架構、事件進展過程以及思想哲理性等問題，編劇的重心與觀眾的興趣均不在此。在戲曲舞台上最受注目的焦點是劇中人物的心靈歷程，腳色剎那間曲折細膩的心境活動成了特寫境頭，這種不以情節取勝，而以情感取勝的戲曲美學，正是古代戲曲理論「曲貴傳情」的重要體現。如明、王驥德《曲律·雜論第三九下》云：「持一情字，摸索洗發，方挹之不盡，寫之不窮，淋漓渺漫，自有餘力。」認爲劇作家能掌握戲曲抒情的重點，則有無窮的寫作空間。清代李漁《閒情偶寄》亦云：「七情以內，無境不生。」「務使一折之中，七情俱備。」洪昇《長生殿·自序》明白指出：「從來傳奇家非言情之文，不能擅長。」黃周星《製曲枝語》直探戲曲堂奧而稱「論曲之妙無他，不過三字盡之，曰：『能感人』而已矣！」劇作家只有「寫情之至」、「極情之變」，才能使場上之曲達到傳情動人的境界。

古典戲曲之所以側重抒情精神，可謂淵源甚深。如前所言自先秦以來我國「物感說」所形成的美學系統即與西方「摹仿說」迥異，而詩樂舞三位一體的綜合藝術，更使我國文學傳統走向明顯的抒情路線，陳世驤〈中國的抒情傳統〉一文明白指出：「中國所有的文學傳統是抒情詩的傳統」❺。詩言志，故重抒情，白居易云：「感人心者，莫先乎情。」❻他如詞、曲、歌、賦、散文、小說等一切文學作品莫不皆然，戲曲既是諸多文學體製的集成與綜合，當然無法自外於此一抒情傳統。尤其戲曲是一種音樂性極強的藝術，唱腔旋律固是音樂，唸白亦有其韻律節奏存在❼，尤其人物內心的轉折與外在舞蹈動作，莫不藉鑼

❺ 參《陳世驤文存》頁三七，民國六十四年，志文出版社。

❻ 見《白香山集》卷廿八〈與元九書〉。

❼ 歐洲各國的語言只強調重音而已，中國的語言卻富有音樂性極高的四聲乃至八調，因而不僅在演唱時旋律起伏變化多姿，就是在唸白時也自有它的韻律節奏存在，故歐洲歌劇僅有宣敘調而無唸白，中國戲曲則既有敘事性的曲調，又有初步音樂加工的散白、節奏感較強

鼓輕重緩急的節奏性來表現，如大至萬馬奔騰、山疊雲湧的氣勢，細至絃斷珠落、秋波流轉的微妙撞觸，其情境氛圍皆可烘托得出，故李漁稱「戲場鑼鼓，筋節所關。」戲曲的舞台表演既如是倚重音樂，而我國在先秦時代音樂發展已臻高峰，當時見諸記載的樂器幾近七十種，僅《詩經》一部即有廿九種之多，周穆王時我國樂器亦已傳至中亞一帶，而同時期的古希臘，則但見七絃琴、奧洛斯管等數種樂器而已❽。值得一提的是，古典中國音樂的蓬勃發展，促使文學作品走上抒情路線，然而抒情濃度的提高，在另方面卻妨礙了敘事成份的發展，因此，當時希臘已出現《荷馬史詩》的宏偉敘事詩，而我國則產生《詩經》、《楚辭》等深婉的抒情詩，敘事詩的不發達，也是我國戲曲較晚孕育與

的韻白以及半唱半唸的引子，而唸白的咬字訓練甚至比唱的難度高，故有「千斤說白四兩唱」之說，由於中國語音蘊含很高的音樂性，使中國戲曲從唸白到歌唱的過渡十分自然，儘管傳統戲曲中有大量唸白，也不會給人「話劇加唱」的感覺。詳參拙著《曲韻與舞台唱唸》頁三四～三五，民國八十六年，里仁書局。

❽ 參楊蔭瀏《中國古代音樂史稿》上冊頁三四～四一。

成熟的重要原因❾。漢代角觝戲中有名的「東海黃公」既已具備戲劇雛型，爲何我國戲曲發展遲至金元才蔚爲大觀？其間的北齊蘭陵王代面，隋唐歌舞等何其繁盛，但總與戲劇有段距離，就戲劇發展軌跡而言，似乎是一種退步，其原因主要在於東海黃公的表演側重的是武術舞蹈，尚未充分掌握戲劇是以敘事詩創造形象的主導原則，而我國文學自來即以抒情爲主流，漢魏六朝時才出現〈孔雀東南飛〉、〈木蘭詩〉此類眞正的敘事詩，但究非主流，遲至唐代變文俗講，敘事成份乃漸次增高，到宋金雜劇院本時，因爲歌舞表演、說唱藝術與滑稽戲等三種表演藝術，因緣際會地同在瓦舍、勾欄中表演，長期相互吸收影響的結果，終於導致敘事詩創造形象的原則向戲劇體詩創造形象的原則的轉化，這種轉化刺激戲劇迅速發展，終而蔚爲大國。

抒情精神既是古典戲曲淵源深遠的主調，爲何仍有部分人士批評傳統戲曲是無情的？如錢玄同說：「中國舊戲，專重唱工，所唱之文句，聽者本不求甚

---

❾ 詳參沈達人《戲曲的美學品格》頁四〇～四三，一九九六年，中國戲劇出版社。

解，而戲子打臉之離奇，舞台設備之幼稚，無一足動人感情。」二十世紀初的劇場不打字幕，演員的唱唸咬字須合曲韻矩矱，故與日常用語的字音略異，臉譜與舞台又多採象徵方式，演員的舉止言笑與現實生活略有差距，乍見之下，總不若西方話劇來得寫實而自然，故在五四運動棄舊揚新的潮流下，被詆爲幼稚、無情。事實下，若靜心了解古典戲曲的程式意義與它特有的寫意手法，當不難體會出它所抒發的是一種幽邃美妙的深情，它不像寫實話劇表達得那樣直接，與生活貼得那麼近，那樣具有感官刺激的效果。我國古典文學中的抒情性往往與意境美密不可分，故王國維在戲曲文學中獨標元劇，主要在於它「有意境」⑩。意境美的強調，使我國形成與西方截然不同的戲曲鑑賞理論，西方認爲「沒有衝突就沒有戲劇」，事件安排講究高潮迭起，以不斷的衝突凝聚戲劇張力。反觀我國古典戲曲舞台上，有多少絕妙好戲都是情節簡單，既無矛盾衝

⑩ 王國維《宋元戲曲考》第十二章云：「元劇最佳之處，不在其思想結構，而在其文章。其文章之妙，亦一言以蔽之曰：有意境而已矣……古詩詞之佳者，無不如是，元曲亦然。」

突，有時甚至毫無劇情可言，如《牡丹亭》幾乎沒有衝突事件，其中迄今仍爨演不輟的〈遊園〉、〈尋夢〉、〈拾畫〉、〈叫畫〉等更都是情節極其單純的齣目，但它如詩如畫，令人流連神往；他如《長生殿》的〈哭像〉、〈彈詞〉、〈雨夢〉；《桃花扇》的〈餘韻〉、《千鍾祿》的〈慘睹〉、《十五貫》的〈訪鼠測字〉、《孽海記》的〈思凡〉；京劇中的〈武家坡〉、〈拾玉鐲〉、〈坐宮〉、〈祭塔〉……等莫不如此，缺乏事件的衝突性，但仍然滿台是戲，令人低迴萬千、百看不厭。這些傳唱盛演不衰的有名齣目，其共同特色在於它們雖然忽略了外在的情節安排，但卻深入地剖析劇中人物的內心世界，即以內心衝突的抒情作爲重點，或借景抒情，以達情景相生之佳境，或托物比興，以臻意在言外之妙境，意境的鏤心經營，使古典戲曲的表演藝術顯得內涵深美而情味雋永。清、劉熙載《藝概》所稱：「委曲盡情曰曲。」即道出古典戲曲的基本特徵在於掌握人物靈魂深處中縈紆曲折、委婉流連的內心律動，而開展出中國式的戲劇衝突。這種細膩委婉、層層刻劃的方式，讓觀眾進入劇中人物的內心世界，與他同悲喜、共苦樂，而不只是浮面地經營外在情節的吉凶禍福，感官刺激式地去激發觀眾表層的情緒反應，如此細心而深層的撥動觀眾心弦，相對地對觀眾的藝術欣賞品味也作了質的提高。

參、靈動自由的舞台時空

不同的美學觀點與審美趨勢，造成中西戲劇時空意識的差異。西方戲劇主張「摹仿論」，一切舞台設計要求酷似現實生活環境，於是採寫實手法，對固定的舞台空間，進行符合幾何學和焦點透視法的裝飾，希望架構出一幕幕合理而眞實的人物活動背景，讓觀眾從「鑰匙孔裡看生活」，佈滿實景的「鏡框式」舞台講究「三一律」，採分幕、分場方式，舞台空間與劇情發生地點是統一的，只要拉開大幕，舞台空間必然規定爲某一個由具體的地點和時間、人物關係所構成的戲劇環境。縱然現今西方戲劇舞台已不再泥守「三一律」原則，而有了多樣化、立體結構式的發展進程，但所強調的仍是舞台物質的再現，質言之，西方的舞台時空環境是客觀存在、可見而再現的。

我國古典戲曲的舞台時空則是非固定性的，它自由而靈動，完全由腳色的唱、唸、做、打來表現與架構，換言之，在腳色未上場時，數尺見方的氍毹是不具任何戲劇意義的。它的上下場門不是與某一劇情發生地點相聯繫的通道，而是腳色出入的抽象渠道，它大可通向天庭月宮、地府鬼域、湖海河渠、崇山峻嶺，小可到達芳苑亭台、繡戶蓬門、街頭巷尾、前廳後院……簡直是天地間一切事物活動往來出入之處。由於舞台的虛擬化，有限的表演空間，得以突破現實，表現出無限的時空流轉，將宇宙間的萬事萬物涵納自如，象徵手法的巧妙運用，使得中國古典戲曲具有「彌綸天地之道，範圍天地之化」的魔力。

古典戲曲的舞台時空處理之所以採寫意方式，實與古代「物感說」的美學思想有關，傳統戲曲的抒情傳統重視人物內心世界的起伏變化，「以心接物」的理念，正如王國維《人間詞話》所稱「物皆著我之色彩」，既以「我」內心的體受來感知萬事萬物，則宇宙一切時空皆可因「我」之移情作用而產生變化，這使我國傳統戲曲的主觀感受時空特點，與西方戲劇相比，顯得自由而靈活。此外，我國古代哲學思想對古典戲曲的時空意識亦有潛在的影響，如周初重視人文精神，典籍中憂患意識、敬、命哲等觀念的出現，實奠定中國精神文化之基型，給後來文化發展以深遠之影響⓫。《左傳》桓公六年隋、季梁云：「夫民，神之主也，是以聖王先成民而後致力於鬼神。」僖公十九年宋、司馬子魚云：「祭祀，以爲人也。民，神之主也。」成公十三年劉康公亦有「定命在人」之說，強調人可超越神而爲天地主宰。漢代以降，人本思想益彰，《禮記・禮運》云：「人者，天地之心也，五行之端也，食味、別聲、被色而生者也。」《說文解字》云：「人，天地之性最貴者也。」劉勰《文心雕龍・原道》云：「人文之元，肇自太極。」釋迦佛教更揭櫫「天上地下，唯我獨尊」的理念，明代劇壇偉傑湯顯祖強調劇作家必須是放眼宇宙的「達人」，而非坐井觀天的「曲士」，才能運用詩樂舞體現出「三才」之精英——人才，達到「我能

⓫ 詳參徐復觀《中國人性論史》第二章「周初宗教中人文精神的躍動」，民國五十八年，台灣商務印書館。

轉法華，不爲法華轉」的境界⑫。人既是宇宙的中心，則在空間觀念方面，戲曲舞台的體現是「景隨人走」，戲曲的景完全帶在演員身上，即整個舞台並非固定不變的客觀環境，而是由演員唱唸身段所表現出的主觀情境，其大小可隨劇情發展而自由延伸或壓縮；在時間觀念方面，亦隨劇中人物之心理感受而可自由伸縮，有時數載寒暑只需數分鐘即可交代清楚，而刹那間之內心轉折，倒可鋪陳敷演個把鐘頭。故西方戲劇以落幕來更換客觀場景，而我國傳統戲曲則以「連場」結構，來迅速轉換腳色主觀的舞台時空。

一切藝術創旨在反映人生、刻鏤人性，而整個客觀世界是無限的，正如《莊子·秋水》所云：「夫物，量無窮，時無止，分無常。」湯顯祖認爲戲曲藝術的極致可以達到「生天、生地、生鬼、生神，極人物之萬途，攢古今之千變」（〈宜黃縣戲神清源師廟記〉）的境界。傳統三四十平方米的小小舞台，如何能涵攝乾坤，包納萬有？它既不像〈清明上河圖〉、〈千里江山圖〉等長卷古畫，

---

⑫ 詳參湯氏〈艷異編序〉，收於《湯顯祖集》，一九八〇年，上海人民出版社。

可由橫向展開而鋪陳，也不能像電影畫面般可隨意推移，使景色上窮碧落下黃泉，於是它得在舞台調度上花心思。阿甲指出這種情境「不得不求助於大幅度的曲線活動，我把它叫做「團團轉」。即是以盤旋曲折的方法去表現千百里程，甚至天涯海角，但步履不越舞台。」⑬演員如一隻甲蟲爬行籃球之上，則有限的時空得以無限擴張，團團轉的原理即在於此，舞台調度把現實生活中的直線運動壓縮成曲線活動，猶如太極圖般運轉無限。如此設計使得舞台空間出現虛擬、象徵的意義，而在同時也給予觀眾想像的空間，在古典戲曲舞台上常見的圓場、趟馬、走邊、起霸、大推磨、扯四門、抄過場、編辮子、三叉花……等，皆是從「團團轉」這種基本的曲線活動所衍化出來。如王實甫《西廂記》第一本第一折〔村里迓鼓〕描寫張生遊殿情形，曲文云：「隨喜了上方佛殿，早來到下方僧院，行過廚房近西、法堂北、鐘樓前面。遊了洞房，登了寶塔，將迴

---

⑬〈無窮物化時空過，不斷人流上下場〉，見阿甲《戲曲表演規律再探》頁一三七～一四〇，一九九〇年，中國戲劇出版社。

廊繞遍。數了羅漢，參了菩薩，拜了聖賢。」舞台上無具體的實景，全靠演員的唱唸身段表現，運用團團轉的基本台步，移步換景式地將佛殿內外景致一一呈現在觀眾眼前心裡。戲曲舞台上此類例子不勝枚舉，如崑劇〈相梁刺梁〉、京劇〈一匹布〉、〈蕭何月下追韓信〉、越劇〈十八相送〉、川劇《柳蔭記·催妝》、祁劇〈昭君出塞〉等皆是。

在舞台時間調度方面，由於古典戲曲舞台採上下場制，分前台表演區和後台休息室兩個部分，其上下場間並非具體的戲劇環境，而是抽象化的腳色出入渠道，前台後台有聯有隔，聯者川流不息，隔者不記年月，一個上場，一個下場，可以短至瞬息之間，也可長至十年八載；甚至在同一場中，時間亦可按劇情需要而自由轉換，如《浣紗記·養馬》一齣，主角小生勾踐與夫人、范蠡在台上各唱一支〈山坡羊〉，而並未下場，每唱完一支，淨丑即上來訓斥他們馬兒養得不好，並藉淨丑的唸白顯示時間已過數日。舞台時間既可按情節推展暢順之需要而加以壓縮，當然也可因腳色心理描繪之需求而予以延伸，如《竇娥冤·斬娥》一折為凸顯竇娥之冤與憤，將竇娥被斬之前的控訴用多支曲牌予以渲染、擴大；京劇〈武昭關〉中，馬昭儀投井自盡前的瞻顧猶疑之情，在現實生活中不過頃刻之間，但在舞台上，卻也被延伸爲數十分鐘的二黃唱段。正因爲古典戲曲舞台遵循的是心理時空的原則，而人物心靈的變化原不受客觀時空局限，心靈時空所依循的是詩的感情的邏輯，故寫實話劇所創造的是「物境」，而具有抒情傳統的古典戲曲所創造的卻是「情境」，屬於情境的舞台時空調度起來自然比物境靈活得多。由於傳統戲曲的舞台時空自由而靈動，觀眾若能深心領會，則不難發現當代影視慣用的蒙太奇⓮、放大、特寫等手法，亦常出現於古典戲曲的舞台表演之中。

⓮ 所謂「蒙太奇」，原是法文建築學上的用語，意思是將材料組接裝配起來。後來電影借用了這個術語，專指由鏡頭的運動和組接而成的特殊的電影語言。蒙太奇的運用，是以人們的聯想和理解能力爲依據，通過畫面的分切、剪輯、組合，使之產生連貫、對比、襯托、懸念、象徵及各種節奏等藝術效果，從而能動地揭示出對象的內在聯繫和意義，組成一部表達一定思想內容而又爲觀眾所理解和接受的影片。詳參《美學百題》頁二〇〇～二〇三，民國七十六年，丹青圖書有限公司。

肆、虛實相生的科範砌末

西方荒誕劇的表演採全然用虛的手法，常予人神秘、迷茫與怪誕的感覺，寫實戲劇則在摹仿論的影響下，採用實物實景，強調「眞實」，努力使觀眾有身臨其境的「幻覺」，「形眞」的表演方式側重在實。中國古典戲曲的表演美學則是虛實相生的巧妙結合，誠如王驥德《曲律》所言：「劇戲之道，出之貴實，而用之貴虛。」道出戲曲的創作與表演不能違背生活的眞實，才能使觀眾有「情眞」的深切感受，但在藝術表現上卻得掌握「貴虛」的原則，整個舞台才能顯得靈活而自如。虛實相生的表演美學體現在演員的科範動作與舞台的砌末⑮（即道具）設計上尤其顯而易見。如開關門、上下樓、騎馬行船、登山涉水、

---

⑮ 砌末一詞，金元時已有，又作切末，爲戲班行話，意指「什物」，見《墨娥小錄·行院聲嗽》。古典戲曲舞台上之砌末包括燭台、扇、絹、文房四寶、茶酒具等生活用具，刀、劍、棍棒等武器，以及象徵城門、火、風、雲等各類布旗，即一切大小用具與簡單布景之統稱。

擋風避雨……，在空無實景的舞台上，全憑演員精湛的肢體語言，而使觀眾如臨其境。古典戲曲這種「以虛作實」、「以無作有」、「以有作無」（如〈三岔口〉之摸黑開打）的手法，誠有《紅樓夢》所言「假作眞時眞亦假，無爲有處有還無」之妙趣。配合演員象徵寫意的動作，舞台上的砌末，除扇、盒、瓶花、酒器等輕便者使用眞物上場之外，一般皆採虛實相生的方法以利搬演，如刀槍戈戟，以假物塗上金粉銀末，既美觀又無危險性；騎馬時只執馬鞭，而虛掉眞馬，行船時只操實槳而虛掉眞船；又如一塊布畫上輪子，便成車轎輿輦，畫上風雲水紋，便是風起雲湧、波濤翻騰，天地間恍如一番作場。數尺見方的氍毹，頓時化作包納萬物的天地，這種彌天緯地的中國式智慧，著實令人佩服。

古典戲曲之所以採虛實相融的表演方式，而不同於西方之偏虛或重實，實與我國舞台的構築歷史及文藝美學有關。我國古代的演出場所，除了早期可供四面觀看的「露台」、「舞基」、「舞亭」之外，自元以降大都採伸出式的三面舞台⑯，而西歐主要採「鏡框式」舞台，僅一面向著觀眾，不同的舞台結構，

⑯ 山西省洪趙縣道覺鄉廣勝寺的壁畫「大行散樂忠都秀在此作場」，所畫元雜劇演出場面，

產生不同的演出風格及其與觀眾間的不同關係。誠如蘇國榮所言：「中國的戲曲舞台由於三面臨空對著觀眾，就不可能像西洋鏡框舞台那樣設置佈景，而只能靠演員的身段來虛擬環境。這就形成了中西舞台靈虛和充實的不同美感特徵。三面舞台，也迫使演員的身段要講究上下左右的雕塑美，各方觀眾都能從演員的身段造型上獲得美感享受。」⑰早期的四面舞台，使中國戲曲表演從一開始就不可能步上寫實之路，爾後的三面舞台，更強調演員動作的對稱美，自然有別於現實生活中的動作。這種虛擬象徵式的舞台動作既與實際生活拉開距離，但為了使觀眾能入戲，不致茫無涯涘，這套肢體語言又必須與生活近似，形成特有的科範之美。虛實相生的表演美學，在西方戲劇舞台上認為不可能，但它卻與我國古代既相反又相成的哲學理念相契合。如《易經》闡示宇宙萬物皆遷變不息，而其變化之主因乃在事物內部兩種對立因素之相互作用，所謂「一陰一陽之為道」，正反雙方雖矛盾對立，卻可互相轉化，故否泰為一線之隔，

與今北京、天津、蘇州戲曲博物館所存明清舞台，皆屬伸出式之三面舞台。

⑰ 詳參《戲曲研究》第十七輯頁五七～五八，文化藝術出版社，一九八五年十二月。

剛柔可相濟，虛實自然也能相融相生而成爲一個完美的整體。我國一切文學藝術的美學思想率由此獲得靈感與啓發，如書法、繪畫講究不似之似，與離形得似之神似⑱，既不泥於外在的形似，故用虛，又追求內心眞實的感動，故以虛作實。舞台上「神似」的高妙境界，與書、畫創作一樣，演員必須有靈心慧性並花下苦功方能企及，誠如梅蘭芳所言：「舞台上的好像，如同寫一筆好字，是天才結合功夫寫出來的。」⑲

古典戲曲舞台上科範砌末虛實相融的過程，並非一開始就順利完成的，它曾有一番湊合、修補與消融的歷程。如宋元南戲《張協狀元》第二十一出，丑王德用到廳堂欲議嫁女之事，而將末堂後官拽倒在地當椅子坐，演出一段科諢。

---

⑱ 西洋畫重形似，如達文西云：「最可誇獎的繪畫是形似的繪畫。」中國畫則重神似，如顧愷之云：「四體妍媸本無關於妙處，傳神寫照正在阿堵中（按：指眼睛）。」謝赫將「氣韻生動」置於「六法」之首，蘇軾亦云：「論畫以形似，見與兒童鄰。」書法美學亦重神似，如南齊王僧虔〈筆意贊〉：「書之妙道，神彩爲上，形質次之。」

⑲ 見《梅蘭芳文集》頁一五五，中國戲劇出版社，一九六七年。

第四十八出，王德用先後召見柳屯田、譚節使，此時舞台上仍舊沒有坐物，於是只好都以「虛坐」對話，如此「虛坐」，對後段王、譚二人相踢倒的科諢雖有伏筆作用，但前段柳屯田的「虛坐」則無多大意義，可視爲虛實尚未結合好的過渡狀態。「虛坐」姿勢頗爲累人，若非營造特殊戲劇效果，實無採用的必要，故自元雜劇以降，舞台表演率採實坐以利唱演。此外，縱馬殺敵的排場，元雜劇屢見，當時劇本不乏「踏竹馬兒上」、「蹦馬兒」、「躧馬兒領卒子」、「調陣子」之例，即是將民間舞蹈跑竹馬原封不動地搬上舞台，演員腰間紮著竹馬，前有馬首後有馬尾，以顯騎馬之形貌⓴，後因此種「形似」的裝扮打起仗來頗感累贅，故被淘汰，而今舞台上的騎馬表演，眞馬、竹馬一併虛掉而僅

⓴《元刊古今雜劇三十種》載《蕭何月下追韓信》中有「蕭何踏竹馬兒上了」，《承明殿霍光鬼諫》有「正末騎竹馬上」；《元曲選》載《尉遲恭單鞭奪槊》第三折中有「單雄信蹦引卒子上」《虎牢關三戰呂布》第一折有「袁紹同曹操、孫堅躧馬兒領卒子上。」明代雜劇演出，有時亦仍沿用竹馬形，如朱有燉《曲江池》第三折有「末旦騎竹馬白」。目前傳統戲曲搬演騎馬時，率皆虛掉馬形而僅存馬鞭，唯廣東正字戲等古老劇種猶存馬形。

存馬鞭，此種象徵寫意方式重神似而輕形似，《淮南子・原道訓》云：「以神爲主者，形從而利；以形爲制者，神從而害。」由於形似的「實」妨害表演，故採神似的「虛」以利唱做。由此可知，舞台上砌末虛實的取捨標準，主要在於是否有利搬演，是否合乎表演藝術眞與美的要求，此處的「眞」是指觀眾內在心理的眞實感，而非外在客觀的實物。如演英雄持燭偵探的戲，但有燭而不燃火，因眞有火苗，一來危險，二來火光一滅便無戲可做，二者均有礙表演；若虛掉火苗，則持燭者忽而擋風，忽而遠照，忽而偷覷，帶給觀眾敏捷矯健的英雄形象既美且眞。又如女子摘花撲蝶、穿針引線等動作，所有花蝶針線等實物都必須虛掉，如此細膩輕柔的美好身段才能顯現。又古典戲曲舞台上的行船，均虛掉船身而僅操實槳，由演員微晃的身段虛擬水波的盪漾，有次梅蘭芳向一位老太太詢及川劇〈秋江〉觀後感，她回答：「很好，就是看了有點頭暈，因爲我有暈船的毛病，我看出了神，彷彿自己也坐在船上了，不知不覺的頭暈起來。」由此可見我國傳統戲曲雖無宏偉肖眞的佈景，僅藉簡單的砌末，全憑演員純熟精湛的科範表演，就能使觀眾有身歷其境的眞實感，如此精微高妙的表演藝術，他國實難望其項背。

伍、別具意義的程式設計

凡藝術皆有程式，如話劇結構的三一律，芭蕾舞的足尖直立、旋轉、抬舉等律動之美。中國山水畫中，畫山有大斧皴、小斧皴、荷葉皴、披麻皴；畫竹有个字形、人字形；畫蘭有穿風眼；畫水有各種水浪紋等，至於古典戲曲的程式，則是演員塑造舞台形象的藝術語匯，是中國戲曲與世界其他戲劇形式區別開來的標誌，凡是能夠搬上舞台的唱唸做打各類表演功夫，都是經過無數先輩長期加工提煉而出的程式。程式是一種美的規範，戲曲的表演美學講究唱唸音樂美、舞蹈身段美、服飾化裝美、人物性格美，優秀的演員藉由程式的錘鍊，可使表演藝術臻於「意美以感心，音美以感耳，形美以感目」的化境。

中國戲曲程式，是中華民族長期文化的積累，是約定俗成的結果，故能得到演員與觀眾的共同默認，焦菊隱嘗云：「程式既然是觀眾和創作者之間的一種共同默契，一種共同承認的表象符號，那麼，觀眾只要見到某種程式，便能立刻懂得了它所要表現的內容。」㉑如前所述，古典戲曲表演藝術中，詩樂舞相融之美、意境深美的抒情傳統、靈動自由的舞台時空、虛實相生的科範砌末等程式，皆與我國古代哲學、美學體系、文藝理論以及戲曲發展軌跡息息相關。程式來自生活，卻比生活更高，更爲抽象而誇大，是一種美化了的戲劇功夫，如武行的科範講究「立如松、坐如鐘、行如風、臥如弓」，且腳手勢要求「蘭花指、荷葉掌、握拳如鳳頭」，而同樣是上馬動作，阿甲說：「武生上馬是像跨馬，文生上馬如跨犬背，青衣上馬如踏龜背。」（見同註⑬），同是持扇動作，武者扇前胸，文者扇掌心，商賈扇肚腹，走卒扇頭頂，扇法不同，則腳色之身份、氣質自異，足見各行當之間亦有不同的程式。值得一提的是，戲曲的哭和笑與實際生活頗有距離，如青衣拖著「喂」音的哭，老生揮袖離眼擦淚「啊……」的哭，以及小生用假嗓而有節奏的笑，這一切分明是「假」的，然

㉑ 見焦氏所著《焦菊隱戲劇論文集》頁二五四。

而觀眾卻能接受，認爲是「眞」的，只因爲它們是程式，而此程式又與孔子「樂而不淫，哀而不傷」的儒家思想有關，著名川劇演員周慕蓮某次演出《離燕哀》時，竟因過度入戲而聲淚俱下，差點「開了花臉」，爲此，曾受到師傅的批評，說他把戲演過分了㉒；至於舞台上的濃情歡愛，亦無眞正接觸，男女水袖一搭或袖尾幾番牽扯晃動，就表示無限纏綿旖旎了，「溫柔敦厚」的詩教體現在戲曲表演藝術上，顯得淡雅而含蓄，留給觀眾極大的想像空間。

最後要說明的是，除上述所列，古典戲曲舞台上若干特殊的程式設計，雖與我國民族文化心理、美學思想有關，然就戲劇淵源而言，實乃前代伎樂、曲藝之美的積澱所成。如傳統戲曲舞台上普遍運用「插科打諢」以逗笑取樂，就連悲劇也不例外，如關漢卿《感天動地竇娥冤》被公認最具西方悲劇精神，劇中淨丑賓白亦有諸多科諢，或針砭時政，或純爲笑樂，從儒家「哀而不傷」的中庸思想來看，在充滿悲劇氛圍的戲裡，適時穿插幾句科諢，能使觀眾思想感

㉒ 見牛國玲《中外戲劇美學比較簡論》頁七四、九八，一九九四年中國戲劇出版社。

情暫時游離出來，感覺是在看戲，而不至於隨劇情起伏，渲染出過悲的情緒，而這種疏離性也使得觀眾有餘裕品賞舞台上精心錘鍊的種種象徵藝術。若從戲劇發展角度來看，古典戲曲中的科諢表演，實與參軍戲密然有關。唐代參軍戲以參軍、蒼鶻二人互相對答，內容或寓諷諫於滑稽，或純爲笑樂，具有詼諧逗趣的高度喜劇效果，故每爲後世戲曲所穿插倣效，如宋金雜劇院本中所附加的「散段」（又名「雜扮」）㉓、元雜劇每折套曲前後或中間所附加的插曲、賓白㉔，以及元雜劇正文、宋元南戲、明清傳奇乃至各地方劇種，其科諢之巧妙運

㉓ 吳自牧《夢粱錄》卷二十「妓樂」條云：「又有雜扮，或曰雜班，又名紐元子，又謂之拔和，即雜劇之後散段也。頃在汴京時，村落野夫，罕得入城，遂撰此端。多是借裝爲山東、河北村叟，以資笑。」

㉔ 元雜劇中的插曲僅一兩支，其宮調押韻多與本套相異，唱者非正旦正末，而是淨、丑或搽旦，內容皆屬無關正經之科諢，故顯爲宋金雜劇院本「雜扮」之遺，《談苑》卷五引黃山谷語：「作詩如作雜劇，初時布置，臨了須打諢」詳參鄭騫《景午叢編》上冊「論元雜劇散場」。

用，隨時隨地宛然可睹，甚至晚清曲藝「相聲」之精神面貌，亦皆古參軍戲之遺也㉕。

至於古典戲劇表演過程中，常融入大量非戲劇之成分——雜耍與特技。雜技的穿插，旨在調劑場面之冷熱，使文場、武場兼備，藉以強化娛樂氣氛，學者常批評雜技的鋪排、渲染，雖有觀聽之娛，但易使結構鬆散，中斷觀劇情緒，從而削減戲劇張力。雜技的加入雖有此弊，但多數劇種仍捨不得割棄，一方面因它淵源甚深，另方面則是具有特殊賣點。雜技的祖先是漢代角觝戲，角觝又名百戲，包羅各項樂舞、雜耍與特技，品類紛繁，其中「東海黃公」即是故事性頗強的武術表演。唐參軍戲與宋雜劇演出過程中亦每穿插雜技；元雜劇有「鏺刀趕捧」一科，發展到明代，雜技藝術更爲精純，張岱《陶庵夢憶》曾載搬演《目蓮救母》一劇時，戲子上台獻技，有走索、緣繩、翻桌、翻梯、觔斗、倒

㉕ 詳參曾師永義〈參軍戲及其演化之探討〉一文，收於《參軍戲與元雜劇》，民國八十一年，聯經出版社。

立、蹬罈、蹬臼、跳索、跳圈、竄火、竄劍等；清代花雅二部爭席，花部特重雜技以招徠觀眾，皮黃奪魁後，更將「打」與「唱唸做」並重。雜技藝術是我國古典戲曲的重要特色之一，誠未可斷然捨棄，而如何使它消融於戲裡，與劇情接榫得嚴絲合縫，則是更重要的課題，如阿甲曾提及幼年觀戲時，嘗見「台前豎起一根幾丈長的木杆，演員沿杆爬上，把頭上的小辮子吊在頂點，表演絕技，忽而翻身倒扑而下，嚇人一跳。這類演員，他不去領會戲情，也不捉摸角色，不會演戲，不會講話，打扮成一個武丑模樣，只要一有短打武戲，就賣這一手。觀眾喝采，演員賣命。」這種離戲賣技的情形，縱有賣點，卻乏藝術品賞價值，於是張雲溪與張春華合演〈三岔口〉時，力圖解決此問題，扮劉利華的張春華在摸黑中被任堂惠狠狠砸痛了腳，他痛得要跳起來，忙咬緊牙關摩捏腳尖，連跳十幾個「鐵門檻」以表現克制劇痛又絕不放鬆殺敵的勇氣㉖，「鐵門檻」的絕技如此巧妙運用，頓使劇情為之生輝。

㉖ 詳參阿甲前揭書頁九～十。

他如「打背供」的表演方式，每爲外國人士嘖嘖稱奇，演員將手一擋，瞬間即與同台腳色隔離，彼此可視而不見，聽而不聞，然後他可以暢快淋漓地和觀眾直接交流、吐露心聲，這種程式的設計，既沈潛於劇情之中，又放浪於觀眾之前，入乎其中，出乎其外，來去如是自如而無「隔」的表演美學，較諸影視話劇之旁白，顯得活潑而富機趣，不像西方戲劇演員得假想舞台的邊緣有一道牆把自己和池座的觀眾隔離開來。這般靈動而奇妙的表演程式，實導源於民間傳統說唱藝術㉗，說唱藝人表敘故事情節時，既是敘述者，又是評贊者，在塑造人物形象時，第一人稱與第三人稱交互使用，既可冷眼描述，又能在瞬間進入腳色，謦欬言笑栩栩如生，使人物形象立體而鮮明，古典戲曲從中獲得靈感，汲取智慧，創造出打背供的特殊表演手法，使得演員與觀眾之間似遠而近，

㉗ 說唱藝術對古典戲曲的影響尚有音樂、題材、獨唱與象徵性之搬演、宣念劇名、自讚姓名履歷等諸方面，詳參曾師永義〈有關元雜劇的三個問題〉一文，收於《中國古典戲劇論集》，民國六十四年，聯經出版社。

似隔而不隔，造成既疏離又親密的特殊效果。此外，傳統戲曲搬演中，演員做入門歸位動作時，常有忌「絞線」之程式要求，即不可隨意更改方向，如從左方進門者，須右轉一百八十度回身面向觀眾，而從右方進門者，則相對地須左轉回身向觀眾，若不遵此，則行話貶之為絞線。此一程式之保留，當與宋傀儡影戲之搬演有關，目今被譽為宋元南戲活化石之梨園戲，其重要科範中即「嘉禮落線」之身段，頗具模仿傀儡之趣味與美感㉘，此類特殊科範之薪傳不衰，除了人類之好古尚雅心理外，科範本身對稱的美感亦令人流連，由此益可見古典戲曲程式設計之淵深源廣，表演藝術之豐贍多姿，其間誠關涉我國民族文化心靈、哲學思想、美學心理與夫前代伎樂曲藝諸美之積澱。

㉘ 劉浩然《泉腔南戲概述》〈傀儡、肉傀儡與小傀儡〉認為梨園戲之「小梨園」，即七子班，係源自肉傀儡。又蘇彥碩〈梨園戲表演藝術中的「科」〉一文亦提及梨園戲中「相公摩」、「嘉禮落線」、「過場」等科步，皆向提線傀儡吸收而來，該文收於《海峽兩岸梨園戲學術研討會論文集》，民國八十七年，國立中正文化中心出版。筆者按：梨園戲中「嘉禮落線」之「嘉禮」二字與「傀儡」諧音，益可見傀儡戲之影響戲曲程式。

柒、結語

戲劇向有「最高藝術體裁」之稱㉙，因其綜合時間藝術與空間藝術之表現手法，化無聲的平面文學爲有聲之立體藝術，呈現眾美悉具的豐贍內涵。而就綜合程度而言，中國古典戲曲冶各類文學芳華於一爐，並兼融音樂、舞蹈、雜技、曲藝、書畫等他種藝術之長，達到「無體不備」的美盛境界，則又非西方或歌、或舞、或話的戲劇所能企及。

古典戲曲之所以能集文學、藝術之大成，實與我國古代哲學、美樂思想、文藝理論以及戲劇發展軌跡息息相關，其特殊之綜合歷程亦緣此而源流粲然。就表演美學而言，古典戲曲講究詩、樂、舞相融之美，追求意境深美的抒情傳

㉙ 此所謂「最高」，意指綜合程度最高而言，非指藝術品種之優劣高下，參別林斯基〈詩歌的分類和分科〉一文，收於《別林斯基選集》第三卷。

統，呈現靈動自由的舞台時空，善用虛實相生的科範砌末，重視別具意義的程式設計，而這些表演特色的美學思想又環環相扣、交互影響，形成中國傳統戲曲的特殊審美意趣。如我國美學思相主張「物感說」，認爲一切文學藝術皆是主觀情感之抒發，而不同藝術型態之間又可相互溝通，故詩樂舞可三位一體融合無間，而人物靈魂深處千迴百轉的情感周折則成了編劇的重心與表演的焦點。抒情精神的高度發揮，使得古典戲曲的舞台具有「天地入我廬」的恢宏氣象，「以心接物」的思想體現在舞台上是「景隨人走」，戲曲的場景完全由演員唱唸身段營造而出，其舞台時間亦隨劇中人物之心理感受而可壓縮或延伸，如此靈動自由的舞台時空，與西方「摹仿說」、「三一律」所架構出的「鏡框式」舞台迴異其趣；紅氍毹上「團團轉」的曲線活動與有聯有隔的上下場制，不僅使舞台的時空調度活絡自如，也使表演的一切科範砌末步上虛擬寫意之路。

抒情的傳統，三或四面的舞台構築，加上相反相成的哲學理念與文藝思想，在在促使古典戲曲的表演美學講究「出之貴實，而用之貴虛」，只是舞台上科範砌末虛實相生的運用方式，亦曾有一番湊合、修補與消融之歷程。如宋元南戲曾出現「虛坐」的過渡階段，元雜劇演員也曾腰間紮著累贅的竹馬來表演騎馬動作，在消融汰變的軌跡中，不難尋繹出舞台上一切科範砌末之採虛或用實，其取捨標準全在於是否有利於搬演，是否合乎表演藝術眞與美之要求。

藝術程式是一種美的規範，戲曲的表演美學講究唱唸音樂美、舞蹈身段美、服飾化裝美與人物性格美，演員若能掌握行當之間的不同程式，拿捏「樂而不淫，哀而不傷」的表演分寸，則不僅能引發共鳴，更能留給觀衆極大的想像空間。而今舞台上習見的特殊程式，雖與我國民族文化心理、美學思想有關，然就戲劇淵源而言，實乃前代伎樂、曲藝之美的積澱所成，如插科打諢之源自唐參軍戲，雜技之遠承漢代角觝，打背供之脫胎於民間說唱，以及若干科範之襲自傀儡戲等，皆可見戲曲程式設計之淵深源廣，而在特殊綜合歷程中，表演程式意義的受到肯定，亦爲古典戲曲未來的發展路向帶來新契機。

（原載《國文學報》第廿七期，一九九八年六月）

雅部崑曲在近代史上的消長

崑曲向有曲苑蘭花之譽。它肇端於元末的崑山土腔，遷流至明，原本僻居一隅的里巷俗謳經曲聖魏良輔調用水磨、瘁心改革成功後，旋以唱腔清峭柔遠、文辭典雅精緻、表演細膩多姿之藝術魅力，自明嘉靖初至乾隆末，雄踞曲壇幾達三百年之久，在諸腔競奏、繁聲鬥艷的梨園，獨享「雅部」之尊寵。唯乾嘉以降，花部崛起，挾以「其詞直質，雖婦孺亦能解；其音慷慨，血氣爲之動盪」諸特長，如疾風勁雨之勢，襲入京師，風靡劇壇，直奪崑劇之正席。

此一幽蘭歷悠悠歲月，既能攫住三世紀的世人目光，而榮登菊壇寶座，又如何在花部竄起之近代，漸次流失觀眾，其興革遞嬗之跡與粹存之道值得深思。

是本文擬就外在因素如時代背景、人心好尚與內在因素如劇本創作、表演藝術等方面探討近代崑曲消長之原因，並借鑒前賢振興崑曲之道，瞻望目今崑曲發展應有之方向。全文蓋分四部分論述：一、何謂花、雅二部，二、近代崑曲消長之歷史現象，三、雅部崑曲消長原因之探討，四、餘論——崑曲保存芻議。

壹、何謂花、雅二部

中國戲曲史上著名的花雅二部，其正式分部雖不知起於何時，但據文獻稽考，要當不出乾隆南巡前後❶，蓋兩淮鹽務之備兩部，實爲迎鑾而設。李斗《揚州畫舫錄》（一七九五）云：

❶ 乾隆曾六次南巡：十六年至紹興，二十二年至杭州，二十七年至海寧，三十年至杭州，四十三年至海寧，四十九年至海寧。

> 兩淮鹽務，例蓄花、雅兩部，以備大戲。雅部即崑山腔；花部爲京腔，秦腔，弋陽腔，梆子腔，羅羅腔，二簧調，統謂之亂彈。

既言「例蓄」，足見非當時始有，而有先例可因襲。所以名之爲花者，吳太初（長元）《燕蘭小譜》之〈例言〉解之曰：「元時院本，凡旦色之塗抹科諢取妍者爲花；不傅粉而工歌唱者爲正，即唐雅樂部之意也。今以弋陽梆子等曰花部，崑腔曰雅部。使彼此擅長，各不相掩。」由此可知，「雅部」專指崑曲，「花部」又稱亂彈，係指崑曲以外之聲腔。唯雅部固指崑曲無疑，而花部則非僅限於上述諸腔而已，且其淵深源廣，觀眾甚夥，如錢德蒼（沛思）《綴白裘》第六、十一集所載雜曲，當屬花部，就中即有《畫舫錄》所未錄之高腔、亂彈腔、西調、吹調四種。而康熙年間劉廷璣《在園雜志》所錄腔調尤多，其文云：「近今且變弋陽腔爲四平腔、京腔、衛腔，其且等而下之，爲梆子腔、亂彈腔、巫娘腔、瑣哪腔、囉囉腔矣。愈趨愈卑，新奇疊出，終以崑腔爲正音。」其實《畫舫錄》記諸腔各調俱薈揚州之盛時亦云：

郡城花部，皆係土人，謂之本地亂彈，此土班也，至城外邵伯、宜陵、馬家橋、僧道橋、月來集、陳家集人自集成班，戲文亦間用元人百種，而音節服飾極俚，謂之草臺戲，此又土班之甚者也。若郡城演唱，皆重崑腔，謂之堂戲。本地亂彈，祇行之祀禱，謂之臺戲。迨五月，崑腔散班。亂彈不散，謂之火班，後勾容有以「梆子腔」來者，安慶有以「二簧調」來者，弋陽有以「高腔」來者，湖廣有以「羅羅腔」來者，始行之城外四鄉，繼或於暑月入城，謂之趕火班。而安慶色藝最優，蓋於本地亂彈，故本地亂彈間有聘之入班者。京腔用湯鑼不用金鑼，秦腔用月琴不用琵琶……。

有清一代，花部聲腔見諸記載者至少有弋陽腔、梆子腔、秦腔、西秦腔、襄陽調、楚腔、吹腔、安慶梆子、二簧調、羅羅腔、弦索腔、巫娘腔、瑣哪腔、柳子腔、勾腔等十餘種之多❷。

花雅二部之別，似起於乾隆年間，而其風格雅俗之評騭，於明萬曆之前已啓端緒，王驥德《曲律》卷二云：「數十年來，又有弋陽、義烏、青陽、徽州、樂平諸腔之出。今則石臺、太平梨園，幾遍天下，蘇州（按：指崑曲）不能與角什之二三。其聲淫哇妖靡，不分調名，亦無板眼，又有錯出其間，流而爲兩頭蠻者。皆鄭聲之最，而世爭擅趨痂，好靡然和之，甘爲大雅罪人。」由此可知花雅二部之格律寬嚴迥異。雅部自曲聖魏良輔革正爲「南曲正聲」之後，在度曲方面重視「曲有三絕——字清、腔純、板正」，歌者講究咬字穩正，行腔規矩，不悖四聲，也不逞怪腔以譁眾取寵。唱曲者守此矩矱，相對地聆曲者也應具備相當的素養，「要肅然不可喧嘩。聽其唾字、板眼、過腔得宜，方妙，不

---

❷ 花部諸腔之介紹，一般戲曲史不乏記載，爲節篇幅，茲不贅錄。可參青木正兒《中國近世戲曲史》第十二章第一節「花部諸腔」、周貽白《中國戲劇發展史》第八章「清代戲劇的轉變」、孟瑤《中國戲曲史》「清　花部——亂彈」、張庚、郭漢城《中國戲曲通史》第十一章「綜述」。

可因其喉音清亮，就可言好。」不盲目喝采，才能顯出有深度的藝術品味。在創作方面，除了重宮調、曲牌、套數、排場等體製格律之外，由於作者率爲文人雅士，故文辭綺縠紛披、藻麗雅馴，曲辭固精諧平仄以分四聲、別陰陽、叶音韻，即便人物賓白，亦多引經據典，甚且刻求駢偶。由於文律俱美的要求，使得整個崑曲表演藝術體現出「閑雅整肅，清俊溫潤」（魏良輔《南詞引正》）的境界。

至於「花部」則植根於民間，原是農叟漁父等庶民聚以爲歡、遞相演唱的野調山聲，它不是達官顯宦之家紅氍毹上的「雅調」，而是民間草台上爨演的土戲，其作者率非知名之士，而多屬與戲曲班社接近的下層文人，或藝人自身，甚至是集體創作。故其文辭與音樂之創作、唱演格律均較簡易，它突破傳統曲牌聯套的傳奇形式，創造出以板式變化爲主的「亂彈」形式，整齊句格的詩讚體，使藝術表現頓顯自由。詞句俚俗，音樂直接而易感，皆使「聽者入耳便明」，更能與廣大的群眾同悲喜、共呼吸，焦循稱頌它「其詞其質，雖婦孺亦能解；其音慷慨，血氣爲之動盪」，足見通俗易懂、活潑生動是其表演特色。而過份的趨俗取寵，有時不免流於低級趣味，如秦腔花旦魏長生「以〈滾樓〉一齣，奔走豪兒，士大夫亦爲心醉。其他雜劇胄子，無非科諢誨淫之狀……」其徒陳銀官演《雙麒麟》時，更是香艷大膽，「裸裎揭帳，令人如觀大體雙也。未演之前，場上先設帷榻花亭，如結青廬以待新婦者，使年少馳目瞤罔念……」（《燕蘭小譜》），無怪乎徽調與秦腔在北京競奏鬥艷之時，禮親王昭槤《嘯亭雜錄》曾慨嘆：「近日有秦腔、宜黃腔、亂彈諸曲名，其詞淫褻猥鄙，皆街談巷議之語，易入市人之耳；又其音靡靡可聽，有時可以節憂，故趨附日眾，雖屢經明旨禁之，而其調終不能止，亦一時習尚然也。」

綜上所述，花雅二部之別，就藝術規範而言，誠有精粗雅俗之異❸，然就戲曲娛情、勉世之功能言，則陽春白雪、下里巴人自來即各有所好，葉宗寶題《綴白裘》六集序已有的評，其文云：

---

❸ 檀萃乾隆四十九年於北京作〈雜吟〉詩，原註云：「……（花部）無學士潤色其詞，下里巴人徒傳其音而不舉其曲，雜以吾咿吾于，其間雜湊鄙諺，不堪入耳，故以亂彈呼之。而南曲（按指雅部）分寸毫釐，與笛合拍，拍板輕重，點次分明，數百年來，以南曲爲中原大雅之音而置西腔（按指花部）於不論……」，轉引自胡忌《崑劇發展史》頁五一三。

一則叶律和聲，俱按宮商徵角，而音節不差，一則抑揚婉轉，佐以擊竹彈琴，而天籟自然。宜於文人學士有之，宜於庸夫愚婦者亦有之，是誠有高下共賞之妙。

貳、近代崑曲消長之歷史現象

明萬曆以迄清乾隆，是崑曲的黃金時代，傑出精湛的曲論、曲譜輩出，在在提高戲曲的舞台藝術❹，促使崑劇的演出精益求精。據文獻記載，當時崑曲風靡南北，家樂與民間職業戲班紛紛成立，宮廷演劇亦以崑劇爲主，堪稱崑劇

❹ 詳參拙著《近代曲學二家研究——吳梅、王季烈》第一章第二節「明清論曲　聲樂之學粲然大備」。

史上最燦爛輝煌的一頁❺。當時劇作如林，尤以清初李玉的《千鍾祿》、康乾之間洪昇的《長生殿》與孔尙任的《桃花扇》爲膾炙人口，締造了「家家收拾起，戶戶不隄防」的空前盛況。

崑曲雖雄踞劇壇寶座，但在乾隆年間已逐漸出現隱憂，首先與崑曲爭勝的是高腔。高腔即弋腔，因流播京師故亦有京腔之稱❻，據楊靜亭《都門紀略·詞場序》載：「我朝開國伊始，都人盡尙高腔；延及乾隆年，六大名班，九門輪轉，稱極盛焉。」又震鈞《天咫偶聞》云：「國初最尙崑腔戲，至嘉慶中猶然。後乃盛行弋腔，俗呼高腔，仍崑腔之辭，變其音節耳。內城尤尙之，謂之得勝歌。相傳國初出征，得勝歸來於馬上歌之，以代凱歌。故於請清兵等劇，尤喜演之。」高腔既在清初早受北人歡迎，乾隆時又已蔚爲「六大名班，九門

---

❺ 詳參陸萼庭《崑劇演出史稿》、胡忌《崑劇發展史》與顧篤璜《崑劇史補論》。

❻ 清李調元《劇話》云：「弋腔始弋陽，即今高腔，……京謂京腔，粵俗謂之高腔，楚蜀之間謂之清戲。」

輪轉」之盛勢，而其曲與崑曲無異，音樂則較慷慨熱鬧，故清宮內廷採崑弋並奏來編撰宮廷大戲，每逢萬壽慶典，例有特製崑弋曲本承應，而崑弋同班爭衡❼，亦漸使崑曲由大國降爲附庸。

崑弋爭衡雖使雅部漸感威脅，而促使崑曲王氣轉衰的是乾隆四十四年各地亂彈的進京祝嘏，就中秦腔魏長生的聲色尤其倍受矚目。蓋弋腔劇本大抵即崑曲所用，聲調雖較崑曲容易聽入，而詞意之深奧，仍無法使一般觀眾暢曉。秦腔入京後，戲詞平白如話，劇本內容與現實生活結合，音樂高亢激越，充滿悲壯悽楚之情，而魏三的聲色之娛更令人耳目一新，《嘯亭雜錄》云：

魏長生，四川金堂人，行三，秦腔之花旦也。甲午夏入都，年已逾三旬

---

❼ 吳太初《燕蘭小譜》贈雅部姚蘭官（隸太和部）云：「落拓京華十載過，尚餘逸興愛徵歌。饒他三慶多嬌艷，雅韻宜人有太和。」按「三慶」係指京腔萃慶、宜慶、永慶三班，而太和部則當爲全部崑曲，然同書卷二花部，又有張蓮官屬太和部，是太和部亦雜有亂彈矣。

外。時京中盛行弋腔，諸士大夫厭其囂雜，殊乏聲色之娛。長生因之變為秦腔，辭雖鄙猥，然其繁音促節，嗚嗚動人。兼之演諸淫褻之狀，皆人所罕見者，故名動京師。

魏三為使扮相、表演酷似女性，特創梳水頭與踩蹻。楊懋建《夢華瑣簿》云：「俗呼旦角曰包頭，蓋昔年俱戴網子，故曰包頭。今則俱梳水頭與婦人無異。」「歌樓水頭、踹高蹻二事，皆魏三作俑，前此無之。」梳水頭即內行所稱「貼片子」，可美化臉型與頭飾；而踩蹻則在製造三寸金蓮效果，可使行動搖曳婀娜，如風擺柳，若再配合大膽動作，則頗具煽情作用。無怪乎秦腔之風一開，能「使京腔舊本，置之高閣」，「六大班幾無人過問」，甚至到了「六大班伶人失業，爭附入秦班覓食，以免凍餓而已」（《燕蘭小譜》）的程度。京腔如此，崑曲之劣勢尤甚。

乾隆五十五年高宗八旬萬壽，花部再進京發展，長期角逐結果，四大徽班以兼容共蓄的優勢脫穎而出，俗謂「四喜的曲子，三慶的軸子，和春的把子，春台的孩子」意指四喜努力擷取崑曲之長；三慶以大軸新編首尾俱全的戲吸引觀眾；和春以武戲見長；春台的童伶「妖態艷妝，逾於秦樓楚館」（《燕京雜記》），則以聲色媚人。徽班以徽調為主而並納崑曲、京腔、秦腔諸腔之長，表演亦兼顧觀眾之不同需求，故能於道光年間，集花雅二部之粹，逐漸蛻變發展成以西皮、二黃為基調的京劇，終而奪崑曲之正席。

崑曲盛況不再，一般崑劇演員為求謀生，或棄所業、或兼學亂彈而成「兩頭蠻」❽者，不乏其人。（見《燕蘭小譜》）沈起鳳《諧鐸》卷十二云：「菊部自西蜀韋三兒（按：當為魏三兒之訛。）來吳，淫聲妖態，闌入歌臺，亂彈部靡然效之，而崑班子弟亦有倍師而學者。」崑曲中人竟轉習亂彈，即吳中亦所不免，崑曲之勢衰可見。乾隆後期原是崑劇重鎮的北京，純粹崑班已為數不多；嘉慶

❽「兩頭蠻」是明清間俗語，曲論中用來指語音不純、用韻錯雜或腔調混雜等現象，《李笠翁曲話·字分南北》、《太霞新奏》卷十二墨憨齋評語、沈寵綏《度曲須知·宗韻商疑》皆有此語。

初，連崑劇的根據地蘇州、南京、揚州一帶，也因花部中二黃、秦腔的風行南北而衰跡畢露。據梁紹壬《兩般秋雨盦隨筆・京師梨園》記載，道光初年在京專唱崑曲的僅有「集芳」一部，其中四大名班中的「四喜班」本以唱崑曲爲主，然據張際亮的《金臺殘淚記》云道光中葉，「四喜部」亦盡變崑曲而習秦、弋諸腔。藝蘭生《側帽餘談》載「京師自尚亂彈，崑部頓衰，惟三慶、四喜、春台三部帶演，日只一二齣，多至三齣，更蔑以加，曲高和寡，大抵然也。」崑曲在北京，自道光以迄咸、同間，大致如此。此時民間戲班競習亂彈，縱偶演崑曲，亦乏佳構，而京都劇場雖花雅並奏，「然唱崑曲時，觀者輒出外小遺，故當時有以車前子（按：乃利尿之藥材）譏崑劇者」（見徐珂《曲稗・崑曲戲》）。接下來長達十八年的太平天國之亂，使得咸同年間崑劇再度受創，到了光緒時，南北崑劇欲振乏力，不得不步上沒落之途。據梅蘭芳《舞台生活四十年》所言：「梨園子弟學戲的步驟，在這幾十年當中，變化是相當大的。大概在咸豐年間，他們先要學會崑曲，然後再動皮黃。同光年間已經是崑亂並學，到了光緒庚子以後，大家就專學皮黃，即使也有學崑曲的，那都是出之個人的愛好，彷彿大學裏的選課似的了。」而當時南方政治、經濟、文化重心的上海，其崑劇情形，據陸萼庭《崑劇演出史稿》研究，「自同治末葉以迄清末民初，上海的崑劇活動顯然可以分爲前後兩個時期，即從同治末年起至光緒十六年止爲前期，以三雅園的活動爲主，其特點是崑班力量逐漸分化削弱；光緒十七年起直至民初爲後期，以張氏味蒓園的活動爲主，其特點是崑班力量至此全部瓦解。」

至於崑劇的根據地蘇州，在太平天國亂後受創尤深，四大名班——大章、大雅、全福、鴻福——所維持的「雅部」風格，在花部的沖擊下，漸漸顯得曲高和寡而欲振乏力。光緒末葉，大章、大雅終於解散，而只賸「文全福」和「武鴻福」兩個戲班爲了生計，不得已相互搭班過著跑江湖的艱苦日子❾。而當時北京的北派崑劇雖有梅蘭芳等人的提倡，但同和社、福壽社與榮慶社一時的風光，也不過是「迴光返照」罷了❿。爲使這古老而精緻的雅部藝術命脈能夠維

❾ 詳參張允和〈江湖上的奇妙船隊——憶崑曲「全福班」〉一文，載《大成》第一七八期。又清末民初蘇州崑班之消長，詳參顧篤璜《崑劇史補論》頁一〇四—一三五。

❿ 詳參胡忌《崑劇發展史》第七章第三節。

繫住，民國十年，崑曲的發祥地出現一批熱心人士，基於鄉土情懷，視振興崑曲爲責無旁貸，積極聯絡上海同好而創辦了當時全國獨一無二的崑曲劇團——「崑劇傳習所」，爲近代已趨沒落的崑曲帶來起死回生的契機⑪。傳習所繼而改組爲「新樂府」，爲「仙霓社」，與南北業餘曲社共同爲雅部藝術瘁心奉獻，其後雖皆因抗戰兵燹而被迫停鑼歇笛，但先輩典型遺愛已在長年孜矻耕耘中爲崑曲芳苑播下薪傳不墜的種籽。

參、雅部崑曲消長原因之探討

晚清是中國歷史上空前未有的大變局。自鴉片戰爭以還，內憂外患紛至沓來，民族面臨存亡危機，戲曲史上最爲精緻典雅的崑曲，也在時潮翻湧、人心

⑪ 有關「崑劇傳習所」籌辦始末及其後續發展，詳參拙著《近代曲學二家研究》頁五九～六二「由唱演以續戲曲薪傳」；顧氏《崑劇史補論》頁一三三～一三八。

好尚浮動之際顯得風雨飄搖。這讓中華民族癡迷了兩個多世紀的藝術，是如何地漸呈衰機，乃至王座不保？本文嘗試就時代背景、社會藝術品味遷變等外在因素，以及崑劇創作格律謹嚴深奧、藝術格高調雅與觀眾造成欣賞斷層等內在因素諸方面予以探討，茲釐述如次：

一、藝術品味之驟轉

花部自清乾嘉以降，以疾風勁雨之勢，襲入京師，風靡劇壇，對雅部造成莫大威脅。京師既爲政治中心，亦是文化的重要輻射源，上既有所好，下必甚焉，皇帝輦轂之下所崇尚者，四海之內莫不聞風景從，故起自鄉野的花部諸腔入京，藉「獻曝」之意，亦各奏爾能地相與逐鹿，由是弋腔、秦腔、徽調前仆後繼地與雅部抗衡爭勝，當其紛然並起，羽翼養成，即在野花奇卉燦然爭放中，將大批觀眾的藝術品味漸次移轉。

乾隆初年，徐孝常爲張堅（漱石）《夢中緣》傳奇作序時，曾云：「長安之梨園……所好惟秦聲囉弋，厭聽吳騷，歌聞崑曲，輒鬨然散去。」當時人心固已如此，其後雅部雖稍振作，終不敵花部諸腔之繁興耀眼，迨乾嘉之際，雖精於經學又雅好戲曲的焦循，亦舍崑曲而就亂彈，其《花部農譚》云：

> 梨園共尚吳音，花部者，其曲文俚質，共稱爲亂彈者也，乃余獨好之。蓋吳音繁縟，其曲雖極諧於律，而聽者使未睹本文，無不茫然不知所謂。其《琵琶》、《殺狗》、《邯鄲夢》、《一捧雪》十數本外，多男女猥褻，如《西樓》《紅梨》之類，殊無足觀。花部原本於元劇，其事多忠孝節義，足以動人。其詞直質，雖婦孺亦能解；其音慷慨，血氣爲之動盪。郭外各村，於二八月間，遞相演唱。農叟漁父，聚以爲歡，由來久矣。

劇本內容實不足以分花雅之優劣，因男女歡愛、忠孝節義兩部皆有，何況崑曲體局閒雅又多雕鏤文采，無論描寫手法或身段表演，每用譬喻象徵，故顯得含蓄蘊藉，不若花部露骨，如《牡丹亭》之〈驚夢〉、〈尋夢〉，內容何等綺靡，然文采斐然，足耀觀覽，故於今嬗演不衰，蓋因其雅如幽蘭之境界令人神往。碻知亂彈之所以廣受歡迎，關鍵在於「其詞直質」、「其音慷慨」。

花部雖發跡變泰於有清一代，然早植根於民間，故有其與生俱來的強韌生命力，舉凡庶民百姓喜聞樂唱之俗謠、俚曲與說唱曲藝，莫不與之血脈相連，如明鈔本《缽中蓮》傳奇之「誥猖腔」、「西秦腔」等即是；而清《綴白裘》所收花部劇本高達五十餘齣，其間俗曲尤不勝枚舉。道光年間楊懋建《長安看花記》記載當時花勝雅衰之景況：「四喜部（按：即前述徽班演崑劇者）……每茶樓度曲，樓上下列坐者落落如晨星可數。而西園雅集酒座徵歌，（按：唱崑曲）聽者側耳會心，點頭微笑，以視春台、三慶登場，四座喧闐，其情況大不相侔。」聆賞崑曲者人數稀少，僅側耳會心，點頭微笑，當屬士夫階層，至於花部之四座喧闐，則觀眾為數可觀、層面之廣可想而知。以當時社會結構來看，知識份子究屬少數，花部因無腔不備，無戲不有，故觀眾數量大佔優勢。青木正兒曾云：「花部重色，雅部貴藝」（《中國近世戲曲史》），而一般廣大的中下層觀眾心理，大抵厭舊喜新、重色而不重藝，凡所賞識，只講究姿容秀媚，身段婀娜，至於所演戲劇，不問故事情節，只要旦色妖治動人，便可轟動九城，盛名立至，故周貽白以此心理說明京腔所以突然寥落、秦腔驟然盛行之故⓬。近代大批觀眾藝術品味驟轉，而自發展以來即不走趨俗取寵路線的崑曲，不得不步上沒落之途。

二、兵燹摧折藝術搖籃

乾隆的昇平盛世，帶來政經文化的高度繁榮，戲曲園囿亦隨之一片生機盎然，然而道光二十年（一八四〇）近代史上慘痛的一頁——鴉片戰爭，頓使我國成爲半殖民國家，喪權辱國，內外交迫，百業蕭條，人們欣賞崑劇的閒情逸致驟減。繼而一九五〇年太平天國亂起，江南一帶受創最烈，一九六〇年太平軍

⓬ 見《中國戲劇發展史》頁五九二～五九五。

攻克蘇州，摧折雅部搖籃，據光緒七年六月〈重修老郎廟捐資碑記〉記述：「老郎廟始爲蘇城崑腔演戲各班聚議之所。大殿供奉祖師神像，每逢朔望拈香，惟願同志。自咸豐庚申發逆蹂躪，蘇城失陷，各班分散逃避，在申者尚存百十餘名，在夷場分設兩班開演，計文樂園、豐樂園，暫爲糊口。迨至同治三年，省城克復，同人先後來蘇者，見吾廟僅存屋椽，神像神龕裝折，均被賊毀，不忍坐視……」在北京梨園中，蘇揚人占絕大比例，《燕京雜記》載：「京師優童，甲於天下，一部中多者數百，少者亦數十。……大半是蘇揚小民，從糧艘至天津，老優買之教歌舞以媚人也。」明清小說對此亦多描述，如《紅樓夢》記賈府赴姑蘇採買十二位唱戲女子；《品花寶鑑》亦寫京師四大名班赴蘇州買戲子之事，聯錦、聯珠、八齡等戲班中多爲蘇州伶人，書中還杜撰一本《曲台花選》，內中所選優伶八人，五人爲蘇州籍。

花部先後入京雖造成威脅，但雅部還不至於驟然轉衰，震鈞《天咫偶聞》所云：「國初最尙崑腔戲，至嘉慶中猶然。」頗與事實相符，因嘉慶十五年（一八一〇），京師崑部仍有慶寧、迎福、金玉、彩華四部，藝人皆出自吳中，而當時徽班亦不得不兼演崑劇以迎合部分觀眾之興味。但自太平亂起，崑曲受創甚深，王夢生《梨園佳話》云：

> 道光之季，洪楊事起，蘇、崑淪陷，蘇人至京者無多。京師最重蘇班，一時技師名伶以南人占大多數。自南北隔絕，舊者老死，後至無人，北人度曲，究難合拍，崑曲於是衰微矣。

蘿摩庵老人《懷芳記》（一八七六）亦曰：「自江南用兵，蘇揚稚幼，不復販鬻都中，故鞠部率以北人爲徒。雖亦有聰俊狡獪可喜者，而體態視南人終遜。」又曰：「再閱數年，南産終不可得。目前知名者老去，恐傳派益失其初，才皆下劣，崑曲有腔無韻，亦將成廣陵散。」蘇州、北京崑伶因兵燹而凋落，另方面京畿一帶的花部伶人則漸成氣候，《側帽餘譚》云：「近畿一帶嘗苦飢旱。貧乏人家，有自願鬻其子弟入樂籍者；有爲老優買絕，任其攜去教導者。」由於地近鄉關，京伶人多勢眾，自然對雅部崑伶構成威脅。戲曲的生命在舞台，而演員正是戲曲藝術的體現者，崑伶因戰火而凋殘，的確使雅部出現難挽頹風的無力感⓭。

三、劇本創作門路深奧

崑曲劇本的創作不同於一般文學體製，它需要文學家、音樂家與表演藝術家三者密切配合，才能圓滿完成，也才足以體現戲曲藝術的特色。吳梅〈新定《九宮大成南北詞宮譜》敘〉云：「余嘗謂歌曲之道有三要也：文人作詞，國工製譜，伶家度聲。」他爲童伯章《中樂尋源》作敘時，又稱：「聲歌之道，

⓭《菊部叢刊》「劇學論壇」載：「李中一曰：崑曲以前清乾嘉時爲最盛，以咸同時爲始衰，以今日爲最衰。……自揚州消歇，崑班失其根據而人材衰；自洪楊變起，崑班輾轉江湖而人材散；且其格太嚴，合格者少，勉強演唱，神木音瘖，殊不足以娛觀者之耳目。適其時之北京皮黃人材風發雲湧，不可一世，兩相比較，而崑曲之勢力遂致相形見絀。譬之今日同一劇本，同一情節，無崑曲皮黃之各異。苟爲著名角色所排演，即足轟動一時，反是則精彩頓失，而非難之聲立至。是亦可以悟矣。」

律學、音學、辭章而已。」而文人創作欲奏之場上，不致淪爲案頭，其曲文賓白、結構排場與音樂配搭等方面，必當審慎斟酌，自然也須留心度曲之學，方足以表現其所以爲戲曲之本色。除了知正襯、叶音韻、別四聲陰陽、熟諳字格等曲文格律須重視外，其中選宮擇調，安排套數，布置排場等一切學問，莫不與音樂息息相關，而這套實際的創作理論，歷來曲家皆鮮少觸及，即或有之，亦但粗言梗概而已。近代李宣倜對此情形不無感慨，其《曲律易知·序》云：「樂律之事，本自伶倫，往往能了於心，未必能宣諸筆。精斯道者，亦復移於習俗，僅以自喻，不求喻人，以是文人撰曲，冥行索塗，動乖音律。」如此謹嚴深奧的創作格律，劇作者若無相當的文學、音樂素養，是難以克竟其功的，對此情形，王季烈《螾廬曲談卷三·論譜曲》曾有明確分析：

古時崑曲盛行，士大夫多明音律，而梨園中人亦能通曉文義，與文人相接近，其於製譜一事，士人正其音義，樂工協其宮商，二者交資，初不視爲難事，是以新詞甫就，祇須點明板式，即可被之管絃，幾不必有宮譜。自崑曲衰微，作傳奇者不能自歌，遂多不合律之套數，而梨園子弟識字者日少，其於四聲陰陽之別，更無從知，於是非有宮譜不能歌唱矣。其武斷從事者，往往張冠李戴，以致音乖字別，如……凡此皆文人不識音律，好爲武斷，歌者不明聲律之原，無從糾正，以致貽此笑柄。

乾嘉以降文人劇作與舞臺日益疏遠，南洪北孔的水準已難再現，誠如鄭振鐸《清人雜劇初集·序》所言：「嘗觀清代三百年間之劇本，無不力求超脫凡蹊，屏絕俚鄙。故失之雅，失之弱，容或有之；若失之俗，則可免譏矣。」此話道出當時文人創作之得失，而過份趨雅避俗，不諳聲律、不顧舞臺演出的結果，終於失去了大批的觀眾⓮。

⓮ 詳參拙著《近代曲學二家研究——吳梅、王季烈》頁四一～四三。

四、藝術格調造成欣賞斷層

崑曲自魏良輔瘁心改革之後，就以格高調雅的優越姿態獨步曲壇，明沈寵綏《度曲須知》云：「嘉、隆間有豫章魏良輔者，流寓婁東鹿城之間，生而審音，憤南曲之訛陋也，盡洗乖聲，別開堂奧，調用水磨，拍捱冷板，聲則平上去入之婉協，字則頭腹尾音之畢勻，功深鎔琢，氣無煙火，啓口輕圓，收音純細。」其曲調清柔婉折、流麗悠遠，故「聽之最足蕩人」；其咬字去訛陋、洗乖聲而歸於雅正；其唱法輕圓純細且轉音若絲，既是「調用水磨，拍捱冷板」，整個唱曲境界當是幽深冷靜而典雅，足見最初崑曲之所以迷人，乃在超脫凡蹊，而有高度的藝術格調。

將崑曲搬上舞台敷演的第一部作品是梁辰魚的《浣紗記》，其運筆亦詞藻豔麗，精諧平仄，即使人物對白，亦無不徵引典實，刻求駢偶。此後大批文人雅士參與崑劇的藝術加工，數百年來的精心雕琢，使崑劇在藝術形式上更臻精緻雅麗。但過份刻鏤的結果，有時出現文字艱深晦澀、用典冷僻失當、譬喻象徵難解的餖飣之弊，而頗不為一般俗眾所接受。

此外，崑曲所演傳奇劇本，動輒數十齣，如此長篇鉅製，一氣演完，既須極長時間，而每齣皆有大段唱詞，亦為人力所不許，唯有節演其中重要的幾齣，藉示一斑，其後「折子戲」之盛行，良有以也。然所演關目既不完全，故事情節當然無法聯貫，因而外行觀眾常莫知首尾，漸漸地也就對崑曲敬而遠之了。至於崑劇劇名，又每多不署全稱，僅列齣目兩字。如《雙珠記》之〈賣子〉，原名〈賣兒繫珠〉；〈投淵〉，原名〈眞武靈應〉。改成兩字，其情節已覺不易明白，甚至兩齣同演而寫作「賣投」，則更無從捉摸了。當時花部之劇，似頗知注意及此，縱有全本，也不至如傳奇那麼冗長，而且唱詞減省，一氣演全，劇名亦取其淺顯易知，看來本末悉具，無須再作解釋。⑮於是崑曲的觀眾漸漸流向花部，陳森的《品花寶鑑》小說第三回將觀眾雖也愛聽崑曲，卻又不懂，

---

⑮ 詳參周貽白《中國戲劇發展史》頁五七九～五八一。

最後轉而投向亂彈懷抱的情景描繪得寫實而生動，其文云：

（在座有豪商富三），蓉官又對那人道：三老爺是不愛聽崑腔的，愛聽高腔雜耍兒。那人道：「不是我不愛聽，我實在不懂，不曉得唱些什麼。高腔倒有滋味兒。不然倒是梆子腔，還聽得清楚。」聘才一面聽著，一面看戲。第三齣是〈南浦〉，很熟的曲文，用腳在板凳上踏了兩板。……那時台上換了二簧戲：一個小旦才出場，尚未開口，就有一個人喊起好來。於是樓上樓下兒十個人同聲一喊，倒象救火似的。聘才嚇了一跳。……

文人雅士等上層文化的高濃度介入，使崑曲藝術格調日益提高，而廣大觀眾欣賞的能力卻又因花部的吸引而日漸低落，雅部藝術與觀眾雙方面之間出現品賞的斷層；使得近代崑曲擁抱群眾熱度逐漸冷卻，不得不走上孤高寂寞的路途。

肆、餘論——崑曲保存芻議

崑曲繩繼著傳統雅樂，自明代中葉，即氣派崢嶸地綻放在戲曲的園地裡。它以令人塵慮盡消的盛世元音、瑰麗的文采與精緻的表演，迸現出繁富多姿的文學光華與撼人心魄的舞台魅力。此一藝術範型，將中國古典而精美的詩、書、琴、畫、舞、樂融成一體，旋又升騰爲一幕幕令人神馳嚮往的舞台景象，它不僅是我國戲曲之母，更積澱著中國人特有的文化素養與審美意趣。也正因爲如此，當它走到潮湧浪翻的近代而王氣漸衰時，即有一批有心之士竭力運用各種途徑爲它興廢繼絕，使它薪傳不墜[16]。任何一種藝術範型都不可能永恆不衰，而今縱然它依循歷史必然性地由輝煌走向衰落，但它的衰落永遠無法抹殺它曾有過的輝煌。因此我們雖不再天眞地幻想明清時代整個社會全面癡迷崑曲的盛

---

[16] 詳參拙著《近代曲學二家研究——吳梅、王季烈》第一章第四節「近代曲學振興之途」。

況再現，但對此一無價的藝術瑰寶，卻不免興起保存國粹的使命感，而如何保存則是更嚴肅的重要課題。

首先，有人認爲崑曲既因曲高和寡而導致衰落，何不改調趨俗以爭取更多觀眾？事實上，曲高本來就和寡，前述魏良輔革正後的崑曲，原是盡去俗陋而具有高度藝術品味的「冷板曲」。即便崑曲最爲隆盛的虎丘中秋曲會，剛開始千萬人鱗集，唱和聲動天地，以致「呼叫不聞」；繼而人人獻技，南北雜之，「聽者方辨句字，藻鑒隨之」，最後三鼓時分，月孤氣肅，人皆寂闃，只賸「一夫登場，高坐石上，不簫不拍，聲出如絲，裂石穿雲，串度抑揚，一字一刻，聽者尋入鍼芥，心血爲枯，不敢擊節，惟有點頭。然此時雁比而坐者，猶存百十人焉。使非蘇州，焉討識者。」⑰這盛況非凡的曲會也道出了曲愈高而和愈寡的眞理。就藝術美學而言，「和寡」，本身就有著相當尊貴的高度，余秋雨對花雅二部的藝術內涵曾有一番精確的析評：「花部諸腔以生氣勃勃的藝術面

⑰ 見明、張岱《陶庵夢憶》卷五「虎丘中秋夜」條。

貌取代日漸疲憊的崑曲自有天然合理性，但在劇作精神上大多淺陋得多，除了鮮明的民間道德觀念、因果報應期待和某些反叛意識外，就沒有太多更深入的內涵了。躋身在花部的熱鬧中，《牡丹亭》、《長生殿》、《桃花扇》的意蘊和感慨很可能顯得過於執著、凝重而『落伍』，但『落伍』也保持著自身的高度。」⑱趨俗固可取寵於一時，但時潮一過，觀眾與自身高度亦將轉瞬流失，如近代占盡風光的花部，乃至奪崑曲正席而曾擁「國劇」之尊的皮黃，如今也敵不過電視、電影、話劇，甚至其他刺激感官的聲色之娛，而成了夕陽藝術。顧篤璜對崑曲保存的論述頗有見地，其文云：

> 保存與創新應該是並存的，不應是互相替代的。……崑劇不做好保存工作，就將失去自身的價值，就將喪失目今在戲曲藝術中的地位，人們將不會像現在那樣比起別的年輕劇種來更爲重視崑劇，因爲它將成爲一個

⑱ 見《余秋雨 臺灣演講》頁二四五，一九九八，爾雅出版社。

既沒有保存價值也沒有多少觀眾的可有可無的劇種。有一位戲劇界的前輩說得好：有人說崑劇不改革只能進歷史博物館了，我更擔心的倒是把崑劇傳統劇目胡亂「改革」得連進博物館的資格也沒有了。⑲

果眞讓崑劇成爲一種可有可無的劇種，那將是現代文化人的莫大遺憾！而如何讓崑曲展現它曾有過的絕代風華，該有哪些具體的實踐路向？回顧歷史可得鑑往知來的啓示。在花部喧騰、雅部式微的近代，王國維、吳梅、王季烈、俞粟廬……等曲壇先輩，或從考証以明戲曲源流，或因藏弆以存戲曲舊目，或就唱演以續戲曲薪傳，或由訂譜以樹戲曲格律（見同註⑯），如此苦心孤詣地傳播雅音、賡續曲運，令人無限感懷。而今崑曲駸駸又將成爲夕陽藝術，其學術因前賢之開拓發皇而日漸昌明；曲籍曲譜之蒐藏亦因系統規劃而頗見其功，有關文獻文物之保存，仍需長期投注心力。唯近數十年來，由於洋風吹襲激盪，造成

⑲ 見《崑劇史補論》頁一五三。

一般社會民心對民族藝術精神的盲昧陌生，觀眾對傳統戲曲的欣賞產生斷層，使我們悚然驚覺藝術教育往下扎根的重要，中小學音樂、文學教材之編訂，實應側重民族固有文化。至於崑曲唱演藝術之薪傳，則應「清工」與「戲工」兼重⑳，雖然「清工」講究字音唱法，分析曲情，著重在「曲」；「戲工」關注舞臺的整體表演藝術，著重在「戲」，兩者略有不同。而實際上，唱曲與與演戲本是密不可分，職業藝人與業餘曲友也往往是聲息相通的，在一聲一口法，一步一眼神的反覆琢磨中，彼此觀摩，自可互資長進。崑曲人才的培育，亦當唱、演兼顧，我國傳統戲曲向來重視口傳心授，此種傳授方式，曲界稱之為「傳頭」㉑。有了「傳頭」，崑曲的表演才有程法可循，崑曲藝術才能成為一種範

---

⑳「清工」指文人雅士的「書房曲子」，僅清歌冷唱，而不串扮登場，魏良輔《南詞引正》云：「清唱謂之冷唱，不比戲曲。戲曲借鑼鼓之勢，有躲閃省力，知者辨之。」「戲工」則指崑劇藝人所唱演的曲子。

㉑「傳頭」一辭，見吳梅村〈王郎曲〉「梨園弟子愛傳頭，請事王郎教弦索。」又〈琵琶行〉云：「盡失傳頭誤後生，誰知卻唱江南樂。」《冒鶴亭詞曲論文集·戲言》亦載：「溫州

型。目前崑曲的唱演「傳頭」流播各地，因而繩繼台灣耆宿，借重大陸師資，參酌海外名家，將崑曲傳頭予以整合，或辦傳習教學，或錄製音帶、影像啓導後學，皆是當務之急。

此外，值得一提的是，一切藝術要充實壯大，除了縱的繼承之外，亦須有橫的借鑒。縱的繼承使它能保有先輩典型，而維持高度的藝術品格，即所謂「傳古人之神方爲上乘」；橫的借鑒則是參酌其他藝術特長，藉以補充新血而不爲時代所淘汰。就崑曲藝術而言，縱橫之間當如何揀擇，即其內在構成因素何者可隨時俗而變？何者須固守不變？揆諸我國古典戲曲，各劇種以它們獨特的語言、聲腔造就其他劇種無法取代的藝術風格，而舞臺所呈現的服裝、佈景、道具、燈光、化妝、文武場面，乃至於舞蹈動作等一切舞臺設計，劇種之間卻可按實際需要而彼此參酌、相互改易。這意思是說，唯獨語言與聲腔兩要素不得

戲十九尚仍崑腔。但崑腔後來一板三眼，此仍一板一眼。傳頭未失，而士夫中無顧曲者，不能起衰振靡。」

稍或假借，若有改易，則失其所以爲該劇種之主要特色。崑曲咬字採中州韻姑蘇音，而其聲腔則是源自曲聖魏良輔的水磨正聲，且平上去入四聲亦各有掇、疊、擻、霍、豁、斷……諸腔與之相配搭，此即所謂腔格。能熟諳腔格，講究口法，唱唸才能符合字正腔圓，也才有「崑曲味兒」㉒這是崑曲之不可變者。

相對地，上述一切舞台設計則是較爲可變者，如傳統戲曲服飾向有「寧穿破不穿錯」之規矩，而今爲求藝術表演光鮮出色，在「不穿錯」的原則下，花色樣式可再按行當、人物性格予以強調、美化；化妝亦復如此。傳統舞台的布景省略，道具簡單，燈光通亮而無變化，若能按劇情需要，適度加上寫意的布景、燈光與出色輕便的道具，將有助於營造、渲染戲劇氛圍。文武場面則自魏良輔時已有增益㉓，今則除仍舊以笛爲主奏樂器（唯今笛實已變古平均孔笛爲不平均矣）之外，又可加揚琴、胡琴，甚至大提琴，使音樂更形豐贍。崑曲雖不趨俗

㉒ 崑曲之唱唸口法與字音，詳參拙著《曲韻與舞台唱唸》，一九九七，里仁書局。

㉓ 沈寵綏《絃索辨訛》言魏良輔創新崑腔，「乃漸改舊習，始備眾樂器。」

取寵，但若能把握崑曲不可變的唱唸原則，而僅對舞台設計稍作修飾，將可招徠更多徘徊門外的初級觀眾，而初級觀眾一被吸引入門，薰染既久，藝術品味自會升級提高，而進一步追求能傳古人之神的純正雅部原味。

其他有關崑曲篇幅過長，關目每不易演全，而令觀眾莫知首尾的毛病，目前崑曲搬演限於人力物力，自然也無法演全（若能演全，那將是一種何等奢侈的藝術浪漫！）一九五六年《十五貫》掌握主題，將折子戲機動地整理改編成首尾俱全的全本戲，而締造一齣戲救活了一個劇種的盛況，之後，大陸各崑劇團紛紛整理舊劇或改編新劇，朝著「全本戲」的目標發展㉔，目的在體貼觀眾，使之能欣賞情節完整的戲，並強調排場的盛大壯觀，此類劇作優劣不一，總以蘊含折子戲神味者較易成為佳構。蓋因創新改編新崑劇者，其傳統詩文根柢較弱，無前賢之器識與文采，格律又欠穩諧，故新編劇縱然關目緊湊、排場可觀，但卻不耐咀嚼回味，無法達到「好戲不厭百回看」的境界。而「折子戲」則是先輩

㉔ 詳參王安祈〈從折子戲到全本戲〉一文，收於《傳統戲曲的現代表現》，一九九六，里仁書局。

由不斷唱演實踐中，使藝術密度日益豐厚的智慧結晶，它具有兩項特點：一是表演藝術的日益精湛，一是角色分工的日益明確㉕，是崑曲表演的精品。以前劇場文宣不甚發達，觀眾入場後亦僅見齣目名稱，而無詳贍的劇情介紹資料，故齣名之簡略與折子戲之單演，易使一般觀眾聆賞多時猶茫無涯涘，既引發不起觀眾共鳴，對戲曲表演而言著實是項缺失。而今戲曲文宣豐富而生動，觀賞時不僅曲辭，連賓白也打上字幕，觀眾耳聞目視，一切劇情瞭然於胸，便能悠閒地專注於舞台上細密深情的表演，於是折子戲缺點盡掃而精緻細膩乃出。折子戲的重新被肯定，正標誌著戲曲藝術的價值不在追新棄舊，而在於內涵高度的提昇。

（原載一九九八年《第四屆近代中國學術研討會論文集》）

㉕ 詳見陸萼庭《崑劇演出史稿》第四章「折子戲的光芒」，頁一九三～二〇二，一九八〇，上海文藝出版社。

元曲唱演之音韻基礎

曲爲有元一代文學之代表，與唐詩、宋詞並爲傳統韻文之主流，講究節奏有致、音韻鏗鏘之美。當雜劇藝術以滄海納百川的氣派容納各種戲樂之長而雄視劇壇時，「曲」豪辣灝爛、疏朗自然的風格，正與之深相契合，成爲元雜劇的音樂主體，戲曲作家也以「振鬣長鳴，萬馬皆瘖」的風姿領一代文壇風騷❶。

❶ 元曲撰作盛況空前，就散曲而言，由元人楊朝英先後編選之《樂府新編陽春白雪》十卷及《朝野新聲太平樂府》九卷，可知其數量之豐，近人隋樹森編《全元散曲》，計收元人小令三八五三首，套數四七五套（殘曲在外），有署名作者共二一二人；劇曲方面，鍾嗣成《錄鬼簿》著錄元雜劇作家一五二人，賈仲明《錄鬼簿續編》續錄元明之際雜劇作家七一

元曲按其體製、作用之異，率可分為散曲與劇曲兩種，散曲為風雅小品，詞人、歌工每將其披諸管絃，播諸脣齒，以達吟詠拍唱之清致；劇曲則藉鑼鼓幫襯之勢，裝扮點綴之工，與身段唱唸之美，演之氍毹，展現光彩紛呈之戲曲整體藝術。

元曲固盛極一時，然其光榮時代蓋隨蒙元政權潰滅以俱逝，明初雖尚有餘勢，又因漸染南戲而無元劇之謹嚴格律❷，萬曆之後，更幾成廣陵散，以致清代以降曲壇多倡北曲已亡之說。然而，吾人若由歌場舞台實際唱演情形予以考索，不難發現屬於戲曲外圍之劇場、裝扮、道具、佈景、燈光……等，可能按實際需要而與時遷變，但屬於戲曲核心部分之唱唸口法，則多仰賴代代口傳心

人，兩書合計二二三人，與《太和正音譜》所錄相近，傅惜華《元代雜劇全目》著錄元代姓名可考之劇作計五〇〇種，無名氏之劇作五〇種，元明之際無名氏劇作一八七種，合此三項，共計雜劇作品七三七種。現存元人雜劇約一六〇種。

❷ 明初賈仲明《昇仙夢》與朱有燉《誠齋樂府》等，皆有以元劇一本四折形式，而雜唱南曲之例。詳參周貽白《中國戲劇發展史》第十九節「雜劇的南曲化」。

授而得以薪傳不墜，此種傳授方式，曲界稱之爲「傳頭」❸。因爲傳頭，北曲遺音可以燈燈相續地傳綿至明代，乃至今日舞台仍傳唱爨演不衰；也因爲有了傳頭這種特殊的傳授方式，使得戲曲音韻得以保留古音至數百年而不消磨，如「皆、街、鞋」等字，迄今舞台唱口猶如元代之歸「皆來」古韻，而實際語言已然消失之閉口音，仍爲明清與近代曲家所斤斤固守❹。

我國傳統戲曲唱唸之鑑賞向以「字正腔圓」爲最高標準，其中「字正」尤較「腔圓」重要，誠如清代王德暉、徐沅澂之《顧誤錄》所云：「大都字爲主，腔爲賓；字宜重，腔宜輕；字宜剛，腔宜柔。反之，則喧賓奪主矣。」咬字清正既是戲曲唱唸之首務，然而一般鑽研聲韻之學者鮮少措意於曲韻一門，遂使

---

❸「傳頭」一詞，見吳梅村〈王郎曲〉「梨園弟子愛傳頭，請事王郎教弦索。」又〈琵琶行〉云：「盡失傳頭誤後生，誰知都唱江南樂。」

❹趙蔭棠分析明清「曲韻派」特色時曾云：「—m韻之存在，尤與唱曲有關係，與實在的語音變遷無關；蓋m雖是子音，卻可以按著唱歌的方法唱得很好，所以曲韻家存而不廢。」見《中原音韻研究》頁五二。

元曲唱演缺乏系統謹嚴之音韻基礎；目前國、高中乃至大專以上之元曲教學，又因譜律難稽、字音莫考而鮮少拍唱吟詠者，是本文乃嘗試就「元曲遺音釐然可據」、「元曲唱演之咬字原則」與「元曲唱演教學音韻舉隅」等數端釐述如次。

壹、元曲遺音釐然可據

元劇之黃金時代於明太祖驅逐韃虜、一統江山時已然褪色，唯其格範係融鑄前賢智慧而成，頗能契合實際搬演需要，故多爲明清傳奇所襲用，如文辭之重本色，套數之兼賅南北，乃至力倡戲曲用韻宜恪遵《中原音韻》等皆是。就戲曲歷史實際發展而言，元劇入明以後雖由盛轉衰，然北曲之南漸，宋元之際已肇其端，如南曲戲文《宦門子弟錯立身》、《小孫屠》皆有北曲套數，「傳奇之祖」《琵琶記》亦兼唱北曲❺，其後《荊釵記》、《拜月亭》、《牧羊記》、《香囊記》、《繡襦記》、《寶劍記》等雖以南曲爲主，亦間雜北套。即標榜南曲正聲之崑腔風靡天下時，傳奇之作如《牡丹亭》、《浣紗記》、《紅拂記》、《西樓記》、《紅梨記》等，亦莫不兼採北套以豐富聲情。且元劇方盛時，其北曲雜劇作家據鍾嗣成《錄鬼簿》記載，多屬江南一帶人士；不但劇作中心南移至杭州，即擅演雜劇、善唱北曲者，由夏庭芝《青樓集》所述，隸籍或馳名於江湘、浙淮等地者，竟高達二十餘位❻，其中張玉蓮兼擅南北曲，能審音知律，即席成賦，亦終老於崑山，凡此皆爲北曲之傳唱南地奠下深厚基礎。

是知有明一代曲家雖多慨嘆北曲之日漸消亡，然自宋末以迄明季，北曲雖將亡而實未亡，故明代論曲者於北曲聲情多能津津樂道不置。如成化、弘治間

❺《錯立身》第十二齣純用北越調〔鬥鵪鶉〕套曲，第五齣爲南北合套；《小孫屠》第七齣亦純用北南呂〔一枝花〕套曲，第九、十四齣爲南北合套；《琵琶記》第十五齣「丹陛陳情」亦南北合套。詳參錢南揚《戲文概論》頁二〇九～二一〇。

❻詳參周維培《論中原音韻》頁四六～四七七。

康海《沜東樂府·序》嘗云：「南詞主激越，其變也爲流麗；北曲主慷慨，其變也樸實。惟樸實故聲有矩度而難借，惟流麗故唱得宛轉而易調。」嘉靖間李開先《喬龍溪詞·序》云：「北之音調舒放雄雅，南則淒惋優柔，均出於風土之自然，不可強而齊也。」幾乎同時的徐渭《南詞敘錄》（一五五九）也說：「聽北曲使人神氣鷹揚，毛髮洒淅，足以作人勇往之志，信胡人之善於鼓怒也。……南曲則紆徐綿眇，流麗婉轉，使人飄飄然喪其所守而不自覺，信南方之柔媚也。」王世貞《曲藻》總結前人之說，爲南北曲之爭勝競美下一簡評：「大抵北主勁切雄麗，南主清峭柔遠。……凡曲：北字多而調促，促處見筋；南字少而調緩，緩處見眼。北則辭情多而聲情少，南則辭情少而聲情多。北力在絃，南力在板。北宜和歌，南宜獨奏。北氣易粗，南氣易弱。此吾論曲三昧語。」明末徐復祚《曲論》亦云：「我吳音宜幼女清歌按拍，故南曲委宛清揚。北音宜將軍鐵板歌『大江東去』，故北曲硬挺直截。」況且北曲於明代，無論爨演、清謳或創作，皆不乏記載，即如嘉靖年間何良俊《四友齋曲說》雖感嘆「近日多尙海鹽南曲，士夫稟心房之精，從婉孌之習者，風靡如一，甚者北土亦移而耽之，更數世後，北曲亦失傳矣。」然該書於北曲之唱演紀錄頗多，如當時教坊所唱雖多時曲，但「雜劇古詞」亦有《㑳梅香》、《倩女離魂》、《王粲登樓》三本仍傳唱於絃索之間；而其友人聞《虎頭牌》〈落梅風〉曲，即讚曰：「此似唐人〈木蘭詩〉！」何氏頗悅，蓋「喜其賞識」也：又載「王渼陂欲塡北詞，求善歌者至家，閉門學唱三年，然後操筆。」足見當時善歌北曲者亦不乏其人。何氏該書最鮮明的記載是：南京著名老曲師頓仁於正德年間隨駕赴北京教坊，學得北曲五十餘曲及套數若干，且「懷之五十年」而遇何氏引爲知音，其於北曲音韻、樂調、伴奏知之甚深，並由何氏之提倡，而使北曲漸爲南人肯定與重視。萬曆後期，沈德符《顧曲雜言》於北曲之記載，資料亦頗豐，如〈塡詞名手〉云：「我朝塡詞高手如陳大聲、沈青門之屬，俱南北散套，不作傳奇。惟周憲王所作雜劇最夥，其刻本名《誠齋樂府》，至今行世，雖警拔稍遜古人，而調入絃索，穩叶流麗，猶有金、元風範。」〈北詞傳授〉載當時北曲唱法有金陵、汴梁、雲中、吳中等派，又云馬四娘「挈其家女郎十五六人來吳中，唱《北西廂》全本」，其中巧孫「於北詞關捩竅妙處，備得眞傳，爲一時獨步。」

當時南教坊亦有傳壽工唱北曲，足見明代中晚期北曲尚多敷唱事例，誠未眞如廣陵散之莫可追慕。

然而自清代以降曲壇多倡北曲已亡之說，如徐大椿《樂府傳聲·序》云：「至北曲則自南曲甚行之後，不甚講習，即有唱者，又即以南曲聲口唱之，遂使宮調不分，陰陽無別，去上不清，全失元人本意。」〈源流〉一節又云：「至明之中葉，崑腔盛行，至今守之不失。其偶唱北曲一二調，亦改爲崑腔之北曲，非當時之北曲矣。」劉禧延《中州切韻贅論》亦云：「北音與吳音輕重不同。……今即唱北曲者亦不從此，蓋已別爲崑腔之北音，而非眞北音，則統曰中州音而已。」細繹斯說之起，大抵受明人所謂北曲將亡及北絃索曾受水磨調釐正等說法影響，而逕謂「眞北音」已不復存在。實則沈寵綏於《度曲須知》中曾詳明闡釋北絃索之消變情形，並肯定北曲遺音仍燈燈遞續於舞台聲口之中而未嘗消亡，其〈曲運隆衰〉云：

> 夫然，則北劇遺音，有未盡消亡者，疑尚留於優者之口，蓋南詞中每帶

北調一折，如《林沖投泊》、《蕭相追賢》、《虯髯下海》《子胥自刎》之類，其詞皆北，當時新聲初改，古格猶存，南曲則演南腔，北曲固仍北調，口口相傳，燈燈遞續，勝國元聲，依然嫡派。雖或精華已鑠，顧雄勁悲壯之氣猶令人毛骨蕭然！

其〈絃律存亡〉亦就曲牌之板拍、唱法與曲音之高下緊舒，分析當時優子當場「無走樣腔情」，於「古腔古調，庶猶有合」，從而肯定「豈非優伶之口，猶留古意哉！」

元曲音樂如是，元曲咬字尤其更有遺音可尋，觀明清兩代曲壇對北曲音韻之代表——周德清《中原音韻》系統之凜遵不違可知。嘉靖年間，何良俊家中最擅北曲的頓仁雖欠學養，但「於《中原音韻》、《瓊林雅韻》終年不去手，故開口、閉口與四聲陰、陽字，八九分皆是。」老頓對閉口音尤其講究。萬曆初期，《中原音韻》仍頗風行，王驥德不但見到周氏原本，而且連卓從之《中州樂府音韻類編》內容亦甚爲清楚❼，至於王文璧《中州音韻》在當時亦必極爲風行，由《曲律·論韻第七》所述北曲字音可知，其文云：「周之韻，故爲北詞設也，今爲南曲，則益有不可從者。蓋南曲自有南方之音，從其地也。如遵其所爲音且叶者，而歌『龍』爲『驢東切』，歌『玉』爲『御』，歌『綠』爲『慮』，歌『宅』爲『柴』，歌『落』爲『潦』，歌『握』爲『杳』，聽者不啻群起而唾矣！」周德清《中原音韻》無反切音釋，眾所共知，而此處「龍」字，王驥德注其北音爲「驢東切」，正是王文璧《中州音韻》之反切，「玉」、「綠」、「落」之音注亦然，唯「宅」字，王文璧作「池齋切」與《曲律》不

❼ 王驥德《曲律》常引周韻之說，藉與南曲比較，如〈論韻第七〉所列韻目與韻字次第，皆與周韻相符（王文璧作「庚清」，《曲律》與周韻俱作「庚青」）；〈論陰陽第六〉亦提及周氏《中原音韻·後序》將〈四塊玉〉之「青」字改作「纏」字之原委；〈論襯字第十九〉所言多屬〈作詞十法〉格律，由是可知王驥德必得見周韻原本。又其〈論陰陽第六〉云：「余家藏得元燕山卓從之《中原音韻類編》，與周韻凡類皆同，獨每韻有陰，有陽，又有陰陽通用之三類；如東鍾韻中，東之類爲陰，戎之類爲陽，而通、同之類，並屬陰陽。」

同而已。最明顯的是「握」字，周韻未收，而王文璧在入作上同音字「約」下注「叶杳」，與《曲律》相合，至於德清之「約」字雖重出於蕭豪、歌戈二韻，但皆爲「入作去」而非上聲，與《曲律》不符。

萬曆中後期，戲曲作家與舞台唱唸所用之北曲音韻，率以《中原音韻》爲準，但當時眞本《中原音韻》並未流通刊行於世，蓋因傳統觀念鄙詞曲爲小道，故德清之書僅爲詞人、歌工所集，一般學士大夫並不重視，甚且不知有此書❽，斯時德清原著已難覓得，誠如蔡清爲王文璧《中州音韻》作序時所云：「其書雖爲識者所賞，而未及顯行於世，況更物以來，蠹蝕湮晦，復百餘年矣！」故坊間流行之所謂《中原韻》、《中州韻》者，多爲周德清《中原音韻》之修訂本❾。目前所存音義兼注者有王文璧《中州音韻》與葉以震《中原音韻》❿。

---

❽ 徐復祚《三家村老曲論》云：「金、元詞曲、傳奇樂府，始宗周德清《中原音韻》，特作詞人與歌工集之耳，學士大夫不知也。」

❾ 詳參寧繼福《中原音韻表稿》頁二～三。

❿ 王文璧《中州音韻》成於弘治十六年（一五〇三）至正德三年（一五〇八）之間，詳參趙

由於當時南曲勢居主流，北曲轉衰，故德清原本未顯行於世，而以周韻爲基礎之修訂本，亦因易代翻刻而多所訛誤。古本雅音難覓，對北曲遺響具有神聖使命感的沈寵綏，只好將諸多修訂本參酌磨較⓫，希望能釐正南北各地方音，使北曲之中原雅音得傳於世⓬，於是他潛心撰作《絃索辨訛》、《度曲須知》，

蔭棠《中原音韻研究》頁四三～四六之考證。王本原刊現已不傳，今所見者有日本內閣文庫藏明刊本，萬曆四十七年張善達校本，清康熙元年張漢重校本，三種本子無多大差異。葉本或稱《重訂中原音韻》，係王本之改訂本，成於一六二一～一六四四年間，鈴木勝則認爲明末臧晉叔《元曲選．音釋》與清毛先舒《南曲入聲客問》很可能是使用葉本，沈璟《南九宮譜》使用王本，而沈寵綏《度曲須知》、《絃索辨訛》則使用葉本。但據尉遲治平分析，沈寵綏所使用的應是一種與王、葉二本都不同，但差別不大的《中原音韻》，詳參尉遲氏〈北叶《中原》，南遵《洪武》析義〉一文，載高福生等《中原音韻新論》頁一九八～二一〇。一九九一，北京大學出版社。

⓫ 沈寵綏於《絃索辨訛》《北西廂記．佳期》〔煞尾〕末注云：「是編雖云辨訛，然所憑叶切，惟坊刻《中原韻》耳。易代翻刊，寧乏魯魚亥豕之誤？余固多本磨較，釐正不少，乃終有諸刻符同尚疑傳譌者。……倘同志者覓得古本雅音，一爲磨訂，則余深有望焉爾。」

⓬ 沈氏《絃索辨訛．序》云：「北詞之被絃索者，無譜可稽，惟師牙後餘慧。且北無入聲，叶歸平、上、去三聲，尤難懸解。以吳儂之方言，代中州之雅韻，字理乖張，音義逕庭，

從淺及深，繇源達委，俾作曲、唱曲者釐音榷調皆有矩矱可循，其功在曲壇自不待言。觀其書所論率與周韻之旨相符，茲略陳數端如次：

《絃索辨訛》於《北西廂·停婚》〔離亭宴帶歇拍煞〕末云：「曲中多、羅、波、莫、火、躲、婆、酡等字，俱出歌戈韻，其口法在半含半吐之間，非如都、盧、逋、古、虎、堵、葡、徒之必應滿口唱也。蓋模韻與歌戈口法較殊，唱者須當細辨。」沈氏形容歌戈韻口法在半含半吐之間，魚模韻則應唱滿口，所謂滿口，相當於今聲韻學上所稱的合口、撮口⓭。兩韻口法不同，沈氏於《度曲須知·出字總訣》中形容更為簡潔：「魚模，撮口呼。……歌戈，莫混魚模。」蓋因此二韻唱者多所牽混，故沈氏特加強調，〈收音總訣〉又云：「模及歌戈，輕重收嗚。……魚模之魚，厥音乃于。」並結合實際唱唸情形標注：「模韻收

其為周郎賞者誰耶？不揣固陋，取《中原韻》為楷，凡絃索諸曲，詳加釐考，細辨音切，字必求其正聲，聲必求其本義，庶不失勝國元音而止。」

⓭ 沈寵綏《度曲須知·經緯圖說》曾有小注：「如彼之合口，即我滿口；彼之捲舌，即我穿牙；彼之齊齒，即我嘻脣；彼之開口，即我張喉，皆義同名異，不應牽泥。」

重，歌戈收輕。」目前聲韻學者對《中原音韻》十九韻的擬音，魚模大抵爲〔u〕、〔iu〕，歌戈則作〔o〕、〔uo〕，與沈氏描繪頗爲吻合。又《北西廂・窺簡》末，沈氏又載寒山、先天之口法曰：「曲中顏、慳、簡、眼、限、奸等字俱出寒山韻，須張喉闊唱，非如言、牽、蹇、偃、現、堅之僅僅扯口而已。蓋先天、寒山，各成口法。」《出字總訣》云：「寒山，喉沒擱（按：「擱」疑爲「攔」之形誤。）。先天，在舌端。」亦皆與周韻相符。至於其他韻部之唱唸口法，沈氏《出字總訣》與《收音總訣》所述，與周韻相較，亦無不相合。

在個別字韻方面，沈氏於《北西廂・聽琴》末云：「曲中『冰輪乍湧』及別套『一輪明月』、『梵王宮殿月輪高』、『伴簑笠綸也麼竿』，諸輪字俱驢敦切，恰像叶鄰撮口，與論之盧敦切口氣較殊。今人乃與『說短論長』之論字同一唱法，何異龍唱籠音乎？須詳別口法，方是到家。」沈氏表示「輪」字應唱撮口〔liuən〕，與合口之「論」字〔luən〕唱法不同。今查周氏《中原音韻》眞文韻陽平字「輪、論」音異；王文璧「輪」字作驢敦切，「論」字作盧敦切，蓋秉周韻而作，是益可證沈氏所言不虛。又該齣〔普天樂〕下沈氏注曰：「晚、挽二字，各種韻書叶切皆同。今人晚則唱飯上聲，挽則唱灣上聲，同音兩唱，不知何考。」今查周韻寒山上聲韻下「晚、挽」二字同音（楊耐思俱標作〔van〕），王文璧《中州音韻》亦同，是知當時俗唱有誤，沈氏乃提出問題並作辨明。此外，在《紅梨記・花婆》末，沈氏曾藉旋、涎二字闡明反切之理，其文曰：「此套『野狐涎』之『涎』字，徐剪切，『旋風刮』之『旋』字，詞鐫切，音本同而口之撮不撮則異。每見唱『游藝中原』曲者，其『饞口涎空嚥』之『涎』字，往往錯認撮口，此乃惑於徐煎之徐字耳。不知撮閉合開之口法，俱以下半切爲準，徐雖撮而煎則不撮，即如詳爲徐將切，強爲渠良切，未嘗不以撮口之徐渠，切嘻口之詳強也；又如全爲才宣切，傳爲池專切，未嘗不以嘻口之才池，切撮口之全傳也。全、傳自肖宣、專，詳、強一准將、良，則涎、旋亦但倣煎、鐫，撮不撮豈關上半切哉，蓋上半切特管牙、舌、齒、脣、喉之音耳。」沈氏說明「旋」字應唱撮口，「涎」字則不撮，爲齊齒呼，並強調開齊合撮等四呼口法，皆視反切下字而定，與反切上字無關。此反切原理，於今視之本無深奧之處，然於明季音韻之學尚未普遍之際，沈氏能有此清晰觀念，並不避煩瑣屢加闡釋，則殊非易易。⑭

明代萬曆以降，曲韻用韻不僅北曲韻押《中原》，南曲亦宗周韻。據《古本戲曲叢刊》二、三、五集所載，明萬曆至清雍正年間，至少有二八位作家六三種傳奇，於每齣下按《中原音韻》標明所用之韻部，此類作家有：汪廷訥、鈕卜大荒、史槃、馮夢龍、韓上桂、范文若、沈君謨、吳炳、黃周星、孫郁、鈕格、清嘯生、朱素臣、李玉、丁耀亢、包三錫、許廷彔、龔璉、查愼行、張凱、李應桂、徐沁、蔡應龍、曹岩、介石逸叟、范希哲等。此外，清初宮廷大戲《封神天榜》、《昇平寶筏》、《勸善金科》、《昭代簫韶》諸種，亦於每齣下按《中原音韻》標注韻部，足見萬曆之後，曲壇中原音韻派已勢居主流，周維培

⑭ 沈寵綏對當時《中原音韻》諸多修訂本持態度，並非一味地盲從，尤其王文璧《中州音韻》有所訛誤之處，沈氏雖未見周韻亦能憑一己高超之音韻造詣提出質疑，並道出與周韻相吻合之正確音讀。可能他是從其他修訂本中多方磨較，終而悟得正音以勘正王氏之誤，也有可能當時曲壇傳唱之北曲，依然保持德清嫡派之正確定音。詳參拙著《曲韻與唱唸關係之探索》頁一三〇～一三二，國立台灣師大國研所博士論文，一九九六年五月。

曾選擇此類明清傳奇四十種，將其使用周韻之情形製成統計圖表，頗可參酌⑮。

在曲韻專書編撰方面，明代題名朱權之《瓊林雅韻》（一三九八）、《菉斐軒詞林韻釋》（一四八三）、王文璧《中州音韻》（一五〇八前）、范善溱《中州全韻》（一六三一）等，皆仍周韻而韻分十九；清代王鵕《中州音韻輯要》（一七八一）、周昂《增訂中州全韻》（一七九一）、沈乘麐《曲韻驪珠》（一七四六—一七九二）等，在韻部劃分上，亦僅按韻母之不同，將齊微析為機微〔i〕、歸（灰）回〔ei〕二韻，魚模析為居魚〔y〕、蘇（姑）模〔u〕韻而已，其基本骨幹仍恪遵周韻⑯。近代曲家吳梅《顧曲麈談》、王季烈《螾廬曲談》及盧前《曲韻舉隅》亦皆仍前賢之說而韻分二十一部。《中原音韻》之得勢曲壇，使得北曲不僅在創作或舞台唱演方面皆有準則可依，而元曲遺音亦賴此而釐然可據。

---

⑮ 詳參周維培《論中原音韻》頁八五～八六。一九九〇，中國戲劇出版社。

⑯ 周昂《增訂中州全韻》多出「知如」一韻，成為二二韻，紊亂曲韻畛域，殊不可取；沈氏《曲韻驪珠》另將入聲八個韻部獨立，並標註南北異音，以便作曲、唱曲者審音辨字。詳參拙著《曲韻與唱唸關係之探索》頁一七九～一八三。

貳、元曲唱演之咬字原則

曲之擅盛肇自胡元，元以前並無所謂曲韻，曲分南北，有元一代盛行北曲，明清傳奇則南北曲兼備。《中原音韻》是第一部根據北曲韻律而編纂的戲曲韻書，它標榜「中原之音」，突破《切韻》以來傳統韻書的歸韻系統，是一部劃時代的著作。在編排方面，它一反傳統韻書「先分聲調，後分韻類」之常例，先立韻部，每一韻部之內再分陰平、陽平、上聲、去聲四個聲調，主要是照顧曲韻平、上、去三聲通押與北曲「入派三聲」的實際需要，而「平分陰陽」亦爲其編排特色之一。

《中原音韻》既爲曲韻之嚆矢，又專爲元曲而作，是欲論元曲唱演之咬字原則，自當以周韻爲宗。唯曲韻向有與時俱變與存古典型兩種特質，蓋因曲之本色在唱，曲韻必須與實際唱口結合才有意義，即曲詞押韻與伶人咬字應與當時語音諧和，觀眾方得以聆賞無礙，由此而獲得共鳴，故曲韻每較一般傳統韻書切合實際語音，而藉曲韻以稽考當代語音系統之研究，即著眼於曲韻與時遷變之特質⑰，觀歷代曲韻專書在收字歸韻方面亦往往能突破傳統韻書之範限，記錄並保存當時實際語音。如閉口韻之脣音字，《中原音韻》、《中州音韻》與《詞林韻釋》等元明韻書皆將侵韻之「品」字改隸眞文、「稟」字改隸庚青，鹽韻之「貶」字改隸先天，凡韻之「凡帆犯範」等字改隸寒山，甚至零星一個「肯」字由庚青變入了眞文，也被據實地紀載了⑱。在歸韻方面，曲韻較詩韻詞韻更能照顧語言的實際現象，宋毛晃增注、毛居正校勘重增的《增修互注禮部韻略》於微韻後有段按語：

> 所謂一韻當析爲二者，如麻字韻自奢以下，馬字韻自寫以下，禡字韻自藉以下，皆當別爲一韻，但與之通可也。蓋麻馬禡等字皆喉音，奢寫藉

---

⑰ 王力《漢語史稿》頁二一一云：「《切韻》以後，雖然有了韻書，但是韻書由於拘守傳統，並不像韻文（特別是俗文學）那樣正確地反映當代的韻母系統。因此我們有必要研究唐詩、宋詞、元曲的實際押韻，來補充和修正韻書脫離實際的地方。」

⑱ 參王力《漢語詩律學》頁七五五。

等字皆齒音，以中原雅聲求之，夐然不同矣。

足見麻韻在宋代語音裡實已分爲二，但詩韻詞韻皆未反映此現象，直到周德清作曲韻才將它析分爲家麻（韻母爲〔ɑ〕）、車遮（韻母爲〔e〕）二類。他如按韻母之發展差異而析分的韻另有支思（〔ɿ〕或〔ʅ〕）與齊微（〔i〕）、寒山（〔ɑn〕）與桓歡（〔on〕）。此外，曲韻韻目之釐訂，與詩詞相較，曾有一番統整與辨析，即詩韻不計仄聲共有三十部，詞韻不計入聲僅十四部，曲韻則居其中，韻分十九（南曲不計入聲，率分二十一韻），不致過繁或過簡，如按韻母之相近，將詩韻眞、文、元與蕭、肴、豪各歸併爲眞文與蕭豪二韻；又按介音之有無，將詞韻第七部內之寒山〔ɑn〕與先天〔ien〕分開，將第十四部之監咸〔ɑm〕與廉纖〔iem〕分開，使曲韻變得明晰而精細，更能符合實際唱演時給予觀眾「耳聞即詳」的要求。

此外，戲曲之唱唸口法多賴師徒代代口傳心授、燈燈相續之「傳頭」方式，而得以傳綿至今。如明、王驥德《曲律》即曾提及曲壇先輩有所謂「傳腔遞板」

之法，以使舊曲之板拍、腔調、快慢能毫無參差地薪傳不墜⓳，而今日傳統戲曲唱演所重視的「中州韻」、「尖團音」、「閉口音」等，亦皆曲韻存古典型之重要表徵。由是觀之，戲曲語言竟是一種多層面雜糅而成的藝術語言，它使得曲韻同時具有切合實際語音與保留古音兩種特質。是今日論元曲唱演之咬字原則，自當掌握曲韻與時俱變又存古典型之特質，而對《中原音韻》抱持一種非徒存其形而能繼其神的態度，唯有如此，才能使元曲唱演之音韻基礎內容更爲廣袤，淵源更見深厚，也才能確切掌握我國傳統戲曲程式化的唱唸特色⓴。茲將元曲唱演在咬字方面曾受爭議的若干問題，略舉數端分述如后。

⓳ 王氏《曲律・論板眼第十一》云：「聞之先輩，有傳腔遞板之法。以數人暗中圜坐，將舊曲每人歌一字，即以板輪流遞按，令數人歌之如一聲，按之如一板；稍有緊緩（腔）、先後（板）之誤，輒記字以罰。如此庶不致腔調參差，即古所謂累累如貫珠者。」

⓴ 程式性，是我國傳統戲曲特有的一種藝術現象，它來源於生活，對生活中的語言、動作進行藝術性的概括與提煉，如起霸、趟馬、開關門、上下馬等動作，鑼鼓點、唱唸等音樂規律，乃至笑聲、哭頭等藝術語言，皆是戲曲程式的組合，程式對藝術表現在形式上、技術上有著嚴格的規範，它是戲曲藝術體現形式美的必要手段。」詳參何爲〈論戲曲音樂的程式性〉一文，載《戲曲研究》第十一輯。

一、入派三聲宜配合唱唸

《中原音韻》一書，本爲曲壇審音辨字而作，周德清在序文中明白表示當時曲壇漠視曲韻，以致字訛韻乖而難付歌喉，於是他深心擘畫「爲訂砭之文」予以救正，而該書內容亦泰半與元曲實際唱唸密然相關。如德清特別強調「平分陰陽」，並在後序中提及歌姬唱〔四塊玉〕「彩扇歌，青樓飲」句時，「青」字用陰平不合律，其友瑣非復初乃驅紅袖改用陽平「纏」字，唱作「買笑金，纏頭錦」，方才合律依腔。又其「作詞十法」之末句定格尤重上去之分，因多爲務頭所在，不若是則恐音律不諧。但據王力研究，周德清所謂平分陰陽、嚴別上去，只是技巧上的需要，而不是規律，換言之，這種主張屬於周德清個人的度曲藝術，而非元代北曲的歷史事實；更確切地說，周德清上述說法皆就唱曲而發，按北曲的歷史事實看來，他的主張與北曲創作無多大關係，倒是與元曲的唱唸密不可分㉑。故《四庫全書》將《中原音韻》置於詞曲類，雖有貶意，但卻很合作者的原意，誠如趙蔭棠所言：「周氏之書本爲戲曲而設，我們現在尊牠爲記載國音的鼻祖之韻書，乃是牠的副產，副產的效用比正產還大，這是原作者所料不到的。」㉒

《中原音韻》既爲戲曲而設，則它在韻書體例上的突破性創舉——入派三聲，自然也與元曲實際唱唸息息相關。只是周氏在入聲歸派的韻字上皆標明「入作平」、「入作上」、「入作去」，以與原來的平上去有所區分，但在支思韻「入聲作上聲」下又運用直音法，以上聲來標注傳統入聲字：「澀瑟音史〇塞音死」，同時在〈起例〉第四和第五條對入聲又有不同的說明方式：

㉑ 王力認爲「從元曲的實際情形看來，陰陽兩平聲仍是當作一類看待的。」「句中的上聲或去聲，只是技巧上的需要，或周氏個人的主張如此，所以元人並沒有普遍地遵守。」並舉元曲末句只論平仄而不必分別上去之實例若干，以證「曲韻平仄之嚴並非特嚴於末句。」詳參《漢語詩律學》頁七七四～七八〇。

㉒ 見趙蔭棠《中原音韻研究》卷上頁四，新文豐出版公司。

△平、上、去、入四聲，《音韻》無入聲，派入平、上、去三聲。前輩佳作中間，備載明白，但未有以集之者，今撮其同聲；或有未當，與我同志改而正諸！

△入聲派入平、上、去三聲者，以廣其押韻，爲作詞而設耳，然呼吸言語之間，還有入聲之別。

這兩條形式矛盾的解說，造成兩面性詭辭，在聲韻學界引發「有入」、「無入」兩極化的爭議，主張《中原音韻》所據的音系已無入聲者有王力、董同龢、藤堂明保、趙遐秋和曾慶瑞、寧繼福、薛鳳生等；主張仍有入聲者爲陸志韋、楊耐思、李新魁、司徒修等，兩派各有論證，相持不下。這問題明清曲家也曾談過，如明沈寵綏《度曲須知·四聲批窾》云：「北曲無入聲，派叶平上去三聲，此廣其押韻，爲作詞而設耳。然呼吸吞吐之間，還有入聲之別，度北曲者須當理會。」此說與德清意見相合；清毛先舒《南曲入聲客問》認爲「北之入作平上去也，方音也。北人口語無入聲，凡入聲皆作平上去呼之。」毛氏首揭「北人口語無入聲」之說，徐大椿《樂府傳聲》「入聲派三聲法」條亦云：「北曲無入聲，將入聲派入三聲，蓋以北人言語，本無入聲，故唱曲亦無入聲也。」唯毛、徐二人並無有力論證，故其說鮮為學者引用。

《中原音韻》所呈現的入聲問題頗為複雜，據研究，與周韻時間較接近的《古今韻會舉要》與《蒙古字韻》，皆完整地保存中古的入聲類別，即在編排體例上仍是平上去入四聲皆備；而明代無論表現讀書音系統或口語系統的韻書、韻圖，如雲南人蘭茂《韻略易通》乃至金尼閣《西儒耳目資》等近二十種，皆毫無例外地保存入聲，且作者多屬北方話區。又大陸自一九五五年起，曾對全國漢語方言進行一次普查，結果顯示北方話區有相當大的地區依然保存入聲。㉓既然元代北方實際語言有入聲存在，為何周德清硬要將它派入三聲？在《中原音韻》裡，周氏曾指出「入派三聲」在元曲創作上有其實際需要，即為「廣其押韻」。事實上，周氏將入聲派叶三聲的主要根源仍在宋詞，即入派三

㉓ 上述資料詳參楊耐思《中原音韻音系》頁五〇～五六；李新魁〈再論中原音韻的入派三聲〉一文，收於《中原音韻新論》頁六四～八五。

聲的作法，周氏並非獨創，早在宋詞創作時，詞家即有此權便之法，如沈義父《樂府指迷》嘗云：「……如平聲，卻用得入聲字替。」戈載《詞林正韻·發凡》亦羅列宋詞韻腳與句中字面入作三聲之例不下三十。當時宋詞入聲既未消失，何以詞家要將它派叶三聲？韻字之派叶，固可解釋為「廣其押韻」，但句中字既非關押韻，為何還要派叶呢？最合理的解釋是為了配合唱曲的需要。因為入聲字帶塞音韻尾，出口即斷，向有「瘂音」、「啞韻」之稱，而詞曲皆被諸管絃，合樂而歌，唱時又須延腔曼韻以體現旋律抑揚宛轉之美，因而宋詞入聲除了短腔出口戛然唱斷之外，長腔在隨後的拖腔，則可按詞調旋律需要而譜成平、上、去各類腔型。由宋詞入作三聲的情形，當可體會周德清之「入派三聲」與唱曲需要必有莫大關係，何況元曲的入聲字塞音韻尾強度減弱，比宋詞更適合派叶三聲，箇中道理，明清論曲韻者如沈寵綏、呂坤、葛中選、梁廷柟、徐大椿、戈載、劉熙載等皆有詳明闡釋。此外，《中原音韻》所列入聲字重出而多音之現象，與戲曲作家之方音無多大關係，亦很難用文白異讀或某一地區之通行語來解釋，唯有從曲唱派叶角度闡釋才較合理。[24]

入派三聲既與元曲唱演有關，則入聲字在元代劇曲中何時該讀其本來字調？何時該轉爲派叶之調？金周生曾將《中原音韻》八十個入聲多音字之音讀予以歸納分析，得出「入派三聲可能就是一種受曲調影響而自然改變原聲調之特殊唱曲音」之結論[25]，即每一入聲字各按所處該曲牌字格之需要，而靈活派叶於平、上、去三聲之中。金氏另就明・臧晉叔《元曲選》對元人雜劇百種所作之「音釋」考索臧氏對入聲字之標音，發現凡是曲文韻腳部分，臧氏一律派叶三聲，若曲文非押韻之句中字，則僅有百分之三十九派叶三聲，而有百分之六十仍讀入聲，至於一般賓白，則有百分之八十標入聲[26]。筆者認爲這項統計

[24] 詳參拙著《曲韻與唱唸關係之探索》頁一〇三～一〇七。

[25] 詳參金周生〈中原音韻入聲多音字音證〉一文，輔仁學誌第十三期。

[26] 詳見金周生〈從臧晉叔《元曲選》「音釋」標注某一古入聲字的兩種方法看其對元雜劇入聲字唱唸法的處理方式〉一文，輔仁學誌第廿二期。

頗能符合元曲唱演之規律，即入聲字若在韻腳，因韻腳須延聲曼歌，乃有一唱三歎之致，故不宜唱成斷腔，元曲於是全數派叶三聲；入聲字若在句中，則宜按字格與曲調旋律之配合，而或作短腔，或作長腔，又北曲聲情與南曲相較，顯得字多而調促，故元曲句中入聲字有百分之六十唱成短腔接近入聲之本來字格；入聲字若在賓白，則除非特殊字義或用法（如可能受某地已無入聲之俚語影響等），否則大都讀成入聲本來面目（佔八成以上），與生活語言極為相近。由此亦可證明元代實際語言仍有入聲存在，而周德清所謂「《音韻》無入聲，派入平、上、去三聲」，指的是曲文韻腳部分，至於「呼吸言語之間，還有入聲之別」，則除了目前聲韻學界所說的元代實際語言仍有入聲存在等觀點之外，似亦可解釋為賓白之唸誦仍有入聲之別，因賓白與生活語言本較接近，故二說並無歧異。而從曲唱的角度看周德清〈自序〉所謂「入聲於句中不能歌者，不知入聲作平聲也。」以及〈作詞十法〉「入聲作平聲」條下所註：「施於句中，不可不謹。皆不能正其音。」等，皆不難體會挺齋所要強調的是：實際語言中的入聲，在曲文中若因腔長而不便歌唱，則宜派叶平聲（按：上去亦可），而此時所唱的腔格，已非入聲原來的（正音），故不可不謹慎運用，尤其不可濫施。

近代以來曲壇、舞台唱演元劇時，其曲文與賓白對入聲字之唱唸處理方式，頗與上述說法相符。如今日戲曲界仍爨演不輟的《東窗事犯．掃秦》一折，飾演地藏王化身之瘋僧「丑」與扮飾秦檜之「淨」，在舞台上有戲劇性極高的唱做對白，此場戲除淨上場時因排場需要唱了一支〔出隊子〕之外，全折十二支曲牌皆由丑主唱，並押齊微一韻，保留元雜劇一人主唱、一韻到底之遺制。茲略舉其中丑所唱〔鬥鵪鶉〕與〔朝天子〕二支曲牌爲例，說明入聲字在曲文中之拍唱情形。〔鬥鵪鶉〕曲文：「俺待要結搆金邦哩！也只是肥家，那裡肯爲國。俺如今事要前思，免勞免勞得這後悔。卻不道湛湛青天不可欺。如今人都理會的。俺在這裡嚇鬼瞞神哩！俺做的事事做的來藏頭噯露尾。」其中入聲字在韻腳的有「國」與「的」二字，譜上工尺皆作二拍以上之長腔，「國」字尤其長到五拍。近代曲學大家王季烈[27]所編撰之《集成曲譜》曾將北曲入聲字標

---

27 有關王季烈之生平、著作與曲學重要理論，詳參拙著《近代曲學二家研究——吳梅、王季烈》，一九九二年九月，台灣學生書局。

註派叶三聲之音讀，如此支曲牌之入聲字「只，眞失切，入作上」；「國叶鬼；得，登委切，均入作上」；「卻叶巧，入作上」；「不叶補，入作上」；「的叶底，入作上」。位於句中字面之「只」字腔略長，占一拍；其他「得」、「卻」、「不」與「做的」之「的」皆較短，占半拍。〔朝天子〕曲文：「太師爺俺與恁說知。說著恁那就裡。俺只索要忍辱波羅蜜。恁可也悔當初屈殺了他二人，可也無著無對。到如今悔後遲。他在陰司下便等你。在閻王殿前去告你。這的是恁自造下落得這旁州例。」此曲入聲字在韻腳的「蜜」字亦譜長腔，占五拍；在句中的「說」字占一或二拍，「只索要」之「只索」二字各占半拍，較〔鬥鵪鶉〕之「也只是」之「只」字短促，蓋因「只索」、「只索要」爲元時方言俗語，讀時二或三字連讀，意謂「只得」。「屈殺」亦口語，二字各占半拍；「著」字占一拍半；「這的是」之「的」與「落得」亦屬常用口語，故三字皆各占半拍。由是可證元劇曲文之入聲字若在韻腳，則全數派叶三聲，以達延聲曼歌、一唱三歎之致；若在句中，則按曲意與曲調旋律之需，而譜成略短或略長之腔型，要以不超過韻腳之腔長爲原則。

至於元劇賓白之入聲字，王季烈《與眾曲譜》蓋因刻意求古，故不標入聲短促符號「—」㉘，然目前舞台實際搬演所唱元劇如〈掃秦〉、《慈悲願·認子》、《單刀會·刀會》、《昊天塔·五臺》、〈敬德裝瘋〉以及《西游記》之〈胖姑〉、〈借扇〉等，其賓白皆唸入聲字短促之本音。而明清傳奇含北曲套數之齣目，如《鐵冠圖·刺虎》、《長生殿·哭像》，其賓白亦皆讀入聲本調，尤其《長生殿·驚變》一齣，楊貴妃唱南曲，唐明皇唱北曲，明皇賓白之入聲字，《與眾曲譜》亦標「—」符號，自當唸入聲本調；《琵琶記·辭朝》一齣，末扮小黃門唱北曲〔點絳脣〕後所頌之「黃門賦」，其入聲字雖未標「—」符號，但在小生蔡伯喈上場後，末與他的對白即明顯標註入聲「—」之短促符號，由此亦可證元曲賓白除特殊詩、詞、賦等韻文之外，大抵皆唸入聲短促之

㉘《與眾曲譜·凡例》云：「諺云一白二引三曲子，謂曲最易，白最難也。然自來曲譜，於賓白之抑揚緩急，絕不指授，故初學視爲畏途。茲譜於賓白逐句點斷，更於平聲應延長之字，在下角加」，上聲陰平聲應揭高之字，在旁加△，入聲應疾過之字，右旁加—。」

原來字調。

二、閉口音宜存古典型

《中原音韻》中的閉口三韻——侵尋、監咸、廉纖，在元代實際語言中是否存在？學界向有不同看法，因我國現代方言中，僅閩、粵與客家語系等「閩海之音」依然保存收m的閉口音，其他分佈地域甚廣的官話音系（包括北方語言）與吳語區皆無閉口音㉙，故元曲中閉口韻的存在不免使人感到懷疑。其實，遠在唐朝方音中就有閉口韻與他韻相混的記載，《全唐詩·諧謔類二》載胡曾（約八七四）〈戲妻族語不正〉詩云：

呼十卻爲石，喚針將作眞，忽然雲雨至，總道是天因。

㉙ 有關現代方音五大系之範疇與特色，可參王力《漢語音韻學》頁五六三～五六六。

錢大昕《十駕齋養新錄》「唐人辨聲韻」條下引此詩，並說明：「唐人喜辨聲韻，雖尋常言語亦不苟。」胡妻里籍不詳，其族語「針」讀「眞」，「陰」讀「因」，足見－m尾已然演化爲－n。宋劉攽（一〇二二～一〇八八）《貢父詩話》亦載：「荊楚以南爲難，……荊楚士題雪用先字，後曰十二峰巒旋旋添，讀添爲天字也。」說明宋代荊楚方言將「南」、「添」等閉口韻尾，讀爲舌尖鼻音「難」、「天」，與傳統韻書歸韻不同。宋詞中更大量出現－m、－n韻尾字合押叶韻的現象，其主要原因是受作者方音之影響[30]。元曲雖偶有－m－n混押之例，但情形不如宋詞嚴重。趙蔭棠認爲元代－m韻已起了變化，周德清之所以仍將閉口三韻獨立，是基於著書者「寧從舊不從新」的愼重心理[31]；王力

[30] 據金周生〈談－m尾韻母字於宋詞中的押韻現象〉一文稽考，宋詞四七五個韻例中，咸攝獨押一〇七次，總數不及四分之一，咸山攝合押三四一次，卻占四分之三，他種押韻則僅及百分之二。該文載《聲韻論叢》第三輯。

[31] 趙蔭棠《中原音韻研究》頁一三一云：「我們要知道凡著書者都有幾分愼重的心理，他們對於態度不明瞭的事實，寧從舊不從新。周氏著《中原音韻》，自然也逃不出這個愼重的

則認爲元代閉口韻的唇音雖已發生變化，《中原音韻》、《中州音韻》和《詞林韻釋》將原本屬閉口韻的「品、稟、貶、凡、帆、犯、範」等字改隸舌尖鼻音韻尾，「咱們可以從反面證明那些沒有改編的都是未變的，這就是說，—n—ng—m三個系統在元代的北方仍舊是保存著的了。」㉜

根據與《中原音韻》同時代的《蒙古字韻》來看，它雖僅分十五韻目，但卻包括「十二覃」與「十三侵」兩種閉口韻；《輟耕錄》、《古今韻會舉要》等亦皆存在—m韻尾㉝。而周德清也不厭其煩地在〈起例〉二十一條中舉出數

原則。……例如附聲—m，早就起了動搖，他還在那擁護。設若他將動搖的景象，當成定論，恐怕也成笑話吧？」

㉜ 參王力《漢語詩律學》頁七五五。

㉝ 楊耐思〈近代漢語—m的轉化〉一文列舉與《中原音韻》同時期資料，如元代出版的日用百科《新編纂圖增類群書類要事林廣記》、陶宗儀《南村輟耕錄》、熊忠《古今韻會舉要》、《七音》、八思巴字對音與《蒙古字韻》等，皆明列閉口韻。該文載一九八一年《語言學論叢》第七輯。

十組—m與—n相對立的字，其目的在「正音」，提醒作者、唱者切莫受方音影響而混淆閉口韻系統，並於十四條中舉《陽春白雪集》〔水仙子〕開閉同押之病，要「作者緊戒」㉞，對全押閉口而無一字出韻之〔四塊玉〕，則大加讚賞㉟。由此可知元代閉口韻依然涇渭分明，其所以與他韻略混者，實乃作者方音影響使然，吾人誠未可據其末流而懷疑元時閉口音之存在。

《中原音韻》在語音史上具有「活語言」的價值，它雖無法全面性地照顧

㉞ 〈起例〉十四條云：「《陽春白雪集》〔水仙子〕『壽陽宮額得魁名，南浦西湖分外清，橫斜疏影窗間印，惹詩人說到今。萬花中先綻瓊英。自古詩人愛，騎驢踏雪尋，忍凍在前村。』開合同押，用了三韻，大可笑焉。詞之法度全不知，妄亂編集板行，其不恥者如是，作者緊戒。」按楊朝英此曲雙調〔水仙子〕韻腳「名、清、英」屬庚青韻；「今、尋」屬侵尋韻；「印、村」屬眞文韻。

㉟ 明蔣一葵《堯山堂曲紀》載周德清與羅宗信、西域友人瑣非復初等聚飲，談論作詞遺韻之法時，羅等命紅袖謳者唱〔四塊玉〕：「買笑金，纏頭錦，得遇知音可人心。怕逢狂客天生沁。紐死鶴，劈碎琴，不害磣。」此曲陰陽字格穩諧，又全押侵尋而不出韻，贏得德清大加讚賞，許爲三十年所未見。

到全國古今各地之方音，但相對地使得十九韻目間的音值明確而不含糊，彼此涇渭分明，周氏樹立鮮明的音值內涵與範疇，使《廣韻》以來書面語中諸韻之纏繞糾葛，得到實質的廓清與紓解，誠如其友瑣非復初所稱「德清之韻，不獨中原，乃天下之正音也。」這部韻書自元迄今在曲壇上一直影響不衰，連原來帶著有色眼光的王驥德也不得不感到佩服：「古樂府悉係古韻，宋詞尙沿用詩韻，入金未能盡變，至元人譜曲，用韻始嚴。德清生最晚，始輯爲此韻，作北曲者守之，兢兢無敢出入。」由於《中原音韻》在曲壇上具有非凡的地位，故自德清將侵尋、監咸、廉纖三韻獨立以來，明清諸曲韻專書如樂韶鳳、宋濂等所編《洪武正韻》與上述朱權、菉斐軒、王文璧、范善溱、王鵕、周昂、沈乘麐等所撰韻書，乃至近代吳梅《顧曲麈談》與王季烈《螾廬曲談》莫不列此閉口三韻。歷代曲學名家亦頗重視閉口音之咬字，如明代曲聖魏良輔《曲律》論曲有「五難」時，即將「閉口難」列爲第一，其後論曲堅持主張唱曲宜講究閉口音者，有沈璟、沈德符、王驥德、沈寵綏、徐大椿等，其說如下：

△沈德符《顧曲雜言・塡詞名手》云：「沈寧庵吏部後起，獨恪守詞家三尺，如庚清、眞文、桓歡、寒山、先天諸韻最易互用者，斤斤力持不少假借，可稱度曲申韓。」

△王驥德《曲律・論閉口字第八》云：「閉口者……詞隱於此，尤多喫緊，至每字加圈。蓋吳人無閉口字，每以侵爲親，以監爲奸，以廉爲連，至十九韻中，遂缺其三，此弊相沿，牢不可破，爲害非淺。……乃欲概無分別，混以鄉音，俾五聲中無一閉口之字，不亦冤哉！」

△沈寵綏《度曲須知・音同收異考》云：「昔詞隱謂廉纖即閉口先天，監咸即閉口寒山，若非聲場鼻祖，焉能道此透闢之言乎？」又〈鼻音抉隱〉云：「即如閉口字面，設非記認譜旁，則廉纖必犯先天，監咸必犯寒山，尋侵必犯眞文，訛謬糾牽，將無底止，夫安得不記？」

△徐大椿《樂府傳聲・鼻音閉口音》云：「能知鼻音閉口音法，則曲中之開合呼翕，皆與造化相通，然後清而不噍，放而不濫，有深厚和粹之妙，故鼻音閉口音之法，不可不深講也。」

近代曲家吳梅強調曲韻必分開閉，「蓋不分晰，則發音不純，起調畢曲無所歸束矣」（《顧曲麈談·原曲》），王季烈更於《與眾曲譜》卷三至卷五之附錄中，將閉口三韻一一鉤稽而出，並別立一章「論抵顎鼻音閉口諸韻必須區別」（《度曲要旨》第五章），強調唱曲宜嚴分抵顎、鼻音與閉口諸韻，方能達到「字正」之標準，其文云：

> 抵顎之眞文，鼻音之庚亭，閉口之侵尋，此三韻之字，最易相混。抵顎之干寒天田，與閉口之監咸纖廉亦最易相混，在讀書時可以含糊念過，而唱曲時必須細爲分析。是以《南詞定律》於侵尋、監咸、纖廉三韻之字，外加方匡，即□；於庚亭鼻音字，外加八角匡即⬡，以與同音之抵顎字相區別。

王季烈於《螾廬曲談卷一·論識字正音》一章中，藉英文標音n、ng、m說明抵顎、鼻音、閉口等韻之不同，並於曲譜中以八角形、方形與圓形等不同記號予以區分，使習曲者於收音時能更爲留心。凡此皆可看出曲壇唱演重視存古典型之特色，因而縱然閉口音自明以降在日常生活語言中已漸次消失㊱，而僅存於閩粵等小部分方言之中，唯今日唱演元曲，若能取則歌仔戲、梨園戲、南管、廣東戲等使用「唱時費力」的閉口字韻，不但能顯出唱者的功力，亦能展現元曲原有的語言韻致，達到「傳古人之神方爲上乘」之境界。

三、尖團音宜與時俱變

明代曲壇並無所謂尖團之說，唯時有古今，地有南北，語音之與時遞轉亦勢所必至。有清一代，北方官話中的見、曉系（疑母除外）字產生顎化現象，即原來讀k、kʻ、x的音轉而爲tɕ、tɕʻ、ɕ，而精系字有絕大多數也發生分化現象，

㊱ 詳參姜信沆〈依據朝鮮資料略記近代漢語語音史〉一文，中央研究院歷史語言研究所集刊第五十一本第三分，一九八〇年十二月。

原本唸ts、tsʻ、s的也改唸tɕ、tɕʻ、ɕ，於是原來兩套畛域判然的字音遂漸變得混亂。乾隆年間出現了一部最受矚目的《圓音正考》（又名《團音正考》），接著曲壇論曲專著如《顧誤錄》、《梨園原》、《藝概》開始注重唱唸時的尖團之辨，並將它列爲正音的重要課題之一。尖團說之所以起，主要因爲中古時期見曉系的細音與精系的細音發展到清代產生紊亂所致。而何謂尖、團音？近代學者已有較科學而正確之闡釋，如羅常培〈京劇中的幾個音韻問題〉一文云：

> 凡是屬於古精清從心邪五母齊齒、撮口兩呼的字，換言之，就是用注音聲符ㄗ、ㄘ、ㄙ和元音ㄧ、ㄩ或介音ㄧ、ㄩ所拼成的字，叫做「尖音」；凡是屬於古見溪群曉匣五母齊齒、撮口兩呼的字，換言之，就是用注音聲符ㄐ、ㄑ、ㄒ和元音ㄧ、ㄩ或介音ㄧ、ㄩ所拼成的字，叫做「團音」。凡是不合於上列兩個條件的，都和尖團沒有關係。

王力《漢語史稿》頁一二四說得更簡潔：

在京劇界中，見系字被稱爲「團音」，認爲應念ㄐㄑㄒ，精系字被稱爲「尖音」，認爲應念ㄗㄘㄙ。

由此可知尖團之辨的關鍵在於tɕ、tɕʻ、ɕ的產生，即見系字的顎化。按書面可靠的證據顯示，元代見系字雖尚未顎化，但已有逐漸顎化的傾向，因而現代聲韻學者給可能產生顎化的二等喉牙音一個模糊的顎介音〔i〕，反映二等喉牙音字滋生顎介音的雛型，並未遽然將其聲母改作已顎化的〔tɕ〕，而仍保持爲〔k〕。明代曲界亦無尖團之說，沈寵綏的《度曲須知・宗韻商疑》曾引《洪武正韻》所註之音，糾正沈璟《正吳編》將「間」字與「閑」字音讀相混，其文云：「考《洪武韻》閒暇之閒，何艱切，叶閑；中間之間，居顏切，叶奸，俱從月不從日，俗作間非，寫法則同，字音各別，乃《正吳編》即以中間之間作何艱切，則將『畫屏間』，與『朋友中間爭是非』，並作閑音唱可乎？」值得注意的是「閒」（閑）與「間、顏」皆屬見曉系之二等字，沈氏認爲「閒」應讀〔ɦan〕，而「間」應讀〔kan〕，二者不可相混。而由此也可看出無論明初代表官韻系統的《洪武正韻》，甚至到萬曆年間的曲壇正音標準，「間」字皆用「何艱切」來標注，就足以證明見系二等字並未發生顎化現象。

雖然曲壇在明代末期尚未產生尖團音之辨，但民間的口語已逐漸露出顎化之端倪，清康熙年間的《韻切指歸》亦有見系二等字顎化之事實，到了乾隆年間，北方語音已有多數將精、見兩系相混而讀，北方太監為御前唱演崑曲，於是乃有為正其音而作的《圓音正考》，將尖團兩音作一番釐析與辨明，而當時曲論專著也才注意到團音的問題。37

曲壇尖團之辨遲至有清一代才產生，今日唱演元曲，面對見系二等字，在理論上應按元代尚未完成顎化之音讀，將聲母作〔k〕，並加上介音〔i〕，只是如此發音，不僅唱演者有棘喉澀舌之苦，聽者亦有不甚自然之感，蓋因時有古今，地有南北，語音隨時代地域而遷變，本是一種自然定律。故筆者認為不

37 有關尖團音產生之歷史背景、目的與發展軌跡，詳參拙著《曲韻與唱唸關係之探索》頁二〇七～二一九。

妨根據曲韻與時俱變之特質，將精、見兩系字作尖團之辨，如此既有曲韻重尖團之辨的程法可作依據，不僅唱演者順口，熟諳傳統戲曲音韻者亦能賞其音而得其趣。

或許有人認為元曲唱演既要與時俱變，何不乾脆按目前的普通話（今國語），不再分尖團，因為在實際生活語言中，分尖團的作用似乎也不大，而曲壇唱唸重視尖團之辨，究竟有何積極意義？筆者認為就字音的辨義作而言，尖團之辨有助於觀眾瞭解曲情曲意，尤其在沒有字幕的情況下，「帶孝」與「帶笑」、「休書」與「修書」、「寶劍」與「保薦」、「見人」與「賤人」、「不曉」、「不小」，前者為團音，後者為尖音，詞義迥異，唱演者若不辨尖團，則不但語彙的辨義性將因此而減小，表演者「達意」的效率降低，甚至可能會使聆賞者有會錯意的感受；況且目前吳、客、閩、粵語區的人日常生活語言裡，仍舊有尖團音的區分，因此唱演者咬字若能辨明尖團，則較能避免觀眾在詞意上的混淆。其次，就曲韻的傳統而言，戲曲的唱唸咬字本有其程法與範，如同創作古典詩須諳詩韻及四聲平仄，而不可純任現代口語，古典戲曲之咬字亦自有其存古典型之特色。承元曲餘緒之崑曲以吳音爲基礎，而吳語尖團分明，故曲家有尖團之辨；京劇源自崑曲，宜其有尖團之分。自來梨園界皆以得前輩口傳心授之「傳頭」爲貴，若唱演古典戲曲而不諳尖團，則程法典範俱失，曲中所蘊藏的古典韻味亦將減卻許多，而不再如往昔般醲郁得令人留戀，因此就保存傳統戲味的立場而言，唱演古典戲曲之分尖團，可說是必要而不容忽視的。

參、元曲唱演教學音韻舉隅

曲之本色在唱，戲曲若不付之歌喉，演之氍毹，則將失卻其原有之生命力，是古典戲曲教學若能結合唱演藝術，則將更能掌握戲曲核心，進而窺其奧窔，發其底蘊。唯目前中學以上之元曲教學，率因稽韻考譜本非易事，故鮮有吟詠拍唱者，而曲界唱曲、演曲者聲韻素養高的又向不多見，誠如明代沈寵綏《度曲須知·收音譜式》所言：「若度曲者流，不皆文墨，奚遑考韻，區區標目，未知餘字可該，一字偶提，未解應歸何韻。」清代毛先舒於《聲韻叢說》中亦曾慨嘆：「學士大夫能稽古而多不嫻音律，伶人歌工能歌而不讀書，則習流而昧源，此聲韻之學少能貫通之也。況學者又多未稽古，而優伶並鮮精於音律者乎！」聲韻理論與實際唱唸脫節，使得戲曲唱演缺乏系統謹嚴之音韻基礎，元曲教學亦隨之減色不少。筆者於是不揣譾陋，嘗試結合聲韻學與歷代戲曲理論，將目前中學以上常見之元曲教材與舞台傳唱不衰之北劇，略舉數例析其音韻，或可供元曲教學之參考。

散曲方面，關漢卿寫秋夜秋思之〔大德歌〕，隸北雙調，曲文作「風飄飄。雨蕭蕭。便做陳摶也睡不著。懊惱傷懷抱。撲簌簌淚點拋。秋蟬兒噪罷寒蛩兒叫。淅零零細雨灑芭蕉。」押蕭豪韻，曲中入聲字皆派叶三聲，「著」字作陽平唱，「不、撲、簌、淅」四字作上聲唱。他如「點」字屬閉口廉纖韻，作〔tiɛm〕上聲；陳摶之「摶」字，屬桓歡韻，作〔tʻon〕陽平；「噪」字作〔sau〕去聲，皆與普通話有別。白樸以漁父形象寓己懷抱之〔沈醉東風〕，曲文作「黃蘆岸白蘋渡口。綠楊堤紅蓼灘頭。雖無刎頸交，卻有忘機友。點秋江白鷺沙鷗。傲殺人間萬戶侯。不識字煙波釣叟。」押尤侯韻，其中入聲字「白」作陽平，歸皆來韻；「綠」作去聲，歸魚模韻；「殺」作上聲，歸家麻韻；「不」作上聲，歸魚模韻；此四字除「殺、不」二字歸上聲外，其音讀皆與普通話相同。而「識」字歸齊微韻，應讀〔ʃi〕上聲；「卻」字，《中原音韻》未收，查沈寵綏之標音與沈乘麐《曲韻驪珠》約略韻下皆作「卻，北叶巧」，音讀與普通話相異。此外「間」字屬寒山韻見系二等，爲配合曲韻與時俱變之特質，宜讀團音作〔tɕian〕陰平。在聲樂方面，周德清嘗取白樸此曲爲〔沈醉東風〕定格，評曰：「妙在『楊』字屬陽，以起其音，取務頭，『殺』字上聲，以轉其音；至下『戶』字去聲，以承其音。緊在此一句，承上接下，末句收之。」此支曲牌凡七句十八板，樂曲結音爲Mi、La、Do。所謂「務頭」，蓋指曲中語俊腔美之定格，旋律多瀏亮高越而宛轉，故宜用陽平、上聲。此曲「楊」字陽平，譜高腔以發調；「殺」字入作上，腔高而宛轉；「戶」字去聲，乃譜低腔以承前音。「傲殺人間萬戶侯」句最爲緊要，承上接下，「侯」字歸本調本音「宮」（Do）；末句收煞仍以宮音作結。全曲旋律清朗激越，高下起伏，頗能符合雙調「健捷激裊」之聲情。

至於最爲膾炙人口的馬致遠秋思〔夜行船〕散套，曲壇迄今傳唱不衰，周德清盛讚此套：「此方是樂府，不重韻，無襯字，韻險，語俊。諺云百中無一，余日萬中無一。」且又推許此套入派三聲之字極爲確當，其言曰：「看他用蝶、穴、傑、別、竭、絕字，是入聲作平聲；闕、說、鐵、雪、拙、缺、貼、歇、徹、血、節字，是入聲作上聲；滅、月、葉，是入聲作去聲，無一字不妥，後輩學去！」全套押車遮韻，韻母作〔iɛ〕或〔iuɛ〕，如〔風入松〕曲「葫蘆提一向裝呆」之「呆」字，《中原音韻》即列與「爺、耶、琊、鎁」等字同音，與今國語迥異。㊳

劇曲方面，舞台嬗演不輟之名曲甚夥，茲舉大學戲曲選最常用之教材爲例，藉此以觀元劇唱演之音韻原則。如今日曲壇盛唱不衰之〈刀會〉一折，係承自關漢卿《關大王獨赴單刀會》雜劇第四折，全折用雙調，由扮飾關公的正末主

㊳ 有關目前中學以上元散曲教材之音樂旋律、咬字與譜曲原則等，可參拙作《詞曲選唱》錄音帶及說明小冊，一九九九年十月，五南圖書出版公司。

唱，頗能凸顯「健捷激裊」之聲情，尤其關公一上場所唱的二支曲牌最爲膾炙人口，其曲文云：

【新水令】大江東去浪千疊，引著這數十人、駕著這小舟一葉。又不比九重龍鳳闕，可正是千丈虎狼穴。大夫心別，我覷這單刀會、似賽村社。（云）好一派江景也呵。（唱）

【駐馬聽】水湧山疊，年少周郎何處也，不覺的灰飛煙滅。可憐黃蓋轉傷嗟，破曹的檣櫓一時絕。鏖兵的江水由然熱，好教我情慘切。（云）這也不是江水。（唱）二十年流不盡的英雄血。

關漢卿化用蘇東坡〔念奴嬌〕赤壁懷古詞句，刻劃關公面對江寬水闊之赤壁舊景，陡然湧現出的一代英雄心魄。舞台唱演時以大鑼映襯水聲，關公唱時小鎖吶與笛合吹，使整個排場氣勢悲壯，其中「大夫心別」句，在搬演時多改唱「大丈夫心烈」疊句，〔駐馬聽〕首句亦唱成「依舊的水湧山疊」疊句以增氣勢。全折押車遮韻，韻腳入聲「疊、葉、闕、穴、別（烈）、絕、熱、切、血」皆派叶三聲，韻母作〔iɛ〕或〔iuɛ〕，句中「十、一、著、不、覺」等字皆舒聲化，「十、一」歸齊微，「著、覺」歸蕭豪，「不」字則歸魚模。此外，「龍」字宜唱〔liuŋ〕，周德清將它與同是陽平的籠、聾等音歸在不同的小韻，沈寵綏《度曲須知‧北曲正訛考》在東鐘韻下亦特別註明「龍、隆，驢東切，非聾之盧東切」；清沈乘麐《曲韻驪珠》分析南北異音時，在「龍」字下亦標示：「（南），盧宏切；北，閭容切，撮口音」足證北曲遺音迄今猶存於曲界唱口之中。

關漢卿另一鉅作《感天動地竇娥冤》，其最高潮在第三折，竇娥以血染丈二白練、六月雪降、楚州亢旱三載之三誓願昭顯其冤之奇深，在她披枷戴鎖赴刑場前所唱的一支主曲〔滾繡球〕，最是悲壯激烈、驚天動地，與正宮「惆悵雄壯」之聲情深相契合，其曲文如下：

有日月朝暮懸，有鬼神掌著生死權，天地也，只合把清濁分辨，可怎生糊突了盜跖顏淵：為善的受貧窮更命短，造惡的享富貴又壽延。天地也，做得箇怕硬欺軟，卻元來也這般順水推船。地也，你不分好歹何為地？天也，你錯勘賢愚枉做天！哎，只落得兩淚漣漣。

舞台唱演時為了強調竇娥的一腔悲憤，常在「地也，你不分好歹何為地」下疊一句「你何為地？」在「天也，你錯勘賢愚枉做天」下疊「枉做天」，句中的入聲字也都唱成不板不滯的舒聲字，如「日」作〔ʒi〕（今京劇謂之「上口字」），歸齊微韻；「月」作〔iuɛ〕，歸車遮韻，「惡」作〔au〕，歸蕭豪韻，「落」作〔lau〕，歸蕭豪韻，皆叶去聲。而「合」作〔xo〕，「濁」作〔tʃo〕，歸歌戈韻陽平聲，「德、得」作〔tei〕，歸齊微韻上聲。舒聲化的北音配合具有變徵（Fa）、變宮（Si）兩種半音的北曲音樂，在〈斬娥〉高亢激越的聲情中顯得淒厲酸辛、勁直有力，若得遇滿宮滿調的歌者，當能唱得聲聲金石，令人感奮。

至於明清傳奇中仍有北曲之逸響，如明·李開先《寶劍記·投泊》，即今舞台之常演劇目〈林沖夜奔〉；而崑劇刺殺旦之代表作〈刺虎〉，演宮女費貞娥假扮公主刺殺闖王大將一隻虎事，曲壇唱唸聲口猶存元曲音韻，如「國，叶鬼」、「龍，驢東切」、「宿，叶須上聲」、「落，叶澇」、「博，叶包」、「百，叶擺」、「世、勢，申智切」、「赤，叶恥」、「刺，倉洗切，叶上聲」（以上四字皆歸齊微韻）、「避，叶背」、「大，叶帶」、「玉，于句切，叶裕」、「賊，滋梅切」，其唱唸字音自元迄今六百餘載悉賴曲壇、舞台聲口之傳綿而未消變。此外，沈寵綏《絃索辨訛》廣錄《北西廂記》（凡二十折）、《千金記》、《焚香記》、《寶劍記》、《紅拂記》、《西樓記》、《紅梨記》、《珍珠衫》、《小十面》及時曲若干，並標註北曲重要音韻，其中不少字音如「喊，希減切」、「惡，叶襖」、「客、刻，叶揩上聲」、「呆，叶爺」、「色，叶篩上聲」、「臉，叶檢」……，皆與周德清《中原音韻》深相契合，而目前曲壇、舞台唱口雖歷悠悠歲月，依舊燈燈相續地保留勝國元聲，是益可證元曲逸響於今猶可追慕。

肆、結語

曲本合樂可歌之文學藝術，其豪辣灝爛、疏朗自然之風格，在在呈顯於散曲吟詠拍唱與雜劇舞台嬗演之中。元曲輝煌時代雖隨蒙元政權潰滅以俱逝，然其體局格範與音韻內涵係融鑄前賢智慧而成，頗能契合實際搬演需要，故多為明清傳奇所襲用，迄今歌場舞台猶追慕其遺響。

是本文爰就北曲南漸之歷史發展、曲壇先輩之論曲精蘊、明清戲曲創作之用韻與曲韻專書編撰之系統諸方面考索，肯定北曲遺音迄今猶釐然可據。至若元曲唱演之咬字原則，率以曲韻之嚆矢——《中原音韻》為準，唯曲韻向有與時俱變與存古典型兩種特質，既為使觀眾聆賞無礙而切合當時實際語音，又因傳統戲曲唱唸多賴代代口傳心授之「傳頭」方式而保留古音，故今日論元曲之清唱或搬演，宜掌握曲韻之特質，方可使其唱演之音韻基礎內容更為廣袤，淵源更見深厚。在「入派三聲」方面宜配合唱唸，即入聲字若在曲文韻腳部分，則一律派叶三聲，以達延聲曼歌、一唱三歎之致；若在曲文句中，則宜按字格、曲意與旋律之配合，而或作短腔，或作長腔；若在賓白，則除非特殊字義或詩詞賦等韻文格律需要，否則大抵皆唸入聲短促之原來字調。

有關閉口音之存廢問題，雖然我國現代方言僅閩粵小部分方言仍保留收m的閉口音，其他分佈地域甚廣的官話音系與今國語皆無閉口音，但爲尊重周德清《中原音韻》之分韻系統，契合元代當時語音，並繼承明清以降曲家兢兢重視閉口音之存古典型特色，唱演元曲仍宜講究閉口音。至於尖團音之辨析，曲壇雖遲至有清一代才產生，但在元代見系二等字已有逐漸顎化之傾向，今日唱演元曲，爲使歌者順口，聽者順耳，且顧及曲韻與時俱變之特質，誠宜重尖團之辨，並進而可具有增強字音之辨義作用、提高表演者之達意效果、與恪遵曲壇程法典範等積極意義。

由於目前中學以上之元曲教學，率因稽韻考譜本非易事，故鮮有吟詠拍唱者，而曲界唱曲演曲者又多乏聲韻素養，聲韻理論與實際唱唸脫節，使得戲曲唱演缺乏系統謹嚴之音韻基礎，元曲教學亦隨之減色不少。筆者乃嘗試結合聲韻學與歷代戲曲理論，將目前中學以上常見之元曲教材與舞台傳唱不衰之北劇，如關漢卿〔大德歌〕、白樸〔沈醉東風〕、馬致遠秋思〔夜行船〕散套，以及《單刀會》、《竇娥冤》、〈林沖夜奔〉、〈刺虎〉等劇曲，略舉數例析其音韻，或可供元曲教學之參考。實則吾人若潛心披覽前賢論曲精華，稽考歷代韻書內涵，並參酌目今繩繼古典程法之曲壇、舞台實際唱唸，當可爲目前元曲教學帶來新契機。

（原載一九九七年《第十五屆全國聲韻學學術研討會論文集》）

湯顯祖「拗折天下人嗓子」質疑

——兼談《牡丹亭》的腔調問題

引言

明代戲曲天才湯顯祖的曠世鉅著《牡丹亭》，搜抉靈根，才氣煥發，以戛然獨造的情與夢世界，撥動遐想聯翩的藝術心靈，在將近四百年來的歲月裡，散發著流麗幽雅的古典魅力。然而由於湯顯祖與當時格律派重臣沈璟壁壘分明，並曾留下「拗折天下人嗓子」的話柄，而《牡丹亭》本身也存在諸多不合律之處，明清曲家對它頗非議，加上湯氏詩文中曾多次提及宜伶唱演之事，種種因素使得後人對《牡丹亭》創作時所使用的腔調產生懷疑。

有明一代戲曲聲腔原以崑曲爲最盛，傳奇劇本多以崑腔搬演，曲家所論亦率緣崑曲而發。而崑曲源自江蘇崑山，湯氏係江西臨川人士，對含有吳音色彩的崑曲格律究竟能確切掌握多少，不免啓人疑竇，於是有人大膽提出湯氏《牡丹亭》本爲弋陽腔而作，近現代葉德均、徐朔方、曾永義等學者則強調《牡丹亭》原爲宜伶而作，本屬宜黃腔而非崑腔❶，又有說爲海鹽腔者，《牡丹亭》之腔調問題，一時眾說紛紜，備受爭議。本文嘗試就湯氏提出拗折嗓子說之背景及《牡丹亭》本身之體局與格律數端，秉實事求是態度予以辨析，冀得湯氏原作所用腔調之實貌，並對《牡丹亭》格律備受爭議之原委提出說明，從而探討戲曲由創作、製譜乃至爨演所關涉的種種論題。

---

❶ 詳參葉德均《戲曲小說叢考·明代南戲五大腔調及其支流》，一九七九，中華書局；徐朔方《湯顯祖集》（詩文集）箋校，頁一一二九，一九七三，上海人民出版社；曾永義《論說戲曲·論說「拗折天下人嗓子」》，一九九七，聯經出版社。

壹、湯顯祖拗折嗓子說乃一時憤激語

湯顯祖《牡丹亭》一出，天下目爲不世之才，王驥德在《曲律》中盛讚此劇「婉麗妖冶，語動刺骨」，堪稱曲壇「射雕手」，因「其才情在淺深、濃淡、雅俗之間，爲獨得三昧」，符合戲曲「本色」要求，最是曲苑代表之作。呂天成《曲品》將它列爲「上上品」，清代李漁對此劇「心花筆蕊，散見於前後各折之中」尤其賞心（見《閒情偶寄·詞采》），近人徐朔方更因此劇而以「東方莎翁」稱譽湯氏。

儘管數百年來人們對湯氏在《牡丹亭》中所呈現天才般的詞采忻慕驚歎不已，然而相對地「盛名所至，謗亦隨之」，諸曲家對湯氏格律舛誤之處亦頗多非議，甚至進而對《牡丹亭》大肆增刪改易。湯顯祖是有個性的天才型作家，面對這類令他不堪的「改竄」，心底自是不懌，但他不屑溫和地遷就批評者作一番調整，而是桀傲不馴地堅持原作充滿「意趣神色」的詞采，並脫口說出「不妨拗折天下人嗓子」的憤激之語，不料這話反而成爲格律派攻擊他不守曲律的把柄，從下列詩文可見顯祖當時的心情：

△牡丹亭記，要依我原本，其呂家改的，切不可從。雖是增減一二字以便俗唱，卻與我原做的意趣大不同了。（《玉茗堂尺牘》卷六〈與宜伶羅章二〉）

△不佞牡丹亭記，大受呂玉繩改竄，云便吳歌。不佞啞然笑曰：「昔有人嫌摩詰之冬景芭蕉，割蕉加梅，冬則冬矣，然非王摩詰冬景也。其中駘蕩淫夷，轉在筆墨之外耳。若夫北地之於文，猶新都之於曲。餘子何道哉！」（《玉茗堂尺牘》卷四〈答凌初成〉）

△醉漢瓊筵風味殊，通天鐵笛海雲孤。總饒割盡時人景，卻媿王維舊雪圖。（《玉茗堂詩》卷十四〈見改竄牡丹亭詞者失笑〉）

△曲譜諸刻，其論良快。久玩之要非大了者。莊子云：「彼烏知禮意。」此亦安知曲意哉！……弟在此謂知曲意者，筆懶意落，時時有之，正不妨拗折天下人嗓子。兄達者，能信此乎？（《玉茗堂尺牘》卷三〈答孫俟居〉）

湯顯祖明白提出的《牡丹亭》改本只有呂玉繩改本一種，而〈答孫俟居〉所言「曲譜諸刻」，蓋指沈璟《南九宮十三調曲譜》（又名《南九宮詞譜》、《南詞全譜》），信中所論頗能彰顯「臨川近狂」那份浪漫不羈性格，他對斤斤墨守曲律的格律派說法大不以爲然，因而才會有「拗折天下人嗓子」這樣的狂語落人口實。由於湯、沈於戲曲之詞采、格律各擅盛場，且湯氏拗折嗓子說係針對格律派而發，王驥德《曲律・雜論第三十九下》於是出現改本作者由呂玉繩變爲沈璟之情形，其文云：

> △吳江嘗謂：「寧協律而不工。讀之不成句。而謳之始協，是爲中之之巧。」曾爲臨川改易《還魂》字句之不協者，呂吏部玉繩以致臨川，臨川不懌，復書吏部曰：「彼惡知曲意哉！余意所至，不妨拗折天下人嗓子。」其志趣不同如此。

呂天成《曲品》卷上亦仍王驥德之說，並進一步提出才情與格律並重之「雙美說」❷。根據徐扶明、徐朔方等學者考證，湯顯祖當時所見改本應僅沈璟《同夢記》（又名《合夢記》、《串本牡丹亭》）一種而已，所謂呂玉繩改本係湯氏誤記❸。姑不論改本之作者究爲呂或爲沈，吾人皆可清晰看到湯氏所以提出「拗折嗓子說」之背景與意涵，如〈答孫俟居〉這類尺牘式的文章與《曲律》、《曲品》所引短言，原是湯顯祖即興式的感言，並非正式而專門的學術文章，而他之所以發這番議論，主要是乍見嘔心瀝血的著作遭人魯莽改竄

❷ 呂天成《曲品》卷上云：「乃光祿嘗曰：『寧律協而詞不工，讀之不成句，而謳之始叶，是爲中之工巧。』奉常聞之，曰：『彼惡知曲意哉！予意所至，不妨拗折天下人嗓子。』此可以覩兩賢之志趣矣。……不有光祿，詞硎弗新；不有奉常，詞髓孰抉？倘能守詞隱先生之矩矱，而運以清遠道人之才情，豈非合之雙美者乎？」

❸ 徐扶明認爲王驥德與呂天成是好友，記呂玉繩（呂天成之父）事，當不致有誤，即呂玉繩常在湯、沈之間起著橋樑作用，他曾把沈璟〈唱曲當知〉寄給湯（見《玉茗堂尺牘》卷四〈答呂姜山〉）又曾把沈改本《還魂記》寄給湯，而湯卻把沈改本誤作呂改本，《重刻清暉閣批點牡丹亭原刻·凡例》又把呂改本誤爲呂天成改本，一誤再誤，徐朔方亦曾致函表示相同看法。詳見徐扶明《牡丹亭研究資料考釋》頁五四、五五，一九八七，上海古籍出版社。

而產生的直接反彈，故行文口氣激烈而叛逆，不屑之情溢於言表。

所謂「拗折嗓子」之說，係自古已有之俗諺。元·周德清《中原音韻·自序》云：「平而仄、仄而平、上去而去上、去上而上去者，諺云『鈕折嗓子』是也，其如歌姬之喉咽何？」意指所譜的字詞不合四聲腔格，音樂旋律與語言旋律不能契合，如何能使歌者唱出字正腔圓的曲子？事實上，湯顯祖也懂這層道理，在《紫簫記·審音》一齣中，他就曾藉鮑四娘之口談戲曲創作之原則在於「休得拗折嗓子」❹。湯氏本人在冷靜自省時，不只一次地謙稱自己對聲律之學造詣未深。如〈答凌初成〉云：「不佞生非吳越通，智意短陋，加以舉業之耗，道學之牽，不得一意橫絕流暢於文賦律呂之事。……獨想休文聲病浮切，發乎曠聰；伯琦四聲無入，通乎朔響。安詩填詞，率履無越。不佞少而習之，

❹〈審音〉齣中，湯顯祖藉鮑四娘教霍小玉唱曲，而細辨同調異名之曲牌四十五對；異調同名之曲牌五支，唱時「不得廝混」；可增減字句之曲牌八支；又特別指出不常用之宮調如道宮、高平、歇指調以及北曲套數之特殊形式「子母調」等，足見湯氏頗諳音律樂理。

衰而未融。」〈董解元西廂題辭〉又云：「余於聲律之道，瞠乎未入其室也。書曰：『詩言志，歌永言，聲依永，律和聲。』志也者，情也。……余之發乎情也，宴酣嘯傲，可以以翱而以翔。然則余於定律和聲處，雖於古人未之逮焉，而至如《書》之所稱爲言爲永者，殆庶幾其近之矣。」

然而湯顯祖果眞不懂音律嗎？事實不然。錢謙益〈湯遂昌顯祖傳〉嘗提及「義仍少熟《文選》，中攻聲律。」鄒迪光〈臨川湯先生傳〉亦云：「每譜一曲，令小史當歌，而自爲之和，聲振寥廓。」湯氏詩文集卷十八〈七夕醉答君東二首〉之二云：

玉茗堂開春翠屏，新詞傳唱牡丹亭。傷心拍遍無人會，自掐檀痕教小伶。

如果不諳板眼節奏與字正腔圓之道，哪能「自掐檀痕教小伶」？只是當時格律派盛行，尤其格律謹嚴的崑曲劇本，創作時不僅詞采尚本色、排場劑冷熱外，還要顧及四聲清濁、曲牌聲情與宮調配搭種種聲律之道，而這些矩矱，連格律派重臣沈璟本人都無法信守，甚至多所踰越❺。湯顯祖原是天才型的浪漫作家，具有藝術家與生俱來的不羈性格，對上述諸多作曲格律，他既不耐煩深究，自然不可能凜遵不違，何況湯氏心目中一切創作的最高標準是「意趣神色」，若能適時搭配自然而然的「麗詞俊音」，則作品必屬上乘，至於宮調四聲等字格腔格問題，在他看來都屬末節，毋須斤斤墨守，其〈答孫俟居〉強調「詞之爲詞，九調四聲而已哉！」〈答凌初成〉亦云：「其中駘蕩淫夷，轉在筆墨之外耳。」其實湯顯祖也並非全然不顧格律，只是他所嚮往的是渾然天成的自然音律，而非雕鏤過甚的人爲聲律。其〈董解元西廂題辭〉云：「余於定律和聲處，雖於古人未之逮焉，而至如《書》之所稱爲言爲永者，殆庶幾其近之矣。」〈答凌初成〉亦云：「偶方奇圓，節數隨異。四六之言，二字而節，五言三，七言四，歌詩者自然而然。乃至唱曲，三言四言，一字一節，故爲緩音，以舒上下

---

❺ 王驥德《曲律・雜論第三十九下》提及沈璟「生平於聲韻、宮調，言之甚毖，顧於己作，更韻、更調，每折而是，良多自恕，殆不可曉耳。」

句，使然而自然也。」這種聲依永、律和聲的自然音律，全憑作家本身對藝術的造詣與穎悟方能探索❻，一般「按字摸聲」的格律派能領會多少？無怪乎湯顯祖會有「傷心拍遍無人會」的深深感嘆！

由是可知，湯顯祖所謂「拗折天下人嗓子」，其實只是一時過激之語，他的本意在擺落格律末節，追求獨抒性靈、達到「意趣神色」的高妙藝境。正如高明《琵琶記》提出「也不尋宮數調」，旨在揭櫫戲曲創作宜有裨風教，不應僅著眼於形式上的格律，吾人自然不能據此遂謂高氏劇作無宮可尋，無調可數。❼

---

❻ 丁邦新〈從聲韻學看文學〉一文（載《中外文學》四卷一期）稱「人工音律」爲「明律」，「自然音律」爲「暗律」。其言曰：「暗律是潛在字裡行間的一種默契，藉以溝通作者和讀者的感受。不管散文、韻文，不管是詩是詞，暗律可以說無所不用。它是因人而異的藝術創造的奧秘，每個作家按照自己的造詣與穎悟來探索這一層奧秘。有的人成就高，有的人成就低。」

❼ 高明《琵琶記》開場一支曲牌〔水調歌頭〕云：「……正是不關風化體，縱好也徒然。論

貳、《牡丹亭》之格律爭議

如上所述，湯顯祖並非不諳音律，然其曠世劇作《牡丹亭》方才撰成，即遭曲壇格律派之爭相非議，甚且標塗改竄之本蠭出，遂令湯氏憤然道出「拗折天下人嗓子」等過激之語。《牡丹亭》失格舛律情形果眞如是嚴重，非經改易

傳奇，樂人易動人難。知音君子，這般另做眼兒看，休論插科打諢，也不尋宮數調，只看子孝共妻賢。驊騮方獨步，萬馬敢爭先！」徐渭《南詞敘錄》未能體悟高明重風化輕形式之深意，竟據「也不尋宮數調」句，謂南曲本無宮調，甚至認爲所謂宮調問題「大家胡說可也，奚必南九宮爲！」龔鵬程〈南北曲爭霸記〉一文亦據高明此句，誤以爲南曲宮調不嚴謹，甚至懷疑元代即有南曲曲譜之事實。（見《中國學術年刊》第十四期）其實，《琵琶記》格律整飭謹嚴，向被譽爲「傳奇之祖」，其曲牌聯套頗能結合劇情，安排妥貼，故多爲明清傳奇所沿用，詳見錢南揚《戲文概論》及拙作《琵琶記的表演藝術·琵琶記「也不尋宮數調」考辨》，二〇〇一，台灣學生書局。

而無法付諸氍毹搬演？抑或其中另有用韻派別、唱作立場等論證之盲點與偏差？茲嘗試探討如次：

一、諸家對《牡丹亭》之非議與商榷處

沈璟首先改竄《牡丹亭》爲《同夢記》，湯顯祖見了頗爲不懌，憤然指斥沈氏「安知曲意哉？」並道出「不妨拗折天下人嗓子」之語，沈璟也針鋒相對地回了一套商調〔二郎神〕套曲❽，其中若干話語明顯對湯氏《牡丹亭》頗多譏刺：「何元朗，一言兒啓詞宗寶藏。道欲度新聲休走樣，名爲樂府，須教合律依腔。寧使時人不鑒賞，無使人撓喉捩嗓。說不得才長，越有才，越當著意斟量。」、「〔步步嬌〕首句堪爲樣，又須將〔懶畫眉〕推詳，休教鹵莽。」、

❽ 沈璟〔二郎神〕套曲附刻於所撰《博笑記》卷首，題作〈詞隱先生論曲〉，又收入馮夢龍《太霞新奏》。

「製詞不將《琵琶記》倣，卻駕言韻依東嘉樣。這病膏肓，東嘉已誤，安可襲爲常。」、「縱使詞出繡腸，歌稱遶梁，倘不諧律呂也難褒獎。」

繼沈璟之後，論曲者雖一致肯定臨川之詞采與才情，但對他的守律不嚴亦每多訾評，如臧懋循《元曲選．序》云：

> 湯義仍《紫釵》四記，中間北曲，駸駸乎涉其藩矣，獨音韻少諧，不無鐵綽板唱大江東去之病。南曲絕無才情，若出兩手，何也？

《元曲選．序二》又云：

> 新安汪伯玉高唐洛川四南曲，非不藻麗矣，然純作綺語，其失也靡。山陰徐文長禰衡玉通四北曲，非不伉傸矣，然雜出鄉語，其失也鄙。豫章湯義仍，庶幾近之，而識乏通方之見，學罕協律之功，所下句字，往往

乖謬，其失也疏。

王驥德雖認爲臧氏批評過甚，《曲律·雜論第三十九下》云：「夫臨川所詘者法耳，若才情，正是其勝場，此言亦非公論。」但亦表示湯氏疏於格律，其文云：

臨川湯奉常之曲，當置「法」字無論，盡是案頭異書。……使其約束和鸞，稍閒聲律，汰其賸字累語，規之全瑜，可令前無作者，後鮮來喆，二百年來，一人而已。

客問今日詞人之冠，余曰：「於北詞得一人，曰高郵王西樓，……於南詞得二人，曰吾師山陰徐天池先生，……曰臨川湯若士，婉麗妖冶，語動刺骨，獨字句平仄，多逸三尺，然其妙處往往非詞人工力所及。惜不見散套耳。

沈德符《萬曆野獲編》卷二十五「詞曲」條云：

> 湯義仍「牡丹亭夢」一出，家傳户誦，幾令西廂減價。奈不諳曲譜，用韻多任意處，乃才情自足不朽也。

張琦《衡曲麈談》云：

> 近日玉茗堂杜麗娘劇，非不極美，但得吳中善按拍者調協一番，乃可入耳。惜乎摹畫精工，而入喉半拗，深爲致慨。若士茲編，殆陳子昂之五言古耶？

清代黃圖珌《看山閣集閒筆》亦云：

玉茗之《牡丹亭》，詞雖靈化，而調甚不工，令歌者低眉蹙目，有礙於喉舌間也。蓋曲之難，實有與詞倍焉。

近代曲學大家吳梅對《牡丹亭》失律之訾議更趨細密，《顧曲麈談》云：

玉茗四夢，其文字之佳，直是趙璧隋珠，一語一字，皆耐人尋味。惟其宮調舛錯，音韻乖方，動輒皆是。一折之中，出宮犯調，至少終有一二處。學者苟照此填詞，未有不聲律怪異者。若士家藏元曲至多，但取腕下之文章，不顧場中之點拍。若士自言曰：「吾不顧捩盡天下人嗓子。」噫！是何言也！故讀四夢者，但學其文，不可效其法。尤西堂目四夢為南曲之野狐禪，洵然！

《牡丹亭·冥誓》折所用譜曲，有仙呂者，有黃鐘宮者，強聯一處，雜出無序。《納書楹》節去數曲。始合管絃。以若士之才而疏於曲律如是，甚矣填詞之難也。

> 板式緊密處，皆可加襯字；板式疏宕處，則萬萬不可。湯臨川作《牡丹亭》，不知此理，任意添加襯字，令歌者無從句讀。……此由於不知板也。

其《曲學通論》又云：

> 往往有標名某宮某曲，而所作句法全非本調者。令人無從製譜，此不得以不知音三字諉罪也。此誤，《牡丹亭》最多。多一句、少一句，觸目皆是。故葉懷庭改作集曲。

綜觀上述諸家對《牡丹亭》之非議，率抵就用韻、曲文平仄、字句數、宮調聯套等方面加以訾評，唯吾人若平心檢覈《牡丹亭》之格律，當可發現諸家之所謂「失律」，實與創作理念、論曲立場與時代因素等密然有關。

㈠《牡丹亭》用韻屬「戲文派」

明傳奇之用韻問題極為複雜，從早期「不啻亂麻」的紛亂現象到末期步趨於《中原音韻》，其間歷程備見曲折，主要由於戲曲作家與評論者對曲韻觀點認知之不同所致。持《中原音韻》以審南曲之韻者，面對傳奇「用韻甚雜」之情形，或責作家之「以意出入」，或謂作者多仍詩詞用韻以紊亂曲韻畛域。事實上，吾人若從戲曲的本質探討傳奇之用韻，對南曲「借用太雜」等情形，當可得一合理的解釋。

戲曲的生命在舞台，因此它的咬字用韻必須與觀眾聲息相通，才能獲得共鳴與肯定。南曲的背景是早期里巷歌謠式的戲文，它是一個富於創造性的劇種，無時無刻不在吸收養料以充實自己，而在向外地拓展的過程中，自然得吸收當地歌謠，採用當地方言，才能使自己免於僵化的危機而得以乘勢壯大，當時五大聲腔——溫州、海鹽、餘姚、弋陽、崑山傳演遞唱南曲的盛況，自然使傳奇用韻的語言基礎益形龐雜。再者，戲曲的發展向來先有曲而後有曲韻，何況當時並未出現一部南曲專用的韻書，因而戲曲作家以鄉音隨口取叶的現象屢見不鮮，如汪道昆《高唐記》即有以鄉音徽州土話叶韻之情形❾，而《琵琶記》以溫州方言入韻，更是衆所周知❿。就漢語方言特質而言，北曲所使用的北方話，其內部一致性頗強，不若南曲基礎語言之歧異性大，誠如王驥德所言「北語所被者廣，大略相通，而南則土音各省郡不同。」（《曲律・雜論上》）。紛紜不類的方音，使得南曲作家的用韻，在客觀條件上原本就很難定於一尊，再加上南曲素乏韻書可資規範，作曲者又主觀的任意以鄉音取叶，使得明初傳奇用韻之錯雜，令人有治絲益棼、莫知歸趨之感。張敬先生曾以《六十種曲》、《暖紅室彙刻傳奇》及《奢摩他室曲叢》爲基

❾ 王驥德《曲律・論須識字第十二》云：「汪南溟《高唐記》……至以纖、殲、鹽三字並押車遮韻中，是徽州土音也。」

❿ 有關《琵琶記》之用韻情形，詳參拙著《琵琶記的表演藝術》頁一〇六～一〇九，二〇〇一，台灣學生書局。

本材料，取每本傳奇按齣搜求，以《中原音韻》檢視，發現在周韻十九韻部中，諸傳奇僅東鍾、江陽、蕭豪三部未與他韻發生糾葛，其餘十六韻部「相互間的鉤籐纏繞，不一而足，令人耳迷目亂。」⓫

自元末至明嘉、隆間，南曲戲文攢興，配合五大聲腔之唱演而迅速擴展，一時曲作蝟集，作者用韻亦純任自然，隨口取叶。當時曲壇南曲之用韻，除東鍾、江陽、蕭豪、尤侯、家麻、車遮六韻常獨立用韻外，他如閉口三韻侵尋、監咸、廉纖混入寒山、眞文、先天韻中；齊微、支思、魚模三韻混押；車遮、歌戈、家麻措押；入聲單押或與三聲通押；每齣首尾一韻或換兩韻以上等情形，皆屬南曲用韻之普遍現象⓬。

相較於一般元明傳奇之「犯韻」常態，《牡丹亭》之出韻現象並不算嚴重。在張敬統計表中，「有許多項只有一齣傳奇之某一支曲犯韻，那表示該傳

⓫ 詳參張敬《明清傳奇導論》頁六八～一〇二，一九八六，華正書局。

⓬ 南曲用韻情形詳參李曉〈南戲曲韻研究〉，載《南京大學學報》一九八四年第三期；周維培〈試論明清傳奇的用韻〉，載《中華戲曲》第四輯。

奇作者之任意或忽略，有名的大家如湯臨川犯此病最多。」足見湯氏並非不諳曲韻，而是專任才情以用韻，且偶雜鄉音以取叶而已。如最爲膾炙人口的〈驚夢〉，全齣十二支曲牌，近九十個韻腳，全押先天一韻，僅「茜、寬、點、忺」四字犯韻而已，況所犯之韻多屬閉口韻，因當時江西及吳語區閉口音已消失，故連曲律大家如沈璟、王驥德、沈寵綏等也都不免有所失誤⑬，由此可知《牡丹亭》之用韻並非漫無收束。至於凌濛初《譚曲雜劄》批評他「塡調不諧，用韻龐雜，而又忽用鄉音，如『子』與『宰』叶之類，則乃拘於方土，不足深論。」按：江西（南昌）話中，「子」唸「tsai」上聲，本可與「宰」相叶，然此類鄉音取叶情形在《牡丹亭》中可說是絕無僅有⑭。上述「戲文派」之用韻格式，在「中原音韻派」看來，雖期期以爲不可，但它既符合南曲與生俱來之地域色

⑬ 詳參拙著《近代曲學二家研究——吳梅、王季烈》頁三〇〇～三〇五「閉口韻之存廢」，一九九二，台灣學生書局。

⑭ 凌氏謂湯氏「拘於方土」，以「子」叶「宰」，誠然。唯翻檢《牡丹亭》押皆來韻者，有廿三、卅六、卅七、卅九、五五等五齣，而以「子」爲韻腳者，僅廿三齣冥判之〔混江龍〕而已，然該齣韻腳並無「宰」字，殆爲〔後庭花〕韻腳「窄」之形誤。

彩，亦頗切合實際搬演時觀眾聆賞之需要，故雖屢遭曲家所謂「不啻亂麻，令曲之道盡亡」、「此高先生痼疾」等譏誚，但自元末《琵琶記》問世以迄明嘉靖間，曲壇名家如李開先、梁辰魚、張鳳翼、湯顯祖等，莫不將此用韻特點目爲定則，凜遵不違，而陸采、高濂、王國柱、王洙、沈嵊諸人之曲作用韻，亦有意神襲《琵琶記》，足見「戲文派」自然式之用韻格律在當時曲壇曾享有一席之地⓯。

㈡作曲與唱曲之曲文平仄律有別

沈璟承何良俊「寧聲叶而辭不工，無寧辭工而聲不叶」的主張（《四友齋叢說》卷卅七「詞曲條」），變本加厲地道出「寧協律而詞不工，讀之不成句，而謳

⓯有關明代曲韻「中原音韻派」與「戲文派」之消長，詳參拙著《曲韻與舞台唱唸》頁一五六—一六八，一九九七，里仁書局。

之始叶，是曲中之工巧。」他對曲文平仄格律極端信守，甚至到了過度挑剔的地步。王驥德《曲律》卷四提到「詞隱《南詞韻選》，列上上、次上二等。所謂上上，亦第取平仄不訛，及遵用周韻者而已，原不較其詞之工拙。」對當時「人所常唱而世皆賞以爲好曲」者，如「窺青眼」、「暗想當年羅帕上曾把新詩寫」、「因他消瘦」、「樓閣重重東風曉」、「人別後」諸曲，沈璟亦仔細論評一番，表示「『不思量寶髻』五字當改作仄仄仄平平，『花堆錦砌』當改作去上去平，『怕今宵琴瑟』，琴字當改作仄聲，故止列次上。」一般盛唱之佳曲尚且如此，對《牡丹亭》自然更多訾議，如沈璟《南九宮十三調曲譜》仙呂過曲〔月上五更〕雖引《牡丹亭》曲文爲範曲，仍加眉批云：「掩風二字改作平去二音乃叶。」其侄沈自晉《南詞新譜》亦若是，如卷十六越調過曲〔番山虎〕，眉批云：「重相見三字須仄平平方叶」，卷二十二雙調過曲〔孝白歌〕，眉批云：「兩新字俱改仄聲乃叶。」卷二十三仙呂入雙調過曲〔桂月鎖南枝〕，眉批云：「種字、盡字俱改平聲乃叶，王字改仄乃叶。」又〔錦香花〕、〔錦水棹〕眉批云：「二曲字句未悉合，以詞佳錄之。作者若用其曲名，各從本調塡詞，不可依此平仄。」

面對沈氏叔侄如此斷斷然指斥《牡丹亭》曲文平仄之失律，湯顯祖在〈答孫俟居〉中回應道：

曲譜諸刻，其論良快。久玩之，要非大了者。……其辨各曲落韻處，麤亦易了。……且所引腔證，不云「未知出何調、犯何調」，則云「又一體」、「又一體」。彼所引曲未滿十，然已如是，復何能縱觀而定其字句音韻耶？

以沈璟爲首的「吳江派」認爲湯顯祖工於詞而疏於律，沈璟精於律而拙於詞，至今不少學者仍承襲這種看法。然而據錢南揚研究，沈璟所編曲譜考覈不精，致錯誤百出⓰，湯氏之所以如此反駁沈氏，係「意謂用韻之類是容易懂的事，

⓰ 錢南揚指出沈璟曲譜之誤，約有三端：一、奉坊本俗鈔爲秘籍，以訛傳訛，不知辨正。二、

不必瑣瑣。而對於曲調的流變：某調出自何調，某調所犯何調；一調數體，那是正體，那是變體，倒應該加以考核。否則，自己還沒有弄清楚，怎能示人以準則呢？」（〈談吳江派〉）沈璟對曲調（曲牌）之考訂，既「斤斤三尺，不欲令一字乖律」（王驥德《曲律》語），但沈譜瘁心考訂結果，卻常出現「未知出何調、犯何調」之語，尤其「又一體」滋生繁多，如何能有固定不移的曲牌之「律」可供人遵循？足見湯氏對他的反駁可說是正中其弊。

此外，在《玉茗堂尺牘》之四〈答呂姜山〉中，湯顯祖明白道出作曲與唱曲的格律要求，其實不盡相同，其文云：

> 寄吳中曲論良是。「唱曲當知，作曲不盡當知也。」此語大可軒渠。凡文以意趣神色爲主，四者到時，或有麗詞俊音可用，爾時能一一顧九宮

不尊重客觀材料，粗心大意，任意更改。三、不窮源竟委，但逞胸臆，憑空武斷。詳見〈論吳江派〉一文，收於《漢上宧文存》，一九八〇，上海文藝出版社。

四聲否？如必按字摸聲，即有窒滯迸拽之苦，恐不能成句矣。

呂姜山（玉繩）認爲沈璟所謂〈唱曲當知〉中的格律，劇作家在創作時，實毋須全然奉守，因而在信中道出「唱曲當知，作曲不盡當知也」，此語湯氏一見正中下懷，故大樂。接著湯氏揭櫫劇作的創作理想在於表現「意趣神色」底意境，若在爲文當下，還要一一顧及每個字的四聲，如此運筆如葛籐，又怎能成句？錢南揚在〈論吳江派〉一文中曾有透闢的分析：「蓋作曲與譜曲、唱曲不同。一般說來，作曲者，除了每句末了二字，必須照規律分清四聲外，其餘的字只要合乎平仄就行。而且曲子可加襯字，有些地方字數可以不拘，所以平仄也可以不拘。而譜曲、唱曲則不然，必須逐句逐字辨別其四聲陰陽。沈璟曲譜卻把種種規律諄諄告誡作曲者，未免弄錯了對象。」文士作曲大抵重在立意架構、斟酌詞采；至於樂工譜曲與伶家唱曲則必須依腔訂譜、循聲習唱，因而必須逐句逐字細辨其四聲清濁，才不會發生「歌其字而音非其字」的拗嗓之病。事實上，作曲與譜曲、唱曲其立場、格律之差異，早在元代周德清撰《中原音韻》

時即已呈顯。在元曲實際創作上，除了曲律規定句末必用上聲或去聲，以及避免「上上」或「去去」之重複等規律爲元人普遍遵守之外，周德清所極力揭櫫的「定格」，並未獲得元代曲家的公認。換言之，元曲作家在創作時，陰陽兩平聲仍當作一類，上去兩聲亦不嚴格區分；而周德清《中原音韻》則站在唱曲講究「字正腔圓」的立場，主張「平分陰陽」、「嚴別上去」。因此，王力認爲周氏所論只是技巧而不是規律，因它不符元曲創作之事實，倒是與周氏的「度曲藝術」有關⑰。由此推知，劇作家偶爾在曲文平仄不合律時，只要在譜曲時運用「依字行腔」的技巧，配上符合作者用字四聲之工尺，就能使歌者唱來無棘喉澀舌之病。（至於較爲嚴重的句數字數之不合律，則有待國工運用集曲改調之方法予以修潤，詳下文。）這種將整支曲牌按音步、四聲化整爲零（腔句、字腔）的配腔手法，即是湯顯祖所盛稱的「句字轉聲」、「偶方奇圓，節數隨異。四六之言，

---

⑰ 詳參王力《漢語詩律學》頁七七五～七八〇。有關元代曲韻與元曲唱唸之關係，可詳參拙著《曲韻與舞台唱唸》頁九三～一一三。

二字爲節，五言三，七言四」、「一字一節，故爲緩音，以舒上下句」等譜腔、唱曲技巧。

綜上所述，沈璟雖主張守律謹嚴，但在方法上卻存在不少錯誤，他既審律不精，又未諳作曲在格律要求上與度曲不同，其間容有劇作家揮灑才情之空間，沈璟「斤斤返古」、對曲律不夠通達的結果，使得「吳江派」如呂天成、上世臣等在創作時感到「其境益苦而不甘」（王驥德《曲律》語）。至於湯顯祖對他的反駁與批評，質實而言皆頗中肯，足見湯氏並非全然「疏於律」。值得一提的是，歷來學者對「湯沈之爭」的論題，大都僅著眼於「形式」（曲律）與「內容」（曲意）之爭的論評，錢南揚先生則揭示作曲與譜曲、唱曲格律有別之說；洛地先生更據沈寵綏《度曲須知》中對魏良輔等「但正目前字眼，不審詞譜爲何事，徒喜淫聲聒聽，不知宮調爲何物，……固時調功魁，亦叛古戎首」等議評，另將湯沈之爭的焦點指向腔句與曲牌之內在矛盾，即湯顯祖並非不律，他律的是句字，而沈璟律的則是曲牌（與宮調），此說確有獨見，可為治曲者提供另一個思索的空間⑱。

㈡《牡丹亭》宮調、聯套之失律辨疑

有關南曲劇作的宮調問題，徐渭曾針對諸曲家對《琵琶記》「也不尋宮數調」的訾議，在《南詞敘錄》中率先提出批駁：「夫南曲本市里之談，即如今吳下〔山歌〕、北方〔山坡羊〕，何處求取宮調？……南曲固無宮調，然曲之次第，須用聲相鄰以爲一套，其間亦自有類輩，不可亂也！」南曲不像北曲嚴守「一折一宮調」之規定。事實上，同一宮調之曲牌並不代表其聲情必十分接近，甚至某些曲牌雖同一宮調，但因聲情大相逕庭，是嚴禁聯成一套的，如同一商調，〔金梧桐〕聲情高亢，而〔二郎神〕低抑，自來曲家從未將此二曲聯爲一套；而宮調不同的曲牌，只要聲情相近，即可聯成套曲。由此可知，宮調

⑱ 詳參洛地《詞樂曲唱》頁一八二～一八九，一九九五，人民音樂出版社。

的一致，對南曲聯套而言，只是表面而大致性的規範，南套內在的實質在於「聲相鄰」，即聲情接近，且主腔、結音相同。當然聯套優劣之關鍵仍在於曲牌本身與劇情緊密結合之程度。

而這一整套體察宮調實質、擘析曲牌音樂架構以及選牌組套等排場配搭的深密曲理，湯顯祖在〈董解元西廂題辭〉中坦承自己尚未盡窺其堂奧，其文云：「余於聲律之道，瞠乎未入其室也。……董之發乎情也，鏗金戛石，可以如抗而如墜。余之發乎情也，宴酣嘯傲，可以以翺而以翔。然則余於定律和聲處，雖於古人未之逮焉，而至如《書》之所稱爲言爲永者，殆庶幾其近之矣。」說明己作之「情至」藝術造詣可追步《董西廂》，但在「定律和聲」方面，則有所不及。之所以有所不及，在〈答凌初成〉書中，他謙稱「不佞生非吳越通，智意短陋，加以舉業之耗，道學之牽，不得一意橫絕流暢於文賦律呂之事。獨以單慧涉獵，妄意誦記操作……」這段摸索音律的歷程，既無名師指引，又乏益友切磋，單靠一己的靈心慧性，猶如「暗中索路」，雖有所悟，但畢竟有限。再加上曲律的發展原本就是愈至後世而愈趨森嚴，因而近代曲家吳梅以「度曲中韓」的標準來檢覈《牡丹亭》，自然所見盡是出宮犯調、句法紊亂、音韻乖方之「野狐禪」！

《牡丹亭》的宮調、聯套格律，在後世曲家看來似乎乖宮訛調、雜出無序的情況不少。事實上，沈璟的《南九宮十三調曲譜》曾錄《牡丹亭》曲文以爲格範，如仙呂過曲錄〔月上五更〕，「不知宮調及犯各調者」（按：即所謂「集曲」）錄引子〔宴蟠桃〕、過曲〔桃花紅〕、〔步金蓮〕、〔疏影〕等四支。沈自晉《南詞新譜》進一步考訂，湯顯祖「臨川四夢」被錄爲範曲者更增多爲二十二支，其中屬於《牡丹亭》者凡十一支，依次爲：仙呂過曲〔月上五更〕、南呂過曲〔朝天懶〕、黃鐘引子〔翫仙燈〕、過曲〔疏影〕、越調過曲〔番山虎〕二支、商調過曲〔黃鶯玉肚兒〕、雙調過曲〔孝白歌〕、仙呂入雙調〔桂月鎖南枝〕、〔風送嬌音〕、雜調〔步金蓮〕⑲。足見湯氏劇作之曲文平仄雖

---

⑲ 除《牡丹亭》外，《南詞新譜》所錄「臨川四夢」之範曲凡十一支：卷一仙呂過曲〔望鄉歌〕（《邯鄲夢》）、粧臺帶甘歌（《南柯夢》），卷三羽調近詞〔四季花〕（《紫簫

不盡合沈氏叔侄曲譜之律，但仍可爲範曲，而《牡丹亭》更高居半數，可知《牡丹亭》之失律情況並不嚴重。尤其沈自晉對湯氏的平仄律亦有深心觀察而加以讚美者，如卷一〔望鄉歌〕批云：「電閃、帝女去上聲，砥柱、雨在上去聲，俱妙。」卷十八〔黃鶯玉肚兒〕批云：「小事、何意俱上去聲，妙。」由此益可見湯氏並非不諳聲律。

在一片訾議聲中。臨川四夢的北曲卻是頗受推崇的。如對湯氏批評頗甚的臧懋循，仍不得不承認：「湯義仍《紫釵》四記，中間北曲，駸駸乎涉其藩矣。」而凌濛初也稱讚道：「近世作家如湯義仿，頗能模仿元人，運以俏思，儘有酷肖處，而尾聲尤佳。」姚士粦更指出湯顯祖作劇的妙處，得力於元雜劇，且根底頗深，《見只編》云：「先生妙於音律，酷嗜元人院本。自言篋中收藏，多

記》），卷十二南呂引子〔阮郎歸〕（《紫釵記》），卷十八商調過曲〔黃鶯穿皂羅〕（《南柯夢》），卷二十商黃調〔黃鶯學畫眉〕（《邯鄲夢》），卷二十三仙呂入雙調過曲〔柳搖金〕、〔錦香花〕、〔錦水棹〕（《邯鄲記》）、〔玉供鶯〕、〔玉鶯兒〕（《紫釵記》）。

世不常有，已至千種，有《太和正音譜》所不載者。比問其各本佳處，一一能口誦之。」元劇格律謹嚴，湯氏含茹既深，不僅北曲佳，引子、尾聲亦備受讚譽，如王驥德《曲律・論引子》嘗云：「《還魂》「二夢」之引，時有最俏麗而最當行者，以從元人劇中打勘出來故也。」就連近代對湯作格律批評頗甚的吳梅，也在《曲學通論》中稱揚著：「尾聲結束一篇之曲，須是愈著精神。末句，尤須以極俊語收之方妙。凡北曲煞尾定佳，作南曲者往往潦草收場，徒取收場，戲曲中佳者絕少。惟湯若士四夢中尾聲首首皆佳。」至於《牡丹亭》之排場，則頗能均演員之勞逸，新觀眾之耳目，關目佈置章明而慮周，透顯出作者深諳場上藝術之才情⑳。此外，南北合套之運用，亦較南戲整飭可觀。且〔光光乍〕、〔四邊靜〕、〔吳小四〕等曲牌，皆僅供老旦、外、淨等次要腳色衝場之用，不像南戲可供生旦等主要腳色演唱，且可置於聯套套曲之中。凡此皆

⑳ 有關《牡丹亭》之排場藝術，可參楊振良《牡丹亭研究》頁六八～八六，一九九二，台灣學生書局。

可看出《牡丹亭》之體製結構，遠較南戲整飭而謹嚴。

二、《牡丹亭》諸改本平議

明清諸曲家對湯顯祖劇作的不合律雖有頗多非議㉑，《牡丹亭》亦屢遭標塗改竄，改本之多，不下五種，然若實際就諸改本與湯氏原作以比較分析，則不難發現湯作並非眞如論者所說的那麼不堪救藥。《牡丹亭》改本凡五，依次爲：呂（玉繩）改本牡丹亭、沈（璟）改本同夢記、臧（懋循）改本牡丹亭、徐（肅穎）改本丹青記、碩園（徐日曦）改本牡丹亭、馮（夢龍）改本《風流夢》，（其中呂改本係湯氏誤記詳如上述）。沈改本全本已佚，僅餘兩曲殘存《南詞新譜》中，

㉑ 指摘湯顯祖《牡丹亭》韻律乖舛者有：明·王驥德《曲律》、沈璟〔南商調二郎神套曲〕、沈德符《萬曆野獲篇》、鄭元勳《花筵賺序評語》、臧懋循《元曲選序》、張琦《吳騷合編》、《衡曲麈談》、清·黃圖珌《看山閣集閒筆》以近代吳梅《顧曲麈談》、《曲學通論》等等。

止改動字句而已；臧改本則刪併場子、調換場次，並改動曲詞；徐肅穎改本下落不明，僅知就原本刪潤而已；徐日曦改本改動較大，除刪全齣、併數齣爲一齣之外，還刪曲並移動場次；馮改本改動更大，除刪全齣、併數齣爲一齣、分一齣爲數齣之外，更大刀闊斧改寫湯作㉒。綜上所述，諸改本改竄情形可歸納爲改詞與改調兩種。而改詞之刪齣、併齣、分齣與移換場次，原屬排場之變換，與曲文之合不合律無關，姑不贅及。至於嫌湯作有拗嗓之病而加以改竄曲詞者，以沈璟與臧懋循爲最，然其曲文儘管合律，其詞采皆不如湯氏遠甚，致有斷鶴續鳧、點金成鐵之譏㉓。既然湯顯祖天才般的詞采令人難以望其項背，貿然改

㉒ 諸改本情形可參閱徐扶明《牡丹亭研究資料考釋》。

㉓ 沈璟詞采不如臨川，王驥德《曲律》早有妙喻：「《還魂》「二夢」如新出小旦，妖冶風流，令人魂銷腸斷，第未免有誤字錯步。……吳江諸傳如老教師登場，板眼場步略無破綻，然不能使人喝采。」臧懋循改本，明朱墨刊本《牡丹亭・凡例》與張詩齡《關隴輿中偶憶篇》皆訾其「斷鶴續鳧」，茅元儀嘗面質臧氏「事怪而詞平，詞怪而音節平，於作者之意，漫滅殆盡。」（見《批點牡丹亭記序》），吳梅《顧曲麈談》對臧氏亦有「點金成鐵」之評。

竄，徒遭「頭等笨伯」之誚㉔，因而能眞正針對湯曲不合律處予以修潤，達到「文律俱美」者，唯有「改調」一途而已。

所謂改調，即改調就辭，不改原作一字，而能使曲辭完全合調。此法創始於明末鈕少雅，鈕氏將《牡丹亭》「逐句勘核九宮，其有不合，改作集曲，使通本皆被管弦，而原文仍不易一字。」㉕鈕氏《格正牡丹亭》凡二卷，全書四百餘曲，經訂正的五十餘曲，不過僅占八分之一而已㉖，可見湯顯祖眞正不合律處並不多。清初毛先舒《詩辯坻·詞曲》更指出：

> 曲至臨川，臨川曲至《牡丹亭》驚奇瓌壯，幽艷淡沲，古法新製，機杼遞見，謂之集成，謂之詣極。音節失譜，百之一二；而風調流逸，讀之

㉔ 錢南揚〈湯顯祖劇作的腔調問題〉一文嘗云：「那些改竄湯辭的人，眞是頭等笨伯。」

㉕ 見吳梅《中國戲曲概論》卷中頁三十一。

㉖ 見錢氏〈湯顯祖劇作的腔調問題〉一文，收於《漢上宧文存》，一九八〇，上海文藝出版社。

> 甘口，稍加轉換，便已爽然。雪中芭蕉，政自不容割綴耳。「不妨拗折天下人嗓子」，直爲抑臧作過矯語。

他認爲湯顯祖失律之處，若與其才情、詞采相較，不過是「百之一二」的過失而已。由於世人愛臨川之才，不願湯作再遭竄改之厄，故有鈕氏改調之法。清乾隆間度曲名家葉堂有感於「《牡丹亭》雖有鈕譜，未云完善」，於是精益求精地將湯氏四夢不合律處，以「集曲」方式處理，其《四夢全譜·凡例》云：

> 南曲之有犯調，其異同得失最難剖析，而臨川四夢爲尤甚。譜中遇犯調諸曲，雖已細注某曲某句，然如〔雙梧鬥五更〕、〔三節鮑老〕等名，余所創始，未免穿鑿。第欲求合臨川之曲，不能謹守宮譜集曲之舊名，識者亮之。

由於湯曲存在著字句或多或少的毛病，因而葉堂只好苦心孤詣地用音樂去遷就，以改譜就詞的方式，將正曲改爲集曲㉗。所謂「集曲」，是南曲中一種曲調變化的方法，即用兩支以上的曲牌，各選取若干樂句，重新組合，使它成爲一支新曲牌。葉堂所舉商調〔雙梧鬥五更〕曲牌係出於《牡丹亭》第二十八齣「幽媾」。茲以第二十六齣「玩眞」爲例，其中商調〔鶯啼序〕曲牌，按格律應作八句，但湯顯祖卻作了九句，句數、平仄、韻協俱不合律，於是葉堂將它改成集曲〔鶯啼御林〕：

〔鶯啼御林〕〔鶯啼序首至六〕他青梅在手細吟哦，逗春心一點蹉跎。小生待畫餅充饑，小姐似望梅止渴。未曾開半點么荷，含笑處朱脣淡抹。〔簇御林末三句〕韻情多，如愁欲語，只少口氣兒呵。

㉗ 王季烈《螾廬曲談》云：「玉茗四夢，其所塡之曲，每不依正格。多一字，少一字，多一句，少一句，隨處皆是。葉懷庭製四夢譜，爲遷就原文計，將不合格之詞句，就他曲牌選相當之句以標之，而正曲改爲集曲矣。」

新曲牌〔鶯啼御林〕即是前六句保留〔鶯啼序〕原曲前六句，末三句則用〔簇御林〕之末三句。運用如此巧妙的音樂處理方式，使得湯作「辭調兩到，文律雙美」，葉堂的苦心，由《四夢全譜．凡例》可知：

> 至其字之平仄聱牙，句之長短拗體，不勝枚舉。特以文詞精妙，不敢妄易，輒宛轉就之。知音者即以爲臨川之韻也可，以爲臨川之格也可。

如是知音，顯祖有知，焉能不深深感動！無怪乎王文治爲《四夢全譜》作序時，對湯、葉兩位文學與音樂的傑出結合忻慕不已，其文云：「玉茗四夢，不獨詞家之極則，抑亦文律之總持。及被之管絃，又別有一種幽深艷異之致，爲古今諸曲所不能到。俗工依譜諧聲，何能傳其旨趣於萬一？……且玉茗興到疾書，於宮譜復多隕越。懷庭乃苦心孤詣，以意逆志，順文律之曲折，作曲律之抑揚，頓挫綿邈，盡玉茗之能事。」足見湯顯祖並非全然地「疏於律」，而《牡丹亭》偶然之失格舛律亦並非難以救治。凡是一種藝術，總有它的一套程式，戲劇自然不能例外，誠如錢南揚先生所言，編撰劇本者，「首先應該知道曲牌性質的粗細，節奏的緩急，搭配的方式，聲情的哀樂等等，以與變化不定的劇情相配合；而曲調的四聲陰陽、句法、用韻，還在其次。沈璟不但斤斤於後者，滿口古式古戲，不過葉公之好龍，猶未見眞龍，怎能示人以作曲的準繩呢？格律應該服務於內容，不應犧牲內容以遷就格律。」（〈談吳江派〉）湯顯祖的《牡丹亭》掌握了「意趣神色」的高標內容，兼有麗詞俊音以添其幽深艷異之致，格律上的偶爾失誤，又有後世國工葉堂爲其彌縫修潤，終而成爲舉世矚目的傳奇珍品。

參、《牡丹亭》之腔調論辨

一、南曲之唱演原不限聲腔

《牡丹亭》之腔調問題，明清曲籍從未見討論，主要因爲南方語言殊異，聲腔亦紛紜不類，致使同一劇本向來可用不同聲腔唱演而無礙。早期宋元南戲劇本在創作上具有若干共同點，如曲調爲五聲音階組成，除裝飾音外，並無變徵與變宮兩個半音；語言有入聲，四聲分明；音樂體製屬於句不限字、篇不限句的曲牌體系統，因而同一個劇本，可供南方各種不同聲腔劇種如弋陽、海鹽、餘姚、崑腔演唱。如楊炯之《藍橋玉杵記・凡例》提到：「本傳詞調，原屬崑浙……詞曲不加點板者，緣浙板崑板疾徐不同，難以膠於一定。」此處浙板當指海鹽腔或餘姚腔，由於快慢與崑腔有別，原作爲適應不同聲腔演唱，故不便加上固定的板眼節奏符號。《金瓶梅詞話》中亦曾記載：同樣是南曲，可用帶箏琵等演奏之「弦索官腔」與不被管弦之「海鹽腔」兩種聲腔演唱（見葉德均前揭書），而「詞曲之祖」《琵琶記》可用弋陽、餘姚、崑山、青陽等不同聲腔唱演，亦是眾所周知的事實。

宋元戲文既是任何聲腔皆可唱演，而延續南戲宗枝發展之明傳奇，其敷唱情形亦類乎此。即作者在創作劇本時，原不執著用何種聲腔演唱，祇是一般文士撰作意境高雅、詞采典麗之傳奇時，率以崑腔演唱爲主流。蓋因崑腔自曲聖魏良輔改革成功後，自嘉靖、萬曆乃至清乾隆，即以「振鬣長鳴，萬馬皆瘖」的傲然風姿雄踞曲壇二、三百年之久，而獨享「雅部」盛譽迄今。如李開先《寶劍記》撰成時，自負不淺，嘗問王世貞道：「比《琵琶記》如何？」王氏答曰：「公文辭之美不必說，但教吳中曲師十人唱過，逐腔逐字改訂妥善，然後可以傳世。」（見王氏《曲藻》）顯然李開先創作《寶劍記》時，原不為某種聲腔（當然也包括崑腔）而作，而當時文士劇作向以崑曲敷唱為主流，因而王世貞會委婉地告訴他得請「吳中曲師」，即善度崑曲者拍唱改訂妥當，方可付諸氍毹搬演，否則衹有淪為案頭曲。

南戲、傳奇劇本原不限採何種聲腔唱演，但若作者執意或希望用某聲腔唱演時，通常會特別加以註明。如清代若耶野老徐沺公《香草吟》傳奇第一齣〈綱目〉之眉批即記載：「作者惟恐入俗伶喉吻，遂墮惡劫，故以『請奏吳歈』四字先之。殊不知是編惜墨如金，曲皆音多字少。若急板滾唱，頃刻立盡。與宜黃諸腔，大不相合。吾知免夫。」可知作者惜墨如金，希望劇作以流麗悠遠、一唱三歎的崑腔來演唱，方能展現其體局靜好、詞采優雅的文士品味；若改用宜黃腔，則流水板等滾唱方式，處理起來必定是音少字多，幾支曲子不一會兒工夫立即唱完，與原作曲情大相逕庭，故作者不願佳曲被俗伶唱壞，乃特意標示「請奏吳歈」，免墮惡劫。

二、《牡丹亭》爲弋陽、宜黃諸腔而作質疑

文士創作劇本時，率抵不執著採何種聲腔演唱已如上述，祇是《牡丹亭》在當時享譽甚隆，其本身固有若干失律處，遂令改本蠭出，斯時曲壇雖以崑腔爲主流，而湯氏並非吳地人士，又發拗折嗓子說以聳人耳目，當時曲家對《牡丹亭》之失律，或以爲受俗腔影響所致，促使近現代學者對《牡丹亭》創作時所用腔調產生種種揣測，如袁宏道評《玉茗堂傳奇》云：

> 詞家最忌弋陽諸本，俗所謂過江曲子是也。《紫釵》雖有文采，其骨格卻染過江曲子風味，此臨川不生吳中之故耳。

袁氏認爲湯氏早年作品《紫釵記》之所以染有弋陽腔過江曲子風味，主要因爲湯氏非吳地人士，未多薰習吳地崑腔之聲律，又受弋陽等俗腔之影響，致曲風尚欠大雅格局。凌濛初《譚曲雜箚》亦有類似訾評，其文云：

近世作家如湯義仍，頗能模仿元人，運以俏思，儘有酷肖處，而尾聲尤佳。惜其使才自造，句脚、韻脚所限，便爾隨心胡湊，尚乖大雅。至於填調不諧，用韻龐雜，而又忽用鄉音，如「子」與「宰」叶之類，則乃拘於方土，不足深論，止作文字觀，猶勝依樣畫葫蘆而類書填滿者也。義仍自云：「駘蕩淫夷，轉在筆墨之外。」佳處在此，病處亦在此。彼未嘗不自知，祇以才足以逞而律實未諳，不耐檢核，悍然爲之，未免護前。況江西弋陽土曲，句調長短，聲音高下，可以隨心入腔，故總不必合調，而終不悟矣。而一時改手，又未免有斲小巨木、規圓方竹之意，宜乎不足以服其心也。

凌氏所謂「填調不諧，用韻龐雜」之批評，前已辨析，茲不復贅。至於「江西弋陽土曲，句調長短，聲音高下，可以隨心入腔，故總不必合調」說法，大抵是就湯氏劇作中句數、平仄失律之緣由推想，認爲湯氏既生於江西，創作時難免會受當地弋陽腔將傳奇劇本「改腔易調」的常用手法影響，以致句調之長短平仄與曲牌應有之格律不合。湯氏曲文平仄與字句數失律情形，上文亦已辨明，故不贅。至於弋陽等高腔的「改腔易調」手法是否會影響湯氏？據余從、路應昆研究，明代高腔之所以繁興，實與其「改腔易調」之做法密然有關。所謂「改腔易調」，即是在劇本方面，將文士傳奇之文詞作通俗化處理，包括「加滾」之類；音樂方面則靈活處理，既可改換曲牌名目，又「只沿土俗」，多方吸收地方民間音樂，適應不同地區觀眾之需要；語言方面更與不同地區方音結合，令「四方士客喜悅之」，並促使音樂發生地方化演變。㉘湯顯祖曾斬釘截鐵地

㉘ 詳參余從《戲曲聲腔劇種研究》頁一二三～一二四，一九九〇，人民音樂出版社；路應昆《高腔與川劇音樂》頁二五六～二六四，二〇〇一，人民音樂出版社。

告誡宜伶：「《牡丹亭》記，要依我原本，其呂家改的，切不可從。雖是增減一二字以便俗唱，卻與我原做的意趣大不同了。……我生平只爲認眞……」他既如此認眞，不願己作改爲俗唱，其劇本又怎可能會爲弋陽等俗腔而創造？何況與湯顯祖同時代的葉憲祖，曾對當時的弋陽腔作過如實的描述，其《鸞鎞記》（一五九五—一六一〇）第二十二齣云：

（丑）他們都是崑山腔板，覺道冷靜。生員將〈駐雲飛〉帶些滾調在內，帶做帶唱何如？（末）你且念來看！（丑唱弋陽腔帶做介）……（末笑介）好一篇弋陽！文字雖欠大雅，到也熱鬧可喜。

湯顯祖在〈宜黃縣戲神清源師廟記〉中，也對當時聲腔的發展流變，作一番概括性的描述，其文云：

> 此道有南北。南則崑山之次爲海鹽，吳浙音也，其體局靜好，以拍爲之節。江以西弋陽，其節以鼓，其調諠。至嘉靖而弋陽之調絕，變爲樂平，爲徽青陽。我宜黃譚大司馬綸聞而惡之，自喜得治兵於浙，以浙人歸教其鄉子弟，能爲海鹽聲。大司馬死二十餘年矣，食其技者殆千餘人。

足見弋陽腔「錯用鄉語」，曲文欠大雅，音樂「加滾」熱鬧而顯得諠雜，尤其滾白滾唱與流水板之使用，常令人有「鑼鼓喧闐，唱口囂雜」之感，不像海鹽腔，崑山腔那般「體局靜好」，因此就算它在湯氏當時已流傳到江西樂平而變化爲「樂平腔」，或流傳到皖南變化爲「青陽腔」，同樣都屬諠鬧俚俗的高腔系統，就鑑賞品味而言，都不可能會得到湯氏的青睞，譚綸既「聞而惡之」，湯氏與他態度一致，更不可能爲這等俗腔創作。

《牡丹亭》創作時所用的聲腔問題，現代學者另有一新說——即是爲「宜黃腔」而作。徐朔方主要根據在於湯顯祖詩文集中所言唱演四夢之藝人皆爲宜伶而非崑伶，葉德均則據明．鄭仲夔《冷賞》卷四〈聲歌〉所言：「宜黃譚大司馬綸，殫心經濟，兼好聲歌。凡梨園度曲皆親爲教演，務窮其妙，舊腔一變爲新調。至今宜黃子弟咸尸祝譚公惟謹，若香火云。」更進一步說明此「宜黃腔」，係「宜黃子弟以海鹽腔爲基礎，和結合當地弋陽等腔而創造爲新戲曲。」

先不論海鹽、弋陽體局格調全然不同而相對峙的兩大聲腔，如何能交相化合？果眞化合，應是截長補短提高層次，怎可能會發展成更爲低俗的「宜黃腔」？而這種新說的前提是：明萬曆年間必須先有所謂的「宜黃腔」這種聲腔出現。戲曲史上構成「聲腔」的條件是：運用某地方言、音樂所演唱的戲曲，必須形成自己特有的唱腔、唱法，產生含有特殊韻味的腔調，而這腔調必須流播廣遠，具有豐富的生命力㉙。「在一系列劇種中都出現了這種腔調及其變體時，方才可以稱之爲『聲腔』，即『聲腔系統』。㉚事實上，明代並無所謂「宜黃腔」之記載。如與湯顯祖同時代的王驥德《曲律‧論腔調》載：「數十年來，

㉙ 詳參曾永義《論說戲曲‧論說「戲曲劇種」》，一九九七，聯經出版社。

㉚ 參劉厚生〈劇種論略〉，載《中華戲曲》第十輯，一九九一年四月。

又有弋陽、義烏、徽州、樂平諸腔之出。今則石台、太平梨園幾遍天下，蘇州不能與角什之二三。其聲淫哇妖靡，不分調名，亦無板眼。又有錯出其間，流而爲『兩頭蠻』者，皆鄭聲之最。」稍晚崇禎年間的沈寵綏《度曲須知・曲運隆衰》載：「腔則有：海鹽、義烏、弋陽、青陽、四平、樂平、太平之殊派，雖口法不等，而北氣總已消亡矣。」諸多僻陋的聲腔皆見諸記載，就連後代曲籍已不復記載的「杭州腔」，都曾被魏良輔《南詞引正》登錄過。而現代學者所盛稱的「宜黃腔」，湯氏本人隻字未提，前後時期的曲家亦未嘗言及，足見「宜黃腔」的存在頗值得懷疑。

再者，鄭仲夔生當明清之際，距海鹽腔傳入江西將近百年，鄭氏並未宣稱海鹽已變而爲宜黃，其所謂「新調」，當是指譚氏將海鹽腔加工改良，使它在唱法上愈變愈精緻細膩，猶如崑曲口法見諸明清曲籍僅「掇、疊、擻、霍」四種腔型而已，發展迄今，踵事增華，精益求精，已有十餘種之多[31]，唱法腔型

---

[31] 詳參拙著《曲韻與舞臺唱唸》頁一九四～二〇五。

雖創新頗多，極盡度曲之情致，而仍謂之崑曲，不另更名為他種聲腔。上述海鹽腔這種精緻化的過程，極有可能如錢南揚所言，是「向崑山腔看齊」，而不可能轉變成另一種與原來聲情迥異的「宜黃腔」（〈湯顯祖劇作的腔調問題〉）——採急板滾唱方式，聲情與體局靜好的海鹽腔大不相類㉜，故當時文士撰傳奇，為免墮俗伶以宜黃腔唱演之惡劫，通常會特加註明「請奏吳歈」——以雅部崑腔敷唱。清代宜黃腔情形若此，迨至近代，江西宜黃縣一地所流行之宜黃腔，則是七言句與十言句形式，音樂體製屬於詩讚系統（或稱腔板系統），全無海鹽與弋陽之痕跡（見同註㉖），不知徐朔方〈宜黃縣戲神清源師廟記〉一文箋語稱明代有「宜黃腔」，又稱此宜黃腔「實為江西化，即弋陽化之海鹽腔」，究竟有何根據？

至於湯顯祖詩文中雖多次提及宜伶唱演四夢之事，但吾人不能據此便妄下

㉜ 有關清代宜黃腔流行情形，可參閱清枕月居士《金陵憶舊集》與清昭槤《嘯亭雜錄》卷八。

斷語，稱宜黃伶所唱必爲宜黃腔，因某地人並不一定唱某地腔調，如《金瓶梅詞話》云：

> 四個戲子跪下磕頭，蔡狀元問道：「那兩個是生旦？叫甚名字？」於是走向前説道：「小的裝生的，叫荀子孝；那一個裝旦的，叫周順……。」安進士問：「你每是那裏子弟？」荀子孝道：「小的都是蘇州人。」——第三十六回
>
> 海鹽子弟張美、徐順（按：疑即周順，文字偶異）、荀子孝生旦，都挑戲箱到了。——第七十四回

兩回所載荀子孝、周順等皆爲蘇州人，而擅唱海鹽腔，故稱海鹽子弟。冒襄《影梅庵憶語》亦嘗提及崇禎十四年（一六四一）於蘇州觀崑腔名伶陳姬演唱弋陽腔劇《紅梅記》。時至今日，或因演員喜好，或緣時代風尚，某地人未必唱某地腔調之情形亦所在多有，如浙江人未必唱越劇，自明迄今唱崑腔之記

載不勝枚舉，上海演員不唱滬劇而唱崑曲、越劇成名者亦不乏其人，由此可知葉、徐等人主張宜伶所唱必爲宜黃腔之說，誠有待商榷。

三、《牡丹亭》唱演之崑化歷程

由於古代缺乏音像錄製設備，因而欲判斷某劇本創作時採何種聲腔格律，除根據作者與時人或後人等論述資料，作外圍研究之外，針對劇本本身之體製結構，亦能尋繹出若干端倪。翻開湯著五十五齣《牡丹亭》，其詞采素有「上薄風騷，下奪屈宋」、「幾令西廂減價」之譽，與南戲之鄙俚大相逕庭。其關目排場章明而慮周，聯套結構亦頗符傳奇格律已如上述，且每齣所用曲牌皆屬雅化之文士傳奇系統，而非南戲鄉音俗調之體局㉝。

㉝ 錢南揚考證崑曲常演劇目《孽海記·思凡》原屬餘姚腔，即根據此齣曲牌如〔香雪燈〕、〔哭皇天〕、〔風吹荷葉〕等皆爲崑曲所無，而〔風吹荷葉〕又用流水板，凡此皆爲餘姚腔之特徵，詳見錢氏《戲文概論·源委第二》第四章第三節。

《牡丹亭》體製既屬文士傳奇系統，而當時傳奇唱演的聲腔，萬曆以前，大抵以海鹽、弋陽、餘姚爲主流。其中海鹽腔因體局優雅靜好，語言採官話而顯得大方，在嘉靖間取得重大發展，而深爲上層文士及公侯富紳所風靡。楊慎《丹鉛總錄》（明刊本有嘉靖三十三年梁佐序）卷十四「北曲」條云：「近日多尙海鹽南曲，士大夫稟心房之精，從婉孌之習者，風靡如一。甚者北土亦移而耽之，更數世後，北曲亦失傳矣。」（此條又見楊氏《詞品》卷一）顧起元《客座贅語》卷九「戲劇」條云：「南都萬曆以前，公侯與縉紳及富家，凡有讌會小集，多用散樂，或三四人，或多人唱大套北曲。……大會則用南戲，其始止二腔：一爲弋陽，一爲海鹽。弋陽則錯用鄉語，四方士客喜閱之。海鹽多官語，兩京人用之。」至於餘姚腔，其文詞曲調皆較鄙俚，《想當然》傳奇首繭室主人〈成書雜記〉云：「俚詞膚曲，因場上雜白混唱，猶謂以曲代言，老餘姚雖有德色，不足齒也。」在嘉靖間海鹽、弋陽兩腔對峙的情況下，它已呈弱勢，不及弋陽腔傳佈廣遠。就士大夫鑑賞品味言，三腔中以海鹽最受青睞，張牧《笠澤隨筆》載：「萬曆以前，士大夫宴集，多用海鹽戲文娛賓客。……若用弋陽、餘姚，則爲不敬。」

迨至萬曆年間，曲壇由於崑山腔的竄興而形勢丕變。嘉靖間，崑山腔雖改革成功，但流佈不廣，徐渭成書於嘉靖三十八年（一五五九）的《南詞敘錄》云：「惟崑山腔止行於吳中。流麗悠遠，出乎三腔（弋陽、餘姚、海鹽）之上，聽之最足蕩人。」行腔流麗悠遠——「聲則平上去入之婉協，字則頭腹尾音之畢勻，功深鎔琢，氣無煙火，啓口輕圓，收音純細」（沈寵綏語），這番抽秘逞妍的度曲藝術，配上悅耳的絲竹管弦伴奏（弋陽、海鹽、餘姚等腔在當時僅用鼓、板、鑼，而無弦管伴奏），終於使它在隆慶、萬曆間迅速推廣，徐樹丕《識小錄》卷四《梁姬傳》載：「吳中曲調，起魏氏良輔。隆、萬間精妙益出。四方歌者必宗吳門，不惜千里重資致之，以教其伶、妓，然終不及吳人遠甚。」梁辰魚《浣紗記》氍毹唱演崑腔的成功，使崑曲在萬曆年間的高層文士曲壇上取得壓倒性的盟主地位。張大復《梅花草堂筆談》卷十二載：「譜傳藩邸、戚畹、金紫熠爚之家，而取聲必宗伯龍氏（辰魚字），謂之崑腔。」同書卷十四亦云：「腔右崑山，有聲容者多就之。」《客座贅語》卷九亦明白揭示：「今則吳人益以洞簫及月琴，益爲悽慘，聽者殆欲墮淚矣。……今又有崑山，較海鹽又爲清柔而婉折；一字之長，延至數息。士大夫稟心房之精，靡然從好，見海鹽等腔已白日欲睡。」足見萬曆間的海鹽腔已漸次消靡，其他聲腔如餘姚腔已「不足齒也」，而原本觀眾甚多的弋陽腔，亦如余懷〈寄暢園聞歌記〉所稱「平直無意致」，致令文士生厭。

湯顯祖的《牡丹亭》作於萬曆二十六年（一五九八），據湯氏〈宜黃縣戲神清源師廟記〉記載：「至嘉靖而弋陽之調絕，變爲樂平，爲徽青陽」，足見當時弋陽腔近乎消聲匿跡，湯氏不可能爲弋陽腔，更不可能爲其變體——更爲僻陋的樂平、青陽等腔而撰作劇本，至於譚綸在嘉靖中葉後，從浙江帶來的海鹽腔，因其體局靜好，自然會得到淵雅文士湯顯祖的賞識。祇是藝術品賞境界的提昇是永無止境的，當比海鹽腔更爲清柔婉折的崑山腔出現時，一般士大夫見海鹽等腔已白日欲睡，而對崑山腔靡然從好，深具靈心慧性的湯顯祖又怎會不爲之心折！〈廟記〉一文云：「南則崑山之次爲海鹽」可知湯氏亦奉崑山爲首，其次方爲海鹽，崑山爲主流聲腔且優於海鹽，原是當時曲壇聲腔消長之實錄。據胡忌的保守推斷：「湯顯祖的劇作在臨川、宜黃一帶演出，因爲該地區當時是盛行海鹽腔，所以『宜伶』演的『四夢』應是海鹽腔。不過，萬曆三十年左右，崑山腔已經取代海鹽腔的地位，很快流行各地，『宜伶』學唱崑山腔演『四夢』也是社會風氣使然。」㉞

在湯顯祖詩文集中，亦不難看出宜伶學唱崑腔的歷程：〈聽于采唱牡丹〉詩云：「不肯蠻歌逐隊行，獨身移向恨離情。來時動唱盈盈曲，年少那堪數死生。」似謂于采不願唱下里巴人之「蠻歌」，而獨鍾《牡丹亭》之雅曲唱演。〈寄生腳張羅二恨吳迎旦口號二首〉，序曰：「迎病裝唱《紫釵》，客有掩淚者，近絕不來，恨之。」詩云：「吳儂不見見吳迎，不見吳迎掩淚情，暗向清源祠下咒，教迎啼徹杜鵑聲。」「不堪歌舞奈情何，乍見羅張可雀羅，大是情場情復少，教人何處復情多。」蓋謂宜黃地區雖見不到唱吳儂軟語（崑腔）的戲伶，但卻見得到才藝可媲美蘇伶的吳迎，其演唱《紫釵記》能使客動容掩淚，

㉞ 見胡忌《崑劇發展史》頁一二九，一九八九，中國戲劇出版社。

可惜近絕不來，湯氏無限憾恨，竟至欲向宜黃戲神咒訴；次首蓋因傳奇多才子佳人戲，今吳迎飾旦竟寡情不來，湯氏乃戲嘲生腳張羅二無人可演對手戲，直是門可羅雀。又〈滕王閣看王有信演牡丹亭〉詩云：「韻若笙簫氣若絲，牡丹魂夢去來時，河移客散江波起，不解銷魂不遣知。」首句與崑腔「轉音若絲」之行腔技巧相類，而〈宜黃縣戲神清源師廟記〉中，湯氏「抗之入青雲，抑之如絕絲，圓好如珠環，不竭如清泉」之描繪，亦與崑曲宛轉流麗、清峭柔遠之唱腔風格深相契合。

湯氏詩文中對宜伶演唱《牡丹亭》頗有一番期許。《玉茗堂尺牘》卷四〈復甘義麓〉云：「弟之愛宜伶學二夢，道學也。」所謂「二夢」，係指《牡丹亭》之〈驚夢〉、〈尋夢〉㉟，湯氏將宜伶學二夢視爲崇高之「道學」，如

㉟ 湯顯祖詩文集中提及「二夢」，除此函之外，另見〈唱二夢〉詩，徐朔方兩處箋語皆註明二夢係指《南柯記》、《邯鄲記》二傳奇。筆者以爲〈復甘義麓〉下文云「因情成夢，因夢成戲」，而〈牡丹亭記題詞〉有云：「如麗娘者，乃可謂之有情人也。……夢中之情，何必非眞。天下豈少夢中之人耶！」湯氏四夢中唯《牡丹亭》寫情與夢之流轉契合最爲深

是愼重，足見其對二夢之鍾愛與對宜伶之期許。《玉茗堂尺牘》卷十四〈唱二夢〉云：

半學儂歌小梵天，宜伶相伴酒中禪，纏頭不用通明錦，一夜紅氍四百錢。

首句「半學儂歌小梵天」，正道出《牡丹亭》腔調之關鍵所在。所謂「儂歌」，乃指吳地特有輕柔軟甜之「吳儂軟語」，就戲曲聲腔而言，即指崑腔。由於先天語言所限，宜黃伶人學崑曲總難躋於「字正腔圓」之高妙境界，故顯祖謙稱「半學儂歌」。而由「半學儂歌」更可推知，宜伶原來所唱的聲腔（海鹽腔）必與新腔系統相近——皆用官語而體局靜好，才能達到「小梵天」的境界。因爲

切。又〈唱二夢〉一詩末句云「一夜紅氍四百錢」，湯氏劇作中亦唯《牡丹亭》之〈驚夢〉、〈尋夢〉兩齣相連，能於一夜演完，況此二夢爲《牡丹亭》精華所在，故爲湯氏所珍視。王驥德亦稱「《還魂》『二夢』如新出小旦，妖治風流，令人魂銷腸斷。」以曲情衡之，自不可能爲《邯鄲》、《南柯》二傳奇。

若聲腔系統不同，縱勉強學習，反增惡俗而難以討好㊱。至於「小梵天」，原是印度原始佛教四禪天之初禪境界，此色界之初禪若再細分，可劃爲大中小三種：大梵天、梵輔天與梵眾天，「小梵天」即指梵眾天，此天之天眾已擺脫欲界之慾海浮沈，故雖因我執而無光，仍可達逍遙自在之清靜境地㊲，末二句則期勉宜伶宜守分，不可因所演戲受歡迎而過求人家財物（纏頭），只追求外在行頭排場之奢華，卻未能呈顯意趣神色之禪境㊳。顯祖藉此詩詠懷，寫宜伶亦寫

㊱ 范濂《雲間據目鈔》卷二〈風俗〉記松江演戲情況寫道：「戲子在嘉、隆交會時（約嘉靖四十一年至隆慶六年，即一五六二——一五七二的十年間），有弋陽人入郡（松江）爲戲。一時翕然崇高，弋陽人遂有家於松者。其後漸覺醜惡，弋陽人復學爲太平腔、海鹽腔以求佳，而聽者愈覺惡俗。故萬曆四、五年（一五七六——一五七七）來，遂屏跡，仍尚土戲。」

㊲ 有關佛教四禪天之說，可參閱《阿含經》、《俱舍論》、《顯揚聖教論》、《順正理論》等書。

㊳ 湯氏〈與宜伶羅章二〉書云：「……《牡丹亭》記，要依我原本，其呂家改的，切不可從。雖是增減一二字以便俗唱，卻與我原做的意趣大不同了。往人家搬演，俱宜守分，莫因人家愛我的戲，便過求他酒食錢物。如今世事總難認眞，而況戲乎！若認眞，并酒食錢物也不可久。我平生只爲認眞，所以做官做家，都不起耳。〈廟記〉可覓好手鐫之。」

自身，雖於崑曲格律未盡諳熟，然不害其劇作中「意趣神色」之展現，如此高妙禪境亦唯知音能解，故次句云「宜伶相伴酒中禪」。此意境正如〈答孫俟居〉所言「弟在此自謂知曲意者，筆懶意落，時時有之，正不妨拗折天下人嗓子。兄達者，能信此乎？何時握兄手，聽海潮音，如雷破山，砉然而笑也。」那種爲追求心目中至高曲意的執著，以及率性而爲、不拘格套的灑脫與自在，正是湯顯祖所以藝術家之本色所在。

這段藝術提昇的錘煉歷程，在自謙之中透顯幾分自得與不羈之才性，怎奈當時格律派者未遑深心體察湯氏之曲衷，而臧懋循在改竄湯作之餘，又苛刻地批評湯氏「生不踏吳門，學未窺音律，艷往聖之聲名，逞汗漫之詞藻，局故鄉之聞見，按亡節之弦歌，幾何不爲元人所笑乎？」（見《玉茗堂傳奇引》）湯氏雖因地域所限，對吳音聲律未能全然掌握，他本人也謙稱「生非吳越通，智意短陋」，然吾人從《牡丹亭》全本所用曲牌皆不雜南戲僻陋俗曲，即可知湯氏對屬於士大夫高尚品味且擁有雅部之尊的崑曲頗爲推崇，且心嚮往之，如果他作的只是弋陽等鄉音俗調，甚或僻居一隅的宜黃土腔，那他何必要求作「吳越通」，以他的不羈個性，又何必如此謙卑地稱自己「智意短陋」？況且他絕不可能放棄原腔，委屈自己並勉強宜伶遷就反對派（改竄《牡丹亭》者），去另外學習系統全然不同的聲腔格律。再者，不同的聲腔（如京劇與越劇）各有其用韻與平仄律，彼此之間是不可能相互批評的。湯作之所以備受訾議與改竄，主要因爲《牡丹亭》與明代諸曲家劇作，無論在劇本或聲腔上皆具有共同點，即皆屬文士傳奇，並皆以崑腔敷唱爲主流。諸家之所以會去改它，原因是認爲湯作的劇本格律（用韻、平仄、宮調、字句數等）不夠精整，聲腔不夠純正，如凌濛初說湯氏「忽用鄉音，如子與宰協之類，則乃拘於方土。」其實這是一個劇作家難免有的疏忽，因爲顯祖不生於吳中，在創作崑腔劇本時，自然會不知不覺地雜有自己的鄉音，如袁宏道評《玉茗堂傳奇》所云：「詞家最忌弋陽諸本，俗所謂過江曲子是也。《紫釵》雖有文采，其骨格卻染過江曲子風味，此臨川不生吳中之故耳。」而范文若的《夢花酣傳奇·序》也提到：「且臨川多宜黃土音，腔、板絕不分辨，襯字、襯句湊插乖舛，未免拗折人嗓子。」袁氏稱湯作雜過江曲子風味，范氏說臨川多宜黃土音，可見他們心底還是認定湯作是崑曲，只是覺得臨川的崑曲不夠純，雜有方音。如果湯顯祖所作的是地方土腔如弋陽、宜黃之類，則自無拗嗓之弊，而袁氏亦毋須感嘆湯氏不生於吳中了。

此外，臧晉叔雖在《元曲選·後序》中論汪伯玉（道崑）靡，徐文長（渭）鄙，湯義仍疏，把湯顯祖與汪、徐兩位崑曲作家相提並論，可見臧氏並不否認湯作爲崑曲，只是批評湯曲較疏於格律而已。再如沈自晉的《南詞新譜》係崑曲曲譜，其〈凡例〉「采新聲」條曾推崇諸曲壇名筆，其中包括湯顯祖，文云：「新詞家諸名筆（原註：如臨川、雲間、會稽諸家），古所未有，眞似寶光陸離，奇彩騰躍，及吾蘇同調，皆表表一時，先生亦讓頭籌（原註：見《墜釵記》〔西江月〕中，推稱臨川云。）」湯臨川的曲作既然能被沈氏新譜收錄，又稱「及吾蘇同調」，則其所作當爲崑曲無疑，若僅爲地方俗曲，則崑曲名家沈璟何必自嘆弗如。

結語

湯顯祖以戛然千古的才情創作不朽劇作《牡丹亭》，世人徒艷羨其「瓌姿妍骨，斫巧斬新」之一派自然靈氣，殊不知其創作過程亦慘澹經營，查繼佐〈湯顯祖傳〉云：「其遺思入神，往往破古。相傳譜四劇時，坐輿中謁客。得一奇句，輒下輿索市廛禿筆，書片楮，粘輿頂。蓋數步一書，不自知其勞也。」由於創作歷程如是艱辛，本身個性又是「志意激昂，風骨遒緊，扼腕希風，視天下事數著可了。」（見錢謙益〈湯遂昌顯祖傳〉）因而目睹嘔心瀝血之著作遭標塗改竄，而改本雖勉強合律可供「俗唱」，但曲詞俗鄙，了無意致，於「意趣神色」之境渺不可逮，無怪乎臨川憤激之餘，會說出「不妨拗折天下人嗓子」的驚人之語。明清不少曲家遂據此抨擊湯氏不合律，近代學者更因湯氏之失宮舛調，妄議湯曲本爲弋陽或宜黃諸腔而作。其實，清代考據大家焦循早就看出湯氏拗嗓說的一點眞意，其〈歲星記序〉云：

論曲者，每短《琵琶記》不諧於律，惜未經高氏親授之耳。湯若士云：「不妨天下人拗折嗓子。」此諢語也。豈眞拗折嗓子耶？

湯顯祖既通音律，能「自掐檀痕教小伶」，怎會故意寫出令人拗嗓的曲作？其劇作之所以被視爲失格舛律，原因在於湯氏劇作之用韻屬「戲文派」，故每遭「中原音韻派」訾議；其曲文平仄，沈璟等格律派者站在唱曲、譜曲立場，逐字逐句加以疵求，其實若就作曲立場而論，湯氏並無多大失律處。他如宮調、聯套方面，以後世曲家格律轉趨森嚴的眼光看來，《牡丹亭》似乎有許多乖宮訛調、雜出無序的毛病，但《牡丹亭》在當時曾被呂天成《曲品》譽爲「悅耳之教」，沈璟叔侄所編曲譜又多錄其曲文以爲格範，足見湯顯祖並非全然「疏於律」，而《牡丹亭》偶然之失律亦非難以救治。就整個戲曲創作的內涵層次而言，湯氏所犯的毛病都僅是末節而已，若能遇上優秀的音樂家，這些毛病都是容易補救的，正如李黼平《籐花亭曲話・序》所云：

> 予觀荊、劉、拜、殺暨玉茗諸大家，皆未嘗斤斤求合於律。俗工按之，始分出襯字，以爲不可歌。其實，得國工發聲，愈增韻折也。故曲無定，以人聲之抑揚抗墜以爲定。

吾人若平心靜氣檢視《牡丹亭》諸改本，將不難發現無論改詞派或改調派，對湯氏原作均改動不多。而具有國工水準的葉堂巧妙地運用集曲方式，不但保留臨川天才般的詞采，更使湯氏原著首首合調，誠曲壇之一大功臣。

至於《牡丹亭》之腔調問題，明清曲籍從未見討論，主要因爲南曲之唱演原本不限聲腔，而文士所撰傳奇詞采漸趨典麗，聲腔亦漸以崑曲敷唱爲主流，衹是湯顯祖生非吳地，劇作亦略有失誤處，唱演四夢之藝人又皆爲宜伶，致使近現代學者對《牡丹亭》創作時所用腔調產生種種揣測。然就湯氏之鑑賞品味、《牡丹亭》之體局格範、萬曆前後聲腔之流變與湯氏之詩文諸方面加以考辨，《牡丹亭》之腔調實與弋陽、宜黃等腔無涉，而是由體局靜好的海鹽腔，逐步往音樂、行腔更爲精緻細膩的崑山腔發展蛻變，而《牡丹亭》也因崑山水磨調的擅盛曲壇而傳唱不衰，活躍氍毹之上迄今四百餘年矣！

湯作之所以失律，除湯氏生非吳地之外，還有一項重要因素，即是湯氏本人秉持內容重於形式之創作理念，清·胡介祉《格正牡丹亭題辭》所論頗爲中肯：「蓋先生以如海才，拈生花筆，興之所發，任意之所之，有浩瀚千里之勢。未嘗不知有軼於格調之外者，第惜其詞而不之顧也。」戲曲畢竟是屬於舞臺實踐的綜合藝術，對於不世出的戲曲天才，其偶然失律現象，若無優秀的音樂家予以彌縫玉成，無疑是劇壇之莫大損失。若再遭俗筆竄改，作者有知，將是何等憾恨！由湯顯祖、鈕少雅與葉堂這番成功的實踐過程，不禁令人體悟崑曲這門典雅精緻的戲曲藝術，的確如吳梅所言，須文士作詞、國工製譜與伶人度聲，三者密切配合，方得以極其妙。而研究戲曲之學者，若能就文學、音樂、聲韻學等多方面探討，則所得結論當較爲公允而可信。

（本文原載於一九九四年《教學與研究》第十六期，二〇〇二年十二月修訂。）

曲論中的「當行本色」說

前言

當行本色之說用作文學批評術語，主要因爲宋代面臨文體殽然難辨的困局，爲了釐清文體特色及其規範，於是從當時行業行爲和組織中借用這一語詞與觀念，來界定每一文體的標準藝術形相。

宋人探討詩的本質，認爲詩應以吟詠情性、深婉含蓄爲本色。而詞的倚聲曼妙、閨襜纏綿，無論形式、內容，都與詩迥異其趣，無怪乎李清照會反對北宋中期以後「詩化」的詞，而主張「詞別是一家」的詞論。至於曲原是「滿心而發，肆口而成」的文學，因它肇自胡元，自有「豪辣灝瀾」的一股「爽氣」

流貫其間。因此當時戲曲作家不論是豪放，是研鍊或是輕俊，總帶有一種「疏朗自然」的風格；而雜劇大家的蒜酪味與南宋戲文的質樸俚俗，率多能與群眾相結合，表現戲曲奏之場上的本色。

但自明以降，戲曲發展正如王國維、吳梅所言，漸次步向典雅穠麗一途，多方雕繢以致生氣略盡。所以宋、元時期論曲者尚未標榜「本色」，更不遑論及「當行」，入明之後，則不能不推出「本色」與「當行」，來對戲曲的藝術形相作一番廓清與釐析，並經由批評品鑒中，標出一己的曲學主張。有明一代，論曲者甚夥，有關本色當行內蘊的闡發，也就駁雜不一，或從遣辭造語入手，或就關目格律立說，間或影響清代以降的戲曲創作與評曲觀點。「當行本色」四字不時出現在明清散齣戲曲選本的評點中，對當代的戲曲創作具有價值判斷的規範作用，近代曲論專著也常以此作爲論曲的標準。

雖然每個時代的曲學專家或戲曲作家對「當行本色」一詞，所賦予的意義與內涵不一，但經由比較分析，我們正可看出時代風尚的歸趨與當時曲壇的批評風氣。可以說，當行本色的提出，使得劇作者、讀者與觀眾對戲曲藝術，同時擁有一個衡量的指標與預期的方向。

壹、宋元論曲未言當行本色

南曲戲文，根據今人錢南揚《戲文概論》的考證，遠在北宋宣和（一一一九—一一二五）之前即已產生❶。宋室南渡之後，更廣受大眾喜愛，盛極一時，甚至曾遭榜禁❷。元代戲曲更是發達，散曲、雜劇粲然大備。南戲北劇敷演雖盛，

❶ 見錢南揚《戲文概論・源委第二》第一章「戲文的發生」頁廿一～廿五。

❷ 明祝允明《猥談》載：「南戲出於宣和之後，南渡之際，謂之『溫州雜劇』。余見舊牒，其時有趙閎夫榜禁，頗述名目，如《趙貞女》、《蔡二郎》等，亦不甚多。」又《錢塘遺事》卷六「戲文誨淫」條云：「賈似道少時佻達尤甚……《王煥戲文》盛行於都下，始自太學有黃可道者爲之。一倉官諸妾見之，至於群奔，遂以言去。」由遭榜禁一事可知當時戲文敷演必盛、影響必深，非榜禁無以遏抑。

創作雖豐，但宋元兩代卻鮮少曲論專著，更不用提當行本色之說了。考其原因，大抵宋元戲曲作品多合當行本色，自然不需架構一套規範性的理論予以糾正；再者，某種文體興盛時，一般人方傾心於創作，應時所需而競現文藝光華，自然無暇顧及批評理論，必等到通行既久，染指日多，體製雖定而氣勢轉衰時，才會從知性反省一路，來關切當行本色底問題，是以元代末葉曲運體勢稍衰時，乃有論曲之作，而其時或可見出明代當行本色說之端倪。以下就這兩方面加以釐述：

一、宋元戲曲本多合當行本色

元曲從諸宮調等民間藝術的醞釀到定型，其間受遼、金、元等北方民族音樂的影響甚深。宋曾敏行《獨醒雜志》卷五云：

先君嘗言：宣和間客京師，時街巷鄙人，多歌番曲，名曰異國朝、四國朝、六國朝、蠻牌序、蓬蓬花等，其言至俚，一時士大夫亦皆歌之。

這類豪嘈粗邁的新聲，使元曲風格與委婉柔靡的詞風迴異，明代王世貞、徐渭、王驥德對此多所闡述❸。元代燕南芝庵〈唱論〉也提到：「街市小令，唱尖新倩意」，說明元曲來自番曲及北方民歌，爲市井小民所唱，曲辭俚俗、曲調活潑，令人耳目一新。

元曲作家前期十九爲北方人，因此作品充分展現質樸率直的蒜酪本色，如關漢卿的〔南呂一枝花不伏老〕套曲寫道：

---

❸ 王世貞《曲藻序》云：「曲者詞之變。自金、元入主中國，所用胡樂，嘈雜淒緊，緩急之間，詞不能按，乃更爲新聲以媚之。」徐渭《南詞敘錄》云：「今之北曲，蓋遼、金北鄙殺伐之音，壯偉狠戾，武夫馬上之歌；流入中原，遂爲民間之日用。宋詞既不可被絃管，南人亦遂尚此，上下風靡，淺俗可嗤。」王驥德《曲律·論曲源》亦云：「金章宗時漸更爲北詞，如世所傳董解元西廂記者，其聲猶未純也。入元而益漫衍其製，櫛調比聲，北曲遂擅盛一代。顧未免滯於絃索，且多染胡語，其聲近噍以殺，南人不習也。」

我是箇普天下郎君領袖，蓋世界浪子班頭……

我是箇蒸不爛、煮不熟、搥不扁、炒不爆響璫璫一粒銅豌豆。……我翫的是梁園月，飲的是東京酒，賞的是洛陽花，攀的是章臺柳……你便落了我牙，歪了我嘴，瘸了我腿，折了我手，天賜與我這幾般歹症候，尚兀自不肯休。……

豪辣灝爛，句句本色，可說是他浪漫生活的自白。其他小令也都採白描手法，純然民歌情調，縱有婉麗散套如〈閨怨〉者，詞氣也是生動自然、渾然天成，無絲毫雕繢痕跡。王實甫的〔堯民歌〕：

……怕黃昏忽地又黃昏，不銷魂怎地不銷魂。新啼痕壓舊啼痕，斷腸人憶斷腸人。今春，香肌瘦幾分，摟帶寬三寸。

非但是情中詣語，並且情意渾厚。白樸雖與實甫同具雅麗特色，但仍有豪放奔逸與眞摯活潑之類作品，如〔中呂陽春曲〕與〔雙調慶東原〕等即是。馬致遠的〔雙調夜行船．秋思〕套曲，豪放奔逸，淵深樸茂，評價甚高，《中原音韻》稱道說：「此方是樂府」，又說「萬中無一」；王世貞《曲藻》也讚嘆道：「放逸宏麗而不離本色，……元人稱第一，眞不虛也。」

至於張養浩與貫雲石的曲作，大抵還能保有豪放質樸的氣韻，到了後期（世祖以後至元末），南方文士也開始創作，使得北曲風格漸趨於典雅婉麗，如喬吉曲作隱含奇俊卻頗多雕飾，李開先評其「句句用俗，而不失之文」。張可久則更以塡詞態度作曲，取前人詩詞語入曲，化俚俗而爲騷雅，向被視爲婉麗派領袖而北氣殆盡，於是與前期純乎本色之作品距離日遠。

南戲盛行於宋元時代已如前述，當時的劇作家稱爲「書會才人」，所謂「書會」，是指當時編寫劇本的團體組織，「才人」則指風流跌宕而不得志於時，且與市民階層接近的文人。書會是業餘團體，書會中的才人都另有職業，身份不一，有太學生、學究、醫生、卜筮家、說話人等❹，現存的《永樂大典戲文三種》與《荊》、《劉》、《拜》、《殺》等南戲，都出於書會才人之手。蒙古統治廢科舉，堵塞仕進之道，使得一般潦倒文人、不遇才士，被迫流落民間與藝人爲伍，編撰劇本作爲謀生手段；因此編劇時首先考慮舞台敷演的可行性。爲了使自己的劇本能上演，觀眾能聽得懂，甚至吸收俚俗謠諺來拉近觀眾的距離，這樣的劇本自然合於「當行本色」。而當時書會與書會之間，有所謂「近目翻騰，別是風味」、「這番書會要奪魁名」（《張協狀元》）等競編新戲的盛況，各劇團也常要求書會創作新劇本以招徠觀眾：「若逢過棚，怎生來妝點的排場盛」、「依著這書會恩官求些好本令」（《藍采和》），書會間的觀摩、競爭，更促使合於「當行本色」的劇本受到肯定，也因此徐渭認爲它含有「里巷歌謠」（《南詞敘錄》），王驥德也說它是「鄙俚淺近……皆村儒野老、塗歌巷詠之作」（《曲律》）！

❹見錢南揚《戲文概論》演唱第六「第一章書會與劇團」。

南戲的《張協狀元》由南宋初浙江溫州的九江書會才人所編，除了腔調上吸收當地流行的小調如〔合州歌〕、〔福清歌〕等之外，有些曲辭更直接採自民間傳唱的歌謠，如第十九出淨所唱的〔麻婆子〕一曲：「二月春光好，秧針細細抽，有時移步出田頭，蛇蚪要無數水中游。婆婆傍前撈一碗，急忙去買油。」而通篇五十三齣劇本，無論生、旦、淨、末、丑哪個角色，唱詞全是耳聞即詳，對白更是句句本色，自是當行之作。《宦門子弟錯立身》與《小孫屠》兩本戲文，雖然都是節本，難免有失枝脫節之憾，但從曲調、唱詞和賓白看來，仍充滿俗諺俚曲，頗能表現活潑自然的質樸情調。

明代稱南戲為傳奇，並稱「五大傳奇」的南曲戲文，作者雖為文人學士，對聲調、文辭較為講究，但都還能掌握舞臺演出的本色要求，如《琵琶記》的格律，比過去的戲文整飭完備得多，無論曲牌的節奏、聲情的哀樂，以及聯套的使用，都能結合劇情、安排妥貼❺；曲詞與賓白也能顧及演出效果，徐渭《南

---

❺ 見錢南揚《戲文概論》內容第四「第三章琵琶記」。

詞敘錄》稱道：「……如十八答，句句是常言俗語，扭作曲子，點鐵成金，信是妙手。」而第廿一齣「糟糠自厭」的前四曲——〔山坡羊〕、〔孝順兒〕與兩支〔前腔〕，更是字字本色，無一非從肺腑中流出，故前人多以此齣爲全劇菁華。《荊釵記》雖屬才子佳人故事，而結構細密，文字樸質動人，故王世貞《曲藻》稱：「荊釵近俗，而時動人。」呂天成《曲品》也說：「荊釵以眞切之調，寫眞切之情。情文相生，最不易及。」徐復祚《三家村老委談》卻說：「琵琶、拜月而下，荊釵以情節關目勝。然純是倭巷俚語，粗鄙之極。而用韻卻嚴，本色當行，時離時合。」竟以「倭巷俚語，粗鄙之極」爲病，實際上就舞臺演出效果而言，「倭巷俚語」正是「本色當行」，何病之有？

《白兔記》的結構雖不如《荊釵》細密，關目也有湊合之處，但文字質樸生動，則一如《荊釵》，如李三娘磨房產子前所唱二支〔鎖南枝〕，曲詞純然口語，不假雕琢而感人尤深，故呂天成評爲「詞極古質，味亦恬然，古色可挹。」《拜月亭》共四十齣，語語本色，字字妥貼，在五大傳奇中，最能與《琵琶記》

相頡頏❻，因此學者大都認爲此劇作者爲民間當行劇人，故能有此成就。《殺狗記》歷來是五大傳奇中評價最低的一本，論者主要就它曲文俚俗、調律不明立說。但《殺狗記》的賓白淺白易解，又能切合劇中人身份、性格，其中插科打諢，妙語如注，更能使雅俗同歡，所以就舞臺搬演而言，《殺狗記》淺明通俗，自是本色無疑。由此更可看出，五大傳奇除《琵琶記》較爲晚出而兼重文采、格律之外，荊、劉、拜、殺皆非文人修辭之劇，而是以質樸本色擅場。❼

前所言書會才人的任務是編寫劇本、供應劇團，使劇場不斷有新戲上演，促進戲劇生命的蓬勃發展。他們除編寫南戲外，也編寫雜劇❽。如《漢鍾離度

---

❻ 明何良俊、沈德符極稱《拜月亭》勝過《琵琶記》；王世貞、呂天成、王驥德則以爲《拜月亭》不如《琵琶記》。

❼ 五大傳奇中唯《白兔記》與《琵琶記》保留戲文本來面目，其他三本雖經明人修改，然僅內容、結構略有出入，文字猶一派天然本色。參錢南揚《戲文概論》劇本、內容、形式等篇。

❽ 同❹。

脫藍采和》第一折〔油葫蘆〕云：

〔末〕……甚褋劇請恩官望著心愛的選。……俺路岐每怎敢自專？這的是才人書會剗新編。〔鍾〕既是才人編的，你說我聽。〔末〕我做一段《于祐之金水題紅怨》，《張忠澤玉女琵琶怨》……

書會才人的劇本，自然是當行本色之作。至於元雜劇前期（至元以前）的作家，編劇時無論曲辭、關目都能與舞臺相結合，稱得上是場上之曲、劇人之劇。關漢卿更是此中翹楚，他「躬踐排場，面傅粉墨，偶倡優而不辭」，故其劇作題材深廣，結構緊湊，曲文純然白描，人物塑造鮮明，現存雜劇《竇娥冤》等十四本，皆可施諸氍毹，盛演不衰，因而王國維特於《宋元戲曲史》中盛讚他「一空倚傍，自鑄偉詞，而其言曲盡人情，字字本色，故當爲元人第一。」

王實甫雖「一遇麗情，便傷雄勁」（王驥德《曲律》），但他的《西廂記》結構嚴密，穿插有趣，寫人物富於個性，文辭研麗艷冶，都稱得上是當行之作，徐復祚甚至說：「語其神，則字字當行，言言本色，可爲南北之冠」（《三家村老委談》），至於《麗春堂》一劇，曲辭迴非雅人口吻，更是本色之作。白樸的《梧桐雨》每折情節都相當生動，使人「有戲可作」；《牆頭馬上》的曲辭通俗條暢，頗多本色，因而能盛演不衰。馬致遠的雜劇，風格豪放，詞采清朗俊美而不穠豔，王季烈《螾廬曲談》評他的曲辭最能做到「口吻相肖」，不論作才語、不作才語，都合乎「本色」。武漢臣的《老生兒》結構好，曲辭也很爽利，大段的通俗對白，很能體現活潑眞實的情調。至於後期的雜劇作家，除秦簡夫的《東堂老》、《趙禮讓肥》及無名氏的《盆兒鬼》、《陳州糶米》、《生金閣》、《貨郎旦》、《殺狗勸夫》等尚能表現樸質本色的一面之外，他如鄭光祖、喬吉、宮天挺等，大多以彩藻煥發見長，而鮮能表現當行本色。

綜觀宋、元兩代，無論戲文、散曲、雜劇都以本色見長，吳梅的《詞餘講義》第十二章「家數」剖析甚詳：

> 自董解元作西廂，以方言俗語雜砌成文，世多誦習，於是雜劇作者大率

以諧俗之詞實之，如天寶遺事、王煥、樂昌分鏡、王魁等；今所傳者，皆道路悠謬之語。故雜劇之始，僅有本色一家，無所謂辭藻繽紛、纂組縝密也。王實甫作西廂，始以研鍊濃麗爲能，此是詞中異軍，非曲家出色當行之作。觀其麗春堂一劇，耍孩兒云：睜開你那驢眼可便覷著阿誰，我便更歹殺者波，是將相的苗裔。可知元人曲本無藻飾之功，即如西廂中，鶻伶渌老不尋常，及老的少的、村的俏的，沒顛沒倒，亦非雅人口吻，是故知元人以本色見長，方可追論流別也。

其中董解元《西廂》、《天寶遺事》是諸宮調，《王煥》、《樂昌分鏡》、《王魁》是南戲，王實甫《西廂》與《麗春堂》則是雜劇，吳梅都略稱作「雜劇」，他在此不僅揭示戲曲由質樸俚俗邁向典麗研鍊的發展脈絡，更闡釋宋元戲曲仍以當行本色爲歸趨。

二、宋元論曲大較

宋、元兩代評論戲曲雖未標出「當行本色」四字，但因後期作家有傾向藻飾的態勢，論曲者爲了作一番辨明釐析，而有類似本色觀點的提出。如南北宋間張邦基對戲劇創作，尤其是戲劇語言，曾發表下列看法：

> △優詞樂語，前輩以爲文章餘事，然鮮能得體。
>
> △凡樂語不必典雅，惟語時近俳乃妙。
>
> △樂語中有俳諧之言一兩聯，則伶人於進趨誦詠之間，尤覺可觀而警絕。
>
> ——《墨莊漫錄》卷七，轉引自夏寫時〈宋代的戲劇批評〉

張氏談優詞樂語的「體」，即是探觸戲曲之所以爲戲曲的本質問題，他認爲「不必典雅」、「近俳乃妙」才是本色，有「俳諧之言」，以利伶人「進趨誦詠」

才能達到「可觀而警絕」的戲劇效果，這也才是當行之作。他雖未標明「當行本色」四字，卻是十分鮮明的「當行本色」觀點。

元代散曲名家喬吉曾提及作曲之法：

作樂府亦有法，曰：「鳳頭、豬肚、豹尾」六字是也。大槩起要美麗，中要浩蕩，結要響亮。尤貴在首尾貫穿，意思清新，苟能若是，斯可與言樂府矣。

陶宗儀《輟耕錄》卷八引述這段話時說：「此所謂樂府，乃今樂府，如〔折桂令〕、〔水仙子〕之類。」所謂「今樂府」即指「曲」，喬吉提出他心目中標準的曲（當行本色之曲）的結構與風格。

鄧子晉爲楊朝英的《太平樂府》作序時，論及「樂府（曲）調聲按律，務合音節，蓋猶有歌詩之遺意」，並強調「字按四聲，字字不苟，辭壯而麗，不淫不傷」，才是「樂府之所本」，認爲作曲當重音律與辭格，並以馮海粟的「豪辣灝爛」爲典範，隱含當行本色的觀點。

《陽春白雪》爲楊朝英所編，是元人散曲中第一部選本，作者八十餘家，小令四百多首，套數五十餘套，頗能呈現元曲之藝術與思想。貫雲石序之曰：

……近代疏齋媚嫵，如仙女尋春，自然笑傲；馮海粟豪辣灝爛，不斷古今心事，又與疏翁不可同舌共談。關漢卿、庾吉甫，造語妖嬌，摘如少美臨盃，使人不忍對殢。……吁！陽春白雪，久亡音響，評中數士之詞，豈非陽春白雪也耶？客有審僕曰：「適先生所評，未盡選中，謂他士何？」僕曰：「西山朝來有爽氣。」客笑，澹齋亦笑。

由貫序可以看出，當時元曲雖有媚嫵、豪辣灝爛、妖嬌……等不同風格，但同有一派自然，一股爽氣流貫其間，故仍合乎「本色」的要求。

我們再看看楊維禎〈周月湖今樂府序〉一文裡所談的戲曲創作問題：

士大夫以今樂成鳴者，奇巧莫如關漢卿、庾吉甫、楊淡齋、盧蘇（疏）齋，豪爽則有馮海粟、滕玉霄，醞藉則有如貫酸齋、馬昂父，其體裁各異，而宮商相喧，皆可被於弦竹者也。繼起者不可枚舉，往往泥文采者失音節，諧音節者虧文采，兼之者實難也。

由此可窺知，元代後期的戲曲作家對戲曲的文學性與演唱性已難兼顧，遠不如前期作家的當行本色。因此元代前期的論曲專著，如鍾嗣成《錄鬼簿》與燕南芝庵〈唱論〉，對戲曲作家藝術造詣的描繪，只是各極其致，而不品評他們合不合當行本色。周德清的《中原音韻．自序》也說：

樂府之盛，之備，之難，莫如今時。其盛，則自搢紳及閭閻歌詠者眾。其備，則自關、鄭、白、馬一新製作，韻共守自然之音，字能通天下之語，韻促音調……其難，則有六字三韻，……諸公已矣，後學莫及！

虞集對元代後期士大夫染指戲曲，卻又不能兼顧文學性與演唱性的情形，描述更爲詳盡：

> 近世士大夫號稱能樂府者，皆依約舊譜，仿其平仄，綴緝成章，徒諧里耳則可；乃若文章之高者，又皆率意爲之，不可協諸律不顧也；太常樂工知以管定譜，而撰詞實腔，又皆鄙俚，亦無足取。（《葉宋英自度曲譜序》）

並在爲周氏《中原音韻》作序時，對此情形深表遺憾，文云：「嘗恨世之儒者，薄其事而不究心，俗工執其藝而不知理，由是文、律二者，不能兼美！」

然而周德清論曲，大抵只站在士大夫的立場，以「文士之曲」爲準則，特重音律而談戲曲創作方法：

> ……作樂府切忌有傷于音律，且如女眞風流體等樂章，皆以女眞人音聲

歌之，雖字有舛訛，不傷於音律者，不爲害也。大抵先要明腔，後要識譜，審其音而作之，庶無劣調之失。

還在「造語」條中揭櫫「太文則迂，不文則俗；文而不文，俗而不俗」的觀點，明代曲家論當行本色，多由此見解得到啓發❾。周氏又從修辭觀點提出「造語」的四點禁忌：

語病——如「達不著主母機」，有答之曰：「燒公鴨亦可」。似此之類，切忌。

語澀——句生硬而平仄不好。

語粗——無細膩俊美之言。

❾ 明代徐渭認爲本色「文既不可，俗又不可，自有一種妙處」（《南詞敘錄》），王驥德說「本色」是在「淺深、濃淡、雅俗之間」等見解，皆由周氏觀點演繹而成。

> 語嫩——謂其言太弱，既庸且腐，又不切當，鄙猥小家而無大氣象也。

我們反省一下，所謂「語粗」、「鄙猥小家」豈非南戲、元劇前期當行之作所共有的特點之一？而周德清卻認爲是禁忌，他限定曲只可作「樂府語、經史語、天下通語」，要求「格調高，音律好，襯字無，平仄穩」的「聳聽」之語；他如「俗語、蠻語、謔語、嗑語、市語、方語、書生語、譏誚語……」則絕不可作，其實襯字正是曲中「豪辣灝爛」的情致❿。至於俗語、謔語、市語、方語、譏誚語……，若運用得當，正可拉近演員與觀眾的距離，使劇作更顯得當行本色。

元人論曲，唯一提到「當行」、「行家」的是趙孟頫與關漢卿，其說見於明、朱權《太和正音譜》卷上「雜劇十二科」所引：

---

❿ 參見曾師永義《說戲曲》頁二三七。

雜劇，俳優所扮者，謂之倡戲，故曰勾欄。子昂趙先生曰：「良家子弟所扮雜劇，謂之行家生活，倡優所扮者，謂之戾家把戲。良人貴其恥，故扮者寡；今少矣，反以倡優扮者爲行家，失之遠也。」或問其何故哉？則應之曰：「雜劇出于鴻儒碩士、騷人墨客所作，皆良人也。若非我輩所作，倡優豈能扮乎？推其本而明其理，故以爲戾家也。」關漢卿曰：「非是他當行本事，我家生活，他不過爲奴隸之役，供笑獻勤，以奉我輩耳。子弟所扮，是我一家風月。」雖是戲言，亦合于理，故取之。……

北宋末年以來，南戲的演員大都是業餘身份，其演藝水準較一般職業演員高而稱霸舞臺，因此被稱爲「行家」；但到了宋末元初，職業劇團大盛，演員的表演技術也已超過業餘演員，取得了「行家」的雅號⓫。趙孟頫出身貴族，以士大夫的觀念不滿當時職業演員掠「行家」之名，有感而發，致有上述的辯解。

⓫ 參見錢南揚《戲文概論》「演唱第六」頁二一七～二二八。

由此可知，將業餘的「良家子弟」表演視爲「行家生活」，其來有自，並非如龔鵬程「論本色」一文所言，是個新詮釋⑫。

細繹趙孟頫雖提出行戾之分，基本上只就演員的身份、階層加以釐定而已，並未對「當行」一詞作戲曲本質上的理論探討，即未將戲曲的藝術形相——形式與內容，作一番廓清與界定，必等到明代嘉靖以後，才有眞正「本色當行」的曲論出現。

---

⑫ 龔鵬程〈論本色〉一文，《古典文學》第八輯，頁三八八認爲文人參與戲曲創作而被稱爲「行家生活」，是個新詮釋，頁三八四又引吳梅〈論北曲作法〉之說（西廂「繫春心，情短柳絲長，隔花陰，人遠天涯近」語妙古今，顧在當時不甚以此等豔語爲然，謂之行家生活，即明人謂案頭之曲，非場中之曲也。實甫曲如「顚不剌的見了萬千，似這般可喜娘的龐兒罕曾見」及「鶻伶渌老不尋常」等語，卻是當行出色。）認爲吳梅前所言「行家生活」與後所論「當行」含意相反，讀者會感到糊塗。其實「行家生活」一詞，本是專門術語，自宋以來都指業餘身份的文士所創作或演出的戲曲，宋元文士多尚質樸本色，劇作自是「當行」，若多涉藻績如明代文士之作，既淪爲「案頭之曲」，自然不是「當行」了。

貳、明代曲論中的當行本色說

一、明代以本色論曲之緣由

明代恢復科舉，文人地位提高，當時的書會才人再度追求功名，戲曲創作成為舉業之外的遣興之作；一旦金榜題名，成了達官貴人，編劇也僅聊供茶餘飯後的娛樂或消遣而已，宋元形成的書會至此已然解體。

從明初到嘉靖二百年間，各種聲腔、劇種如雨後春筍般勃然興起，據魏良輔《南詞引正》記載，當時已是「腔有數種，紛紜不類。各方風氣所限，有崑山、海鹽、餘姚，杭州、弋陽」，祝允明《猥談》也提到當時盛行的四大聲腔——餘姚、海鹽、弋陽、崑山。其中「體局靜好」（湯顯祖〈宜黃縣戲神清源師廟記〉）的海鹽腔與後來「較海鹽又為清柔而婉折」（顧起元《客座贅語》）的崑山腔，最合士大夫們的藝術品味，也因此吸引不少才學之士躋身曲壇，從事創作，楊慎《丹鉛總錄》「北曲」條形容當時盛況：「士大夫稟心房之精，從婉孌之習者，風靡如一。」而士大夫撰作戲曲，既屬情性之發抒而非爲求謀生，因此鮮少顧及舞臺演出效果和觀眾的欣賞能力，或恣肆才情，或賣弄彩藻，以時文或詩詞語作曲，一變宋元南戲、雜劇的當行本色風貌，從三楊（士奇、榮、溥）雍容駢雅、生氣殊乏的臺閣詩風，到盛極一時的擬古風潮，風會所趨，影響所及，戲曲語言也變得了無生趣。而丘濬《伍倫全備記》的道學風與邵璨《香囊記》的時文風，正是明代戲曲創作與戲曲理論中著名的「反面教材」⑬。

邱濬曾爲文淵閣大學士，詩文名滿天下，其《伍倫全備記》亦稱《伍倫全備綱常記》或《伍倫全備忠孝記》，寫伍典禮生子倫全、倫備，並收克和爲義子，一家母慈子孝婦節，最後成仙。明代曲論家對此劇多置貶辭，稱其「不免腐爛」（王世貞《藝苑卮言》）、「鴻儒近腐」（呂天成《曲品》）、「尤非當行……俚淺甚矣」（沈德符《顧曲雜言》）、「純是措大書袋子語，陳腐臭爛，令人嘔穢，

⑬ 參見葉長海《中國戲劇學史稿》頁八一～八六。

一蟹不如一蟹矣」（徐復祚《三家村老委談》）

邵璨是一位「習詩經，專學杜詩」的老生員，自稱《香囊記》爲《伍倫新傳》足見他有意效法丘作，而《香囊記》比《伍倫全備記》更嚴重的弊病是以「時文」作曲，不僅駢四儷六，扭怩矯作，且好引古詩古文賣弄學問，論曲者皆頗不以爲然，徐渭《南詞敘錄》云：「以時文爲南曲，元末國初未有也，其弊起于《香囊記》」、「《香囊》如教坊雷大使舞，終非本色……南戲之厄，莫甚於今。」王驥德《曲律》云：「自《香囊記》以儒門手腳爲之，遂濫觴而有文詞家一體。」徐復祚《三家村老委談》也批評：「香囊以詩語作曲，處處如煙花風柳。如『花邊柳邊』、『黃昏古驛』、『殘星破暝』、『紅入仙桃』等大套麗語藻句，刺眼奪魄，然愈藻麗愈遠本色。」

明初的時代背景，加上道學風、時文風瀰漫曲壇的刺激，使得嘉靖以迄明末，著名曲論家莫不標舉「當行本色」之說以抵制歪風，並試圖扭轉文人創作底危機！

二、明代論當行本色之重要曲家

㈠李開先、何良俊、徐渭

李開先（一五〇二—一五六八）爲嘉靖八才子之一，家中藏書甚豐，有詞山曲海之稱，曾著《詞謔》一書，評選若干散曲與雜劇曲文，時人譽之爲「知音」。因熱愛民間歌謠而裒輯市井豔詞，並予以肯定，曾云：「以其情足以感人」、「語意則直出肺肝不加雕刻」、「雖兒女子初學言者，亦知歌之」（《市井豔詞序》）在《改定元賢傳奇序》中提出戲曲創作之本在於「悟入深而體裁正」，所謂「體裁正」，即牽涉戲曲的「本色」問題。在《西野春游詞序》中他指出：

Δ詞（指曲詞）與詩，意同而體異，詩宜悠遠而有餘，詞宜明白而不難知。以詞爲詩，詩斯劣矣；以詩爲詞，詞斯乖矣。

Δ用本色者爲詞人之詞，否則爲文人之詞矣。

△悟入之功，在乎作者之天資學力耳。然俱以金、元爲準，猶之詩以唐爲極也。

歸納其「本色」說，即在體正、情眞、語俗，並以金、元戲曲爲準。雖略涉「妙悟」之說，但不明朗，至於當行之說則未提及。

明代對戲曲作家作品有具體性的總結評論，始於嘉靖年間，其中又以何良俊（一五〇六—一五七三）《曲說》爲較早，因而影響較深，書中所論常爲後來曲論家所引用。明史稱何氏「少篤學，二十年不下樓」，藏書亦豐，有關戲曲之論述見於《四友齋叢說》卷三十七〈詞曲部〉，任二北《新曲苑》將此部分抽出，輯爲《四友齋曲說》，茲將其有關「當行本色」說法條述如次：（前三條爲《曲說》引文）

△元人之詞，往往有出于二家之上者。蓋西廂全帶脂粉，琵琶專弄學問，其本色語少。蓋塡詞須用本色，方是作家。

△既謂之曲，須要有蒜酪，……正如王公大人之席，駝峰、熊掌、肥腯盈前，而無蔬、筍、蜆、蛤，所欠者，風味耳。

△拜月亭……余謂其高出于琵琶記遠甚，蓋其才藻雖不及高，然終是當行。其拜新月二折，乃隱括關漢卿雜劇語。他如〈走雨〉、〈錯認〉、〈上路〉，館驛中相逢數折，彼此問答皆不須賓白，而敘說情事宛轉詳盡，全不費詞，可謂妙絕，《拜月亭・賞春》〔惜奴嬌〕如「香閨掩珠帘鎮垂，不肯放燕雙飛」，〈走雨〉內「繡鞋兒分不得幫底，一步步提，百忙裡褪了根」，正詞家所謂本色語。

△推崇鄭光祖爲元曲四大家之首，因其曲「淡而淨」、「蘊藉有趣」、「清麗流便，語入本色」。主張作曲應不著色相，不可有畫家所謂的「濃鹽赤醬」，應如佳人「靚妝素服，天然妙麗」方稱佳作。

△贊揚李直夫「情眞語切，正當行家也」

△評王實甫《絲竹芙蓉亭》「通篇皆本色，詞殊簡淡可喜」

歸納何良俊所謂「本色」與「當行」皆指戲曲語言，所謂本色語，指的是情眞切，詞簡淡，在蒜酪味中帶幾分蘊藉，適度修飾而不失自然，達到「清麗流便」的境界。

徐渭（一五二一—一五九三）是一狂怪不羈的天才人物，在《南詞敘錄》中對「里巷歌謠」、「村坊小曲」、「隨心令」等民間文藝頗多重視，更肯定南戲與崑山腔的價值。在戲曲評點方面，曾有開創性的見解，理論核心則在標舉「本色」；其弟子王驥德曾說：「先生好談詞曲，每右本色」，何謂本色？文長云：

△世事莫不有本色，有相色。本色，猶俗言「正身」也；相色，「替身」也。「替身」者，即書評中「婢作夫人，終覺羞澀」之謂也。「婢作夫人」者，欲塗抹成主母而多插帶，反掩其素之謂也。故余此本中賤相色，貴本色。眾人嘖嘖者，我煦煦也。豈惟劇者，凡作者莫不如此。……（《徐文長佚草》卷一）

△語入要緊處，不可著一毫脂粉，越俗、越家常、越警醒，此才是好水

碓，不雜一毫糠衣，眞本色。若于此一恧縮打扮，便涉分該婆婆猶作新婦少年，哄趨所在，正不入老眼也。至散白與整白不同，尤宜俗而眞，不可著一文字與扭捏一典故事，及截多補少，促作整句。錦糊燈籠，玉相刀口，非不好看，討一毫明快，不知落在何處矣。此皆本色不足，仗此小做作以媚人，而不知誤入野狐嬌冶也。（同上）⓮

徐渭鄙薄《香囊記》等雕琢飣餖之作，重視南戲的高處在於「句句是本色語，無今人時文氣」，推崇《琵琶記》佳構「惟〈食糠〉、〈嘗藥〉、〈築墳〉、〈寫眞〉諸作，從人心流出，嚴滄浪言『水中之月，空中之影』最不可到。如十八答，句句是常言俗語，扭作曲子，點鐵成金，信是妙手。」（《南詞敍錄》）歸納徐渭的本色論，在於宜俗求眞，又以「眞」爲其理論核心，並主張由

⓮ 徐渭此觀點曾影響葉憲祖、黃宗羲、孟稱舜、陳棟等人之論思想與戲曲。參見葉長海《中國戲劇學史稿》頁一一〇。

「妙悟」來達到「本色」的境界，所謂「塡詞（此指作曲）如作唐詩，文既不可，俗又不可，自有一種妙處，要在人領解妙悟，未可言傳。」以禪論曲正如嚴滄浪之以禪論詩，他標舉出戲曲的最高境界不在文字是否「俗」的皮相，而在渾樸自然、天機獨運而又未可言傳的「妙處」。

(二)沈　璟

沈璟（一五五三—一六一〇）是明代論曲「格律派」的重臣，與「文辭派」的湯顯祖壁壘分明。沈氏論南曲格律之作甚夥，而附刻於《博笑記》卷首的〔二郎神〕套曲，即是他重要的曲學專論，其中提到「怎得詞人當行，歌客守腔，大家細把音律講」、「縱使詞出繡腸，歌稱繞梁，倘不諧律呂也難褒獎」，說明他崇尚格律的志趣，這裡的「當行」主要強調戲曲創作者必須能審音，才能使劇作奏之場上，產生正面的藝術效果。

沈璟倡「本色」，曾宣稱「鄙意僻好本色」（王驥德《校注古本西廂記》附《詞隱先生手札二通》），而他所謂的「本色」內涵究竟如何？祁彪佳《遠山堂曲品》評《紅蕖記》曰：

> 此詞隱先生初筆也。……字字有敲金戛玉之韻，句句有移宮換羽之工；至於以藥名、曲名、五行、八音及聯韻、疊句入調，而雕鏤極矣，先生此後一變爲本色……

呂天成《曲品》亦云：

> 《紅蕖》著意著詞，曲白工美……先生自謂「字雕句鏤，正供案頭耳」，此後一變矣。

由祁、呂《曲品》之論，可知沈璟早期作品《紅蕖記》過份雕鏤，他自己與當時曲家都認爲與「本色」相違。這是從反面角度立說。

至於沈璟本人對「本色」所作的正面解釋，可由其《南九宮十三調曲譜》（或稱《南九宮詞譜》、《南詞全譜》）中之眉批窺知一二，今將此書所有論及「本色」二字之批語，抽繹而出，臚述如次：

△《荊釵記》〔朱奴兒〕是則公文限緊，承尊命怎敢不允，管取十朝與半旬，到宅上備說元因，還歷盡山郭水村，指日到東甌郡。

眉批：此曲句句本色，又不借韻，此《荊釵》所以不可及也。

△《琵琶記》〔雁魚錦〕這壁廂道咱是箇不撐達害羞的喬相識，那壁廂道咱是箇不覩事負心薄倖郎……

眉批：或作「不睹親」，非也。「不撐達」、「不覩事」，皆詞家本色語。

△《鄭孔目》〔瑣窗寒〕前回入馬歡娛，㑳鶼鶼諧比目，一雙兩好，世間眞無，鴛幃繡閣，不離一步。誰知有這般情苦，此行，須是早回歸，共樂百歲夫婦。

眉批：此曲用韻嚴而詞本色，妙甚。

△散曲〔桂花偏南枝〕勸兒捱磨，好似飛蛾投火，你特故將啞謎包籠，我

手裡登時猜破……

眉批：「勤兒」、「特故」俱是詞家本色字面，妙甚。時曲「你做勤兒」，與此同。

從這四支曲牌的眉批中，我們可以看出沈璟心目中的「本色」，是指不事雕琢、淺顯質樸而明白如話的曲辭，自然也包括民間活潑靈動的俚語俗諺。這些本色語當然適合舞臺演出，而非案頭之曲。至於葉長海言沈璟的「本色」另有當行、返古的意義⑮。茲因沈璟著作雖多選「宋元之舊」的南戲本子，其眉批亦多見「質古之極，可愛！」「大有元人北曲遺意，可愛！」「古雅」等讚語，但並未提及返古即本色之意，且論中並未對「當行」一詞作明確的界定，所以本文秉實事求是的精神，對葉氏之說暫不予苟同。

⑮ 葉長海《中國戲劇學史稿》頁一五七云：「沈璟所追求的本色，大體上具有這樣一些特色：一是兼有當行的意思；二是推舉拙樸通俗的語言；三是以返古爲旗幟。」

值得一提的是：沈璟過份強調樸拙俚俗而忽視了對語言應有的提煉及曲詞應有的詩意，有時不免粗糙淺率而近乎打油。在《南九宮詞譜》中極口讚美「理合敬我哥哥」、「三十哥央你不來」之類「庸拙俚俗」的曲子，王驥德對此大為不滿，認為沈璟「認路頭一差，所以己作諸曲，略墮此一劫，為後來之誤」！

㈢徐復祚、臧懋循、呂天成

徐復祚（一五六〇—一六三〇）著有劇作及理論多種，後人將其筆記《三家村老委談》中論曲部分輯為《曲論》一卷，《曲論》之核心在鼓吹「本色當行」。徐氏所謂「本色」，蓋與藻麗堆垛相對。評《香囊記》曰：「以詩語作曲……麗語藻句，刺眼奪魄。然愈藻麗，愈遠本色」評鄭若庸《玉玦記》曰：「此記極為今學士所賞，佳句故自不乏……獨其好塡塞故事，未免開飣餖之門，闢堆垛之境，不復知詞中本色為何物……」，認為梅鼎祚的《玉合記》不合本色標準：

余謂：若歌《玉合》于筵前臺畔，無論田畯紅女，即學士大夫，能解作

> 何語者幾人哉！……文章且不可澀，況樂府出於優伶之口，入於當筵之耳，不遑使反，何暇思維，而可澀乎哉！

從這些評點可以看出徐復祚的「本色」，是指明白條暢、耳聞易曉的戲曲語言。

至於「當行」一詞，徐氏並未清晰地予以界定，然而由其行文當中，仍可看出徐氏每言「當行」，必與音律有關。如他評王世貞「於詞曲不甚當行」，因爲王氏認爲《琵琶記》「於腔調微有未諧」並無大礙，論者「不當執末以議本」；徐氏則贊成朱權所說的「作曲先要明腔，後要識譜，切忌有傷於音律」，強調「腔調未諧，音律何在？若謂不當執末以議本，則將抹煞譜板，全取詞華而已乎？」此外，他讚賞《拜月亭》「宮調極明，平仄極叶，自始至終無一板一折非當行本色語」。由此窺知徐氏所謂的「當行」，殆指戲曲創作必備的格律——任何譜腔點板都能奏之場上，展現美好的舞臺效果。

臧懋循（？～一六二一）字晉叔，曾將元人雜劇百種輯爲《元曲選》，並於序（二）中極力推崇元雜劇的藝術價值，肯定關漢卿的優點在於與舞臺表演結合，因而有當行之作。何謂「當行」？臧氏云：

曲有名家，有行家。名家者，出入樂府，文彩爛然，在淹通閎博之士，皆優爲之。行家者，隨所妝演，無不摹擬曲盡，宛若身當其處，而幾忘其事之烏有；能使人快者掀髯，憤者扼腕，悲者掩泣，羨者色飛，是惟優孟衣冠，然後可與於此，故稱曲上乘首曰「當行」。

隱然以明代駢綺派的劇作者爲「名家」，相對地標舉元代以搬演爲著眼點的劇作者爲「行家」⑯。並提出作曲的三難——情詞穩稱之難、關目緊湊之難和音律諧叶之難，藉以說明唯有劇作能發揮撼人心旋的藝術魅力，才稱得上是「當

⑯ 臧氏《元曲選序》提出戲曲語言不可用類書，不欲多駢偶，如鄭若庸《玉玦》、張鳳翼《紅拂》、屠隆《曇花》、梁辰魚《浣紗》、梅鼎祚《玉合》及《琵琶》黃門諸篇，皆不合標準，此類創作「雖窮極才情，而面目愈離」（序二）。

行」。至於本色之義，則未提及。

呂天成（一五八〇—一六二〇前）是曲論「雙美說」——文采與格律並重的重要人物，在《曲品・新傳奇品總說》中，他最先將「本色」與「當行」相提並論，並將兩者的涵義與關係作一條理井然的釐述：

> 當行兼論作法，本色只指填詞。當行不在組織餖飣學問，此中自有關節局概，一毫增損不得，若組織，正以蠹當行。本色不在摹勒家常語言，此中別有機神情趣，一毫妝點不來，若摹勒，正以蝕本色。今人不能融會此旨，傳奇之派遂判而爲二：一則工藻繢少擬當行，一則襲樸澹以充本色。甲鄙乙爲寡文，此嗤彼爲喪質。殊不知果屬當行，則句調必多本色；果其本色，則境態必是當行。

由此可知呂天成論當行本色，重點有三：

1. 本色專指填寫曲詞，而當行兼論戲劇創作方法（當然也包括填詞）。

2.本色不在移植俚語俗諺，而在樸澹的外表下，更具有一股特別的「機神情趣」蘊含其中；當行不在徒工藻繢，也不在拼湊、組織零碎的學問，而在配合舞臺演出所自然形成的「關節局概」。

3.本色與當行，兩者息息相關，能顧及舞臺演出的當行之作，其戲劇語言必用「本色」，而採用本色語言的劇作，自然也能發揮「當行」的演出效果。

㈣王驥德

王驥德在中國古典戲曲理論發展中，具有承前啓後的關鍵性作用，《曲律》一書，享譽頗高，其中論本色當行，有精闢之處，但因全書定稿時間不一⑰，故也有駁雜之處，今試將其本色說辨析於后：

---

⑰ 王驥德《曲律》一書凡四十章，前三十八章結構謹嚴，唯三十九章《雜論上、下》共一百二十則，篇幅占全書三分之一左右，係作者多年陸續增補而成，因而論點略有前後不一之處。

1.以語言通俗爲本色

△白樂天作詩，必令老嫗聽之，問曰：「解否？」曰：「解」，則錄之，「不解」，則易。作劇戲，亦須令老嫗解得，方入眾耳，此即本色之說也。——〈雜論四四〉

△曲之始，止本色一家，觀元劇及《琵琶》、《拜月》二記可見。自《香囊記》以儒門手腳爲之，遂濫觴而有文詞家一體……大抵純用本色，易覺寂寥；純用文調，復傷雕鏤。……本色之弊，易流俚腐；文詞之病，每苦太文。——〈論家數十四〉

△〈董解元〉獨以俚俗口語譜入弦索，是詞家所謂本色當行之祖。——《新校注古本西廂記·評語十六則》

2.以各適其體的不同語言風格爲本色

△《西廂》組豔，《琵琶》脩質，其體固然。何元朗並訾之，以爲《西廂》全帶脂粉，《琵琶》專弄學問，殊寡本色，夫本色尚有勝二氏者哉？過矣。——〈雜論二一〉

3.以質樸、麗語參錯使用爲本色

△問體孰近？曰：於文詞家得一人，曰宣城梅禹金，摛華掞藻，斐亹有致。於本色一家，亦惟是奉常一人，其才情在淺深、濃淡、雅俗之間，爲獨得三昧。餘則修綺而非垛則陳，尚質而非腐則俚矣。——〈雜論九〇〉

△臨川湯奉常之曲，……其掇拾本色，參錯麗語，境往神來，巧湊妙合，又視元人別一蹊徑。——〈雜論七三〉

除上述本色論有明顯矛盾之外，王氏還主張「曲以婉麗俏俊爲上」（〈雜論六二〉）、「詞曲不尚雄勁險峻，只一味嫵媚閒豔，便稱合作」⓲竟將曲視爲典麗婉約之流，更與前所言曲之本色有所乖舛。

至於「當行」（或稱「當家」）之說，《曲律》所言大體一致：

△引子，須以自己之腎腸，代他人之口吻。蓋一人登場，必有幾句緊要說話，我設以身處其地，模寫其似……近惟《還魂》「二夢」之引，時有最俏而最當行者，以從元人劇中打勘出來故也。——〈論引子三十一〉

△對口白須明白簡質，用不得太文字；凡用之、乎、者、也，俱非當家。——〈論賓白三十四〉

△世所謂才士之曲一如王弇州、汪南溟、屠赤水輩，皆非當行，僅一湯海若稱射雕手，而音律復不諧，曲豈易事哉！——〈雜論一一二〉

⓲ 此處「合作」即當行、本色之意，下文「當家」、「作家」意指「行家」。詳見龔鵬程〈論本色〉一文頁三五八～三六二。

△以調合情，容易感動得人。其詞、格俱妙，大雅與當行參間，可演可傳，上之上也。——〈論劇戲三十〉

王氏另於〈雜論六十六〉中提到擅作北調之詞（指曲）者，有康對山、王渼陂、楊升庵……等，而「諸君子間作南調，則皆非當行也。」又於〈論過曲三十二〉中言：「須奏之場上，不論士人閨婦，以及村童野老，無不通曉，始稱通方。」「通方」意即「當行」，劇戲之行與不行，端賴乎歌者易唱與聽者易曉。（〈雜論四四、四六〉）由上述數則歸納得知：王驥德所謂「當行」包羅較廣，乃指劇本創作能適合舞臺搬演的需要，如曲辭樸質、明白易懂，講求音調格律、角色塑造成功（引子、賓白運用得當）等。而要達到「當行本色」的境界，則有待「妙悟」，〈雜論三六〉云：

當行本色之說，非始於元，亦非始於曲，蓋本宋嚴滄浪之說詩。滄浪以禪喻詩，其言：禪道在妙悟，詩道亦然。惟悟乃為當行，乃為本色。

當行本色之說，雖出於宋人，但並非始於嚴羽，更非來自以禪說詩的緣故⑲。至於王驥德有關「妙悟」的說法，論者多以此段引文認爲是出自嚴羽的「妙悟說」，但若詳加考辨王驥德的曲學師承，與其說是源於滄浪，不如更確切地說是他老師徐渭藝術觀點的直接繼承。

(五)馮夢龍

馮夢龍（一五七四—一六四六）的戲曲創作曾受過沈璟指點，其論曲觀點與沈氏略同，後人多稱他爲「吳江派」，曲評則散見於《墨憨齋定本傳奇》之序、眉批與《太霞新奏》評語或其他序文，關於本色當行之說，《太霞新奏》有云：

> 詞家有當行、本色兩種。當行者，組織藻繪而不涉于詩賦；本色者，常談口語而不涉于粗俗。當行也，語或近于學究；本色也，腔或近于打油。

⑲ 詳見龔鵬程〈論本色〉一文。

馮氏對「當行」的理解與前人有所不同，似乎是屬於組織詞藻的一種能力，因此他在王驥德《曲律》序中曾指評當時劇作者「餖飣自矜其設色，齊東妄附於當行」的現象。（「齊東」語出《孟子・萬章上》蓋指道聽塗說，荒唐無稽之語）。按照歷來對「當行」的理解，應指劇作能適合搬演的需要，屬於戲劇創作方法的範疇。而馮氏將「當行」與「本色」同納入戲曲語言的範疇，雖然何良俊也曾如此，但何氏處於明代曲論初期，將當行、本色視爲同意，並不會顯得分歧；反觀馮夢龍之時，曲論當行本色說已有相當規模，他卻將「當行」界定爲典雅的曲詞，當行與本色，雖有雅俗之分，但仍顯得混亂。

至於他稱讚王驥德的散曲是「字字文采，卻又字字本色」，主張戲曲語言應兼顧文采與通俗，並且主張辭律雙美，所謂「嫻于詞而復不詭於律」，這些都可說是呂天成「雙美說」的繼承。足見馮夢龍的當行本色說，本身意義已無多發明，甚至有些殽亂。

綜觀明代曲論家之論當行本色，旨在爲戲曲藝術樹一標準形相，然因著眼點有別（或就語言、或就音律、或就結構）義蘊內涵自有異同。李開先、何良俊、徐渭皆以情眞、語俗爲本色，其中何、徐兩位都贊成適度的修辭，並不主張全然俚俗如白話，而徐渭更強調表現眞我，標出「妙悟」以達「本色」之域。沈璟力矯雕鏤歪風，但求之過甚，不免淪爲鄙俗打油，而爲王驥德所譏。徐復祚於本色說無多發明，「當行」之義，則大抵指音律之講求；臧懋循論當行，重在構設動人的劇場效果。直到呂天成，才將當行與本色相提並論，他主張蘊含機趣的語言才是「本色」，並爲「當行」一詞下明確的定義——關節局概，不像何良俊、馮夢龍將當行、本色混爲一途。王驥德論本色雖略嫌駁雜，而對當行的闡發，則頗能繼承前賢成就。

參、當行本色說與戲曲評點

戲劇的生命在舞臺！明代論曲者爲矯當時曲壇的道學風、時文氣，使戲曲擺脫雕繢華藻的案頭作風，能眞正邁向舞臺、擁抱觀眾，發揮戲劇的眞生命、眞精神。於是紛紛標舉「當行本色」的口號，或著書立說，或評點戲曲，務期導正歪風，給戲劇創作者與讀者、觀眾有個衡量的標準與預期的方向。因此明清以降，戲曲選本與戲曲評點本紛紛出籠，今特舉其犖犖大者，將其中以當行本色論曲者抽繹而出，希望藉此一斑以窺戲曲理論之發展與變貌。

一、明代戲曲評點

明代晚期戲曲編選之盛，在元明清三代中可謂空前絕後，尤以萬曆刊本爲最多。其共收戲曲、散曲的，有《雍熙樂府》、《吳歈萃雅》、《詞林摘豔》、《詞林逸響》等；專收雜劇的，有《元明雜劇》、《古名家雜劇》、《古今雜劇選》、《古今名劇合選》、《元曲選》、《盛明雜劇》等；專收傳奇的，有《六十種曲》、《墨憨齋定本傳奇》等；按聲腔編選的有《群音類選》、《詞林一枝》、《摘錦奇音》等。從這些選本的序、跋及評語中，我們可尋獲許多戲曲理論批評的奇珍，除上述諸位明代重要曲家外，其中特別以「當行本色」論曲的尚有：

㈠凌濛初《南音三籟》

凌濛初（一五八〇—一六四四）曾評選南曲，編爲《南音三籟》一書，該書卷首附《譚曲雜箚》，爲凌氏論曲之作。《南音三籟》四卷，包括散曲、戲曲各二卷，將元明兩代南曲作品，品評爲天籟、地籟、人籟三等。凌氏在該書〈凡例〉中說明評選標準：

> 曲分三籟：其古質自然，行家本色者爲「天」；其俊逸有思，時露質地者爲「地」；若但粉飾藻繪、沿襲靡詞者，雖名重詞流、聲傳里耳，概謂之「人籟」而已。

從這三籟中，我們清楚看出凌氏以當行本色作爲評曲的最高標準。這跟凌氏所處的時代背景有關，當時華靡剿襲之風甚熾，他曾憤慨地感歎：「詞須累詮，意如商謎，不惟曲家一種本色語抹盡無餘，即人間一種眞話埋沒不露已……亦此道之一大劫哉！」因此他的評曲標準即以「自然本色」爲重。趙景深的《曲

	天	地	人
香囊	〇	〇	一
玉合	〇	〇	一
灌園	〇	〇	一
紅拂	〇	一	二
浣紗	〇	一	五
金印	二	二	〇
彩樓	二	一	〇
牧羊	二	一	〇
拜月	一二	三	〇
琵琶	二五	三	七

論初探》曾以十種戲曲爲例（前五種本色派，後五種駢儷派），列表研究凌氏的品評標準：（上表數目字代表齣數）

從這表可看出，凌氏認爲本色派的南戲最值得評爲天籟，如《琵琶》有二十五齣之多，《拜月》也有十二齣，而明代駢儷派的戲，竟一齣也沒有；而被貶爲「人籟」的，南戲除了《琵琶》略尚雕琢故有七齣之外，其他都在「地籟」以上，反觀駢儷派的戲，則多屬「人籟」。

這樣的評曲標準，自然也表現

在《譚曲雜劄》的戲曲理論上，文章一開始就開宗明義地指出：「曲始于胡元，大略貴當行不貴藻麗，其當行者曰本色。蓋自有此一番材料，其修飾詞章，塡塞學問，了無干涉也。」雖將當行與本色混爲一談，但也代表他戲曲理論的核心就在「當行本色」。而他所謂的本色，是指「不甚用故實，不甚求麗藻，時作眞率語」，以「自成一家言」。

(二)孟稱舜《古今名劇合選》

孟稱舜（一六〇〇—一六五五）曾校輯元明雜劇五十六種成《柳枝集》、《酹江集》兩種，合稱《古今名劇合選》，從該書的序和評點，都可看出孟氏戲曲創作的主張和藝術見解。

他評戲的一個重要特點是對元人雜劇的推崇，強調「元人高處在佳語、秀語、雕刻語絡繹間出，而不傷渾厚之意。王（指王子一）係國初人，所以風氣相類，若後則俊而薄矣，雖湯若士未免此病也。」（《誤入桃源》批語）又說「今人不及古人者，氣味厚薄自是不同。」（《鞭歌妓》批語），這裡所強調的「渾厚」，明顯地與雕琢、淺率相對，指的是意境淳厚深遠、語言樸拙含蓄。在《古今名劇合選序》中，他更引臧懋循之說，表示戲曲創作雖有情辭穩稱、關目緊湊、音律諧叶等三難，但「未若稱當行家之爲尤難也」。可見他評戲的特點亦在本色與當行，而這觀點也不時流露在他對許多戲曲的批語中：

Δ此劇機鋒雋利，可以指醒一世。尤妙在語語本色，自是當行人語，與東籬諸劇較別。（《三渡任風子》批語）

曲不難作情語、致語，難在作家常語，老實痛快而風致不乏。（《東堂老》批語）

Δ此劇之妙在宛暢入情，而賓白點化處更好。或云：元曲塡詞皆出辭人手，而賓白則演劇時伶人自爲之，故多鄙俚蹈襲之語。予謂：元曲固不可及，其賓白妙處更不可及。（《天賜老生兒》批語）

從這些評語，我們也可看出孟稱舜的戲曲評點，深受同鄉前輩曲家徐渭、王驥德等人的影響，而又有所發展⑳。

㈢其他（沈泰、胡應麟、蔣一葵、周暉、顧起元）

明末沈泰編《盛明雜劇》分初、二兩集，各收嘉靖以後雜劇三十種，上有多位曲家的精妙眉批。他欣賞的戲曲語言是「淡宕」，在《中山狼》批語中云：「此劇獨攄淡宕，一洗綺靡，直掩金元之長，而減關、鄭之價矣。」可見他所謂的淡宕之語，即是金元「本色語」，其他批評家也特別注意俗與雅之間的辯證關係，如沈泰評葉憲祖《夭桃紈扇》云：「俗而雅，諢而眞。」有如王驥德所說的本色「在淺深、濃淡、雅俗之間」，而汪檈評凌濛初《虬髯翁》時也說：「愈俗愈雅，愈拙愈巧，置之勝國諸劇中，不讓關、馬。」但汪檈過份崇尚本色而趨俚俗，殆重蹈沈璟之覆轍。

胡應麟撰《少室山房曲考》也以本色當行評上乘戲曲，如評董西廂曰：「西廂記雖出唐人鶯鶯傳，實本金董解元。董曲今尚行世，精工巧麗，備極才情，

---

⑳ 孟稱舜其他戲曲理論，可參見葉長海《中國戲劇學史稿》頁三六五～三七二。

而字字本色，言言古意，當是古今傳奇鼻祖，金人一代文獻盡此矣。」評元劇大家曰：「關漢卿……雖字字本色，藻麗神俊大不及王（實甫），然元世習尚頗殊，所推關下即鄭（光祖），何元朗亟稱第一，今《倩女離魂》四摺，大概與關出入，豈元人以此當行耶！」又評散套曰：「王長公所稱暗想當年，羅帕上把新詩寫，沈深逸宕，而字字本色，眞妙絕古今矣。『百歲光陰』意勝，覺筋骨稍露，『長空萬里』辭勝，覺肌肉太豐，俱讓一籌也。」可見意露或辭豐，都不如曲意「沈深逸宕」，而曲辭「字字本色」。

蔣一葵《堯山堂曲紀》云：「馬致遠雙調秋思，放逸宏麗而不離本色，押韻尤妙，元人稱爲第一，直不虛也。」「鄭德輝《倩女離魂》……遙望見煙籠寒水月籠沙，我只見茅舍兩三家。如此等清麗流便，語入本色，然殊不濃郁，宜不諧於俗耳。」蔣氏以本色爲高，但也提到明代曲壇仍尚駢儷，不穠郁之曲自難諧於俗耳。

他如周暉撰《周氏曲品》評陳鐸「詠閨情三弄、梅花一闋，頗稱作家」、「吉山王逢元最是詞曲當家」、「皮元素名光淳，最是作家」等皆以當行（家）

許其曲作之佳，至於「當行」之內涵則未論及。而顧起元《客座贅語》評邢雉山〈詠牡丹〉之套曲「音節諧暢，詞意豔美，眞作家也。」竟以詞豔音諧爲當行，足見其曲評頗受當時尚靡之風影響。

二、清代以降戲曲評點

(一)張大復《寒山堂曲譜》

《寒山堂曲譜》全名爲《寒山堂新定九宮十三調南曲譜》，爲清初戲曲作家張大復所編，輯有南戲劇本及元南散曲，該譜〈凡例〉十則，標示其選曲例之原則乃以本色當行爲主，如云：「曲創自胡元，故選詞訂譜者，自當以元曲爲圭臬……故予此譜不以舊譜爲據，一一力求元詞，萬不獲已，始用一二明人傳奇之較早者實之；若時賢筆墨，雖繪采儷藻，不敢取也。蓋詞曲本與詩餘異趣，但以本色當行爲主，用不得章句學問。」

該譜另附《寒山堂曲話》十七則，大多錄自王驥德《曲律》、凌濛初《譚曲雜笥》等前人曲論，藉以說明本色當行之重要，並揭示若干具體之作曲技巧，雖無創見，但編者重本色、主實用的理念，正是清初蘇州戲曲作家共有的創作主張。

㈡吳人評點《長生殿》

明代中葉以後至清初的曲論專家，揚起「當行本色」的大纛，使得曲壇以時文入曲的弊病與崇尚駢儷的歪風得到糾正。因而產生許多淺顯易懂而又饒富文采的戲曲作品，如李玉的《千鍾祿》、《清忠譜》、洪昇的《長生殿》、孔尚任《桃花扇》等，既可供人案頭品賞，又可奏之場上，發揮動人的舞臺魅力，遂締造「家家收拾起，戶戶不隄防」的藝術盛況㉑。其中《長生殿》的語言明暢與嚴守音律，向爲曲家所讚賞，所謂「愛文者喜其詞，知音者賞其律」（吳

㉑ 二句形容清初《千鍾祿》、《長生殿》搬演的成功，致有家弦户誦的盛況，「收拾起」乃《千》劇〈慘睹〉齣唱詞：「收拾起大地山河一擔裝」；「不隄防」係《長》劇〈彈詞〉一齣唱詞：「不隄防餘年値亂離。」

人〈序〉），是以迄今仍盛演不衰。

而爲《長生殿》作序置評的更不乏其人，其中吳人的刪改與批語，連洪昇都認爲「確當不易」，且能揭示作者本人「意有所涵蘊者」，可見吳人的批評深具價值。觀吳人眉批，有一部分以當行本色稱許《長生殿》，如〈禊游〉一齣，淨、丑、老旦、小生等鄉間群眾一起上場合唱〔錦衣香〕「粧扮新，添淹潤，身段村，喬丰韻，更憐芳草沾裾，野花堆鬢。」吳人批曰：「每曲中皆有各種本色語」：〈刺逆〉一齣〔二犯江兒水〕「陰森夾道，行不盡陰森夾道，更深人靜悄。怕驚宿鳥，犬吠牢牢，禍機兒包貯好。……苑牆恁高，那怕他苑墻恁高，翻身一跳，已被俺翻身一跳……等待他醉糢糊把錦席抛。」與〔前腔〕「潛身行到，悄不覺潛身行到……夢中絮叨，原來是夢中絮叨。殘更頻報，趁著這殘更頻報，赤緊的向心窩刺一刀。」此二曲吳人評曰：「昔嘗與客論作曲，須令人無從下圈點處，方是本色當行，如此二曲，眞古樸極矣。」

從吳人的眉批觀點，可以看出他承自明代後期某些本色派曲家的見解——將本色與當行同指通俗有趣而不事雕琢的戲曲語言，而未加以辨明釐析。

㈢李漁《李笠翁曲話》

李漁曾躬踐排場，有豐富的舞臺經驗，因此不僅戲曲創作造詣高，而且在戲曲教學、導演及演出諸方面，都有出色的研究。他對戲曲的整體藝術與創作方法見解獨到，所架構出來的戲曲理論自然能新人耳目。

《閒情偶寄》凡八部，其中有關戲劇學的《詞曲部》、《演習部》、《聲容部》影響最廣，今人裒輯成《李笠翁曲話》一書。《詞曲部》分六章：〈結構第一〉、〈詞采第二〉、〈音律第三〉、〈賓白第四〉、〈科諢第五〉、〈格局第六〉是迄今最爲完整、最具系統的戲曲創作方法論。而〈詞采〉一項更詳細標出貴顯淺、重機趣、戒浮泛、忌塡塞四個重點，專門討論戲曲語言的問題，李漁雖未標出「本色」二字，但我們仍可明顯地看出前賢本色說的影子。「貴顯淺」一項，主張戲曲語言應通俗而爲大眾所接受，文云：

> 曲文之詞采，與詩文之詞采非但不周，且要判然相反。何也？詩文之詞采貴典雅而賤粗俗，宜蘊藉而忌分明。詞曲不然，話則本之街談巷議，

事則取其直說明言……凡讀傳奇而有令人費解，或初閱不見其佳，深思而後得其意之所在者，便非絕妙好詞。

他評《牡丹亭》的曲辭，就是採用這個觀點：

至如〈驚夢〉末幅『似蟲兒般蠢動把風情搧』，與『恨不得肉兒般團成片也，逗的箇日下胭脂雨上鮮』，〈尋夢〉曲云『明放著白日青天，猛教人抓不到夢魂（按：應作「魂夢」）前』，『是這答兒壓黃金釧匾』，此等曲則去元人不遠矣。……〈玩眞〉曲云：『如愁欲語，只少口氣兒呵。……叫的你噴嚏似天花唾。動淩波，盈盈欲下，不見影兒那。』此等曲則純乎元人，置之《百種》前後，幾不能辨，以其意深詞淺，全無一毫書本氣也。

李漁所揭「意深詞淺，全無一毫書本氣」正是戲曲創作的金科玉律。沈璟之作率多詞淺而無書本氣，但因意不深，故難稱佳構，湯顯祖主情，劇作意深，雖有時詞不淺，但因無書本氣，終是才情煥發之傑作。至於湯、沈的初筆《紫簫記》與《紅蕖記》皆詞深而意不深，作品多近於澀，湯、沈本人也承認是個瑕疵。

至於「戒浮泛」一項與〈論賓白〉的「語求肖似」，都提到戲曲語言要求個性化：

Δ生旦有生旦之體，淨丑有淨丑之腔，……

Δ言者，心之聲也，欲代此一人立言，先宜代此一人立心。……務使心曲隱微，隨口唾出，說一人，肖一人，勿使雷同，弗使浮泛。

這種人物塑造觀點與王驥德的〈論引子〉：「須以自己之腎腸，代他人之口吻。蓋一人登場，必有幾句緊要說話；我設以身處其地，摹寫其似……勿晦勿泛」

孟稱舜的「撰曲者不化其身爲曲中之人，則不能爲曲」（《古今名劇合選序》）有明顯的繼承關係，而李漁所論則更爲具體。

《詞曲部》所談都是塡詞之道，而「登場之道」則在《演習部》與《聲容部》。《演習部》著重論教師的選戲與排戲，《聲容部》則重在論選人與教人等演員的訓練與培育，這些都是舞臺敷演最迫切需要的專門論述。識得此道，才是「當行」，才是眞正的「行家」，可以說前賢論當行，皆不如李漁來得嚴整而具體，只是李漁並未將其所論冠以「當行」二字而已！

㈣徐大椿《樂府傳聲》

徐大椿（?～一七七八）對音韻、聲樂頗有研究，所撰《樂府傳聲》深受曲界矚目，其中「元曲家門」一章，提到曲與詩詞有不同的「體」，其文云：

> △若其體則全與詩詞各別，取直而不取曲，取俚而不取文，取顯而不取隱。蓋此乃述古人之言語，使愚夫愚婦共見共聞，非文人學士自吟自詠之作也。……

△但直必有至味，俚必有實情，顯必有深義，隨聽者之智愚高下，而各與其所能知，斯爲至境。又必覩其所演何事，如演朝廷文墨之輩，則詞語仍不妨稍近藻繪，乃不失口氣；若演街巷村野之事，則鋪述竟作方言也。總之，因人而施，口吻極似，正所謂本色之至也。

此處談到淺深得宜、意深詞淺的問題，比王驥德的「淺深、濃淡、雅俗之間」更爲明確而具體；其中又吸收王氏與李漁「語求肖似」的觀點，而名之曰「本色之至」。如此談本色而直接跳開明代曲壇質樸與藻麗之爭，針對舞臺上所需要的戲曲語言，而有「因人而施，口吻極似」的本色論，自然與明代論曲者盛稱的元人本色之意，產生相當的距離。

他如焦循《劇說》與吳梅《詞餘講義》、《中國戲曲概論》、《霜崖曲跋》之論「本色」，大抵採元人質樸自然之意，姚華《菉猗室曲話》卷一亦以「不使一事，不鍊一字」爲本色，至於王季烈《螾廬曲談》與《孤本元明雜劇提要》

對「本色」涵義之界定雖有所遷變，亦未離前賢範疇㉒。而吳梅與姚華所謂「當行」，則與「本色」無別，同指戲曲語言。諸家於當行本色之說，大抵循前賢之論而無多發明，故不贅述。

結語

綜上所述，曲論中「當行本色」說的提出，為戲曲藝術樹立了批評與鑑賞的標準。宋、元兩代，散曲、戲文、雜劇作家率皆當行，作品自以本色見長，末期作家，雖北氣漸盡，然略有一股天然爽氣流貫其間，故論曲者未遑標舉當行本色以矯時弊。但入明之後，道學風、時文氣瀰漫曲壇，風會所趨，作者多涉藻繢以蔽本來，於是乃有本色論之提出。

㉒ 詳見拙著《近代曲學二家研究——吳梅、王季烈》頁二五五～二六〇「王季烈之本色說」。

所謂「本色」，即指戲曲之本來面目，亦即戲曲之標準藝術形相，本當統括戲曲之整體藝術，但因明初曲辭藻飾太甚，堆垛過於明顯，使得曲論家對戲曲遣詞造語的改變格外敏感而重視，因此「本色論」提出之初，大抵專就戲曲文辭立說。如李開元、何良俊、徐渭力倡情眞、語俗爲本色，主張文辭須明白曉暢、耳聞易曉，然其語雖質樸卻非全然俚俗白描，而須帶有「淡淨蘊藉」、「天然妙麗」的內涵，不像沈璟矯枉過正，以致淪爲鄙俗打油。所謂「當行」，蓋指劇作家之作品能在行地體現戲曲之所以爲戲曲底綜合藝術，因此曲論中的當行說，通常就文辭、音律、結構、劇場效果等整體藝術立論，故較本色論爲晚。但在初期，當行說之觀照角度並未如此周全，如何良俊所謂的當行，與其本色論並無差別，僅指戲曲語言，沈璟所謂的當行，主要強調劇作者必須能審音，使戲曲能奏之場上，而徐復祚所稱當行，亦與音律密然相關，到了臧懋循，才特意揭櫫能達到情詞穩稱、關目緊湊與音律諧叶等三難之劇作，方稱得上是「當行」，呂天成將「當行」與「本色」相提並論，更明白指出「當行兼論作法，本色只指填詞」。王驥德踵繼前賢成就，充實當行說之內涵，舉凡文辭質樸曉暢、音律穩諧、角色塑造成功等有裨戲曲敷演之重要因素靡不包括在內。本色當行之說發展至此規模已具，而馮夢龍倒將當行界定爲典雅的曲辭，使本色與當行同指戲曲語言，其中雖分雅俗，但就整個當行本色說的發展脈絡而言，則顯得畛域殽亂。

當行本色說的批評鑑賞理念，對明清的戲曲評點深具影響，自然也爲當時的劇壇曲界帶來良性的指導作用。論曲者對「當行本色」內涵的界定雖有異同，然大抵夥同前賢而鮮有創發，如「本色」蓋指渾厚質樸、自然眞率、淡宕而饒風致的戲曲語言，「當行」亦指文辭、音律、結構皆利搬演之劇作，然汪檈過份追求俗拙有如沈璟，吳人、吳梅將「當行」與「本色」同指戲曲語言，其失前已論及，茲不贅述。其間値得一提的是，徐大椿融鑄王驥德與李漁之說，將「因人而施，口吻極似」，所謂在朝不妨藻繪，在野竟作方言的戲曲語言稱爲「本色之至」，使得原本超逸高妙的本色論轉而落實爲高難度的創作手法，而能擁有這樣的創作技巧，自然也稱得上是「當行」之作。

就根本而言，當行與本色所論雖有廣狹之別，揆其本質原是一體，目的都在爲戲曲藝術樹立規範，使劇作者、讀者與觀眾有一創作、批評與鑑賞的標準。因此唯有「當行」的劇作家，方可使戲曲呈現「本色」，而能展現戲曲「本色」的，也必然是「當行」的劇作家了！

（原載《中國學術年刊》第十四期，一九九三年三月）

明·沈寵綏在戲曲音韻學上的貢獻

傳統戲曲唱唸的鑑賞向以「字正腔圓」爲最高標準，其中「字正」尤較「腔圓」重要，誠如清代王德暉、徐沅澂之《顧誤錄》所云：「大都字爲主，腔爲賓；字宜重，腔宜輕；字宜剛，腔宜柔。反之，則喧賓奪主矣。」咬字清正既是戲曲唱唸之首務，惜目前學界鮮少措意於戲曲音韻之研究。

明末曲家沈寵綏精於鼜音榷調，嘗著《度曲須知》、《絃索辨訛》，瘁心闡示戲曲音韻之金針，曾爲劉復（半農）推爲戲曲派語音學「空前絕後的一個大功臣」。然一般研究音韻學史者大都未曾留心沈氏之學，更遑論給予他應有的地位，且劉文屬稿倉促，是篇演講，且爲未完稿，於沈氏著作與立論基礎均未遑細論。近有董忠司教授專就沈氏語音分析觀作數項考察，屬論較為細密而科學，唯與曲學相去略遠❶。故本文嘗試結合戲曲與語音學兩方面予以研究，冀得抉發沈氏撰作底蘊奧。全文蓋分五部分論述：一、沈寵綏其人其書，二、沈氏如何闡示戲曲音韻金針，三、南北曲字音之探研，四、四聲腔格之配搭（字調如何配合曲唱腔型），五、結論——論其貢獻與商榷處。

壹、沈寵綏其人其書

在有明一代紛然衍派的戲曲研究風潮中，沈寵綏雖以獨特高超的音韻造詣脫穎而出，惜其生平事蹟難考，僅《道光蘇州府志》得略窺鱗爪而已，曲壇名家何以著述斐然而竟生平不詳？其原因在於：研究語音，就我國而言，係屬經

❶ 劉復〈明沈寵綏在語音學上的貢獻〉一文，載《北京大學國學季刊》第二卷第三號；董忠司〈明代沈寵綏語音分析觀的幾項考察〉一文，載《孔孟學報》第六一期。

學中之小學，地位極爲崇高，而此經典派之語音學向被視爲中國語音學之正宗，可惜的是，沈寵綏所瘁心研究的語音學，卻在此正宗之外，是鮮受關注，甚且爲經典派所唾棄之「戲曲派」❷。事實上，由於戲曲藝術的特質在於能與觀眾作同步的互動反應，戲曲語言必須使觀眾耳聞即詳，也因此戲曲音韻保持該時期豐富的語音素材，一反《切韻》以來傳統韻書襲舊之窠臼，故每較一般傳統韻書切合實際語音，而藉曲韻以稽考當時語音系統之研究，即著眼於曲韻與時遷變之特質❸。

---

❷ 劉復〈明沈寵綏在語音學上的貢獻〉一文云：「研究語音，就中國說，是『經學』中的重要部分。所以這一種學問的地位是很高的。我們可以稱這一派的語音學爲『經典派的語音學』。經典派的語音學是今日以前語音學的正宗。在此正宗之外，有一別宗，不爲世人所注意，甚至於被經典派唾棄的，就是『戲曲派』。」

❸ 王力《漢語史稿》頁二一一云：「《切韻》以後，雖然有了韻書，但是韻書由於拘守傳統，並不像韻文（特別是俗文學）那樣正確地反映當代的韻母系統。因此我們有必要研究唐詩、宋詞、元曲的實際押韻，來補充和修正韻書脫離實際的地方。」又劉復前揭文亦云：「戲曲派……決不講什麼聖經賢傳，他們只根據著事實研究。他們決不受經典派的舊說的

戲曲派語音學既具有語音活化石之價值，它之所以遭到漠視、卑視，當與傳統士大夫觀念有關。戲曲自萌發蔚興以來，每因託體卑近，而被鄙爲小道末技，後世儒碩薄而不爲，以致沈寵綏雖著述斐然，總結前賢曲學菁粹，闡示曲韻金針，爲南北曲字音、唱法樹立楷式，於曲壇厥功偉矣！然既非名儒顯宦，正史固不載其生平，又非科甲中人，即其里籍所隸《吳江縣志》亦不錄其事蹟，生卒年月尚且不詳，平生境遇復難考述，故僅能於其撰作、序文及相關方志中，鉤沈稽考而得其傳略如次：

沈寵綏，字君徵，別號適軒主人，江蘇松陵（今吳江）人。生年不詳，其卒年，據其子沈標（字廉夫）《絃索辨訛．續序》所云：「先君子……乙酉歲，手著《中原正韻》一書，未竣，會避兵搶攘，齎憤永背，於乎恨哉！」可推知約在明亡（崇禎十七年）之次年，即清順治二年（一六四五）。君徵遍覽前賢戲曲專著與古

束縛，也決不想把所研究的結果貢獻於經典派而得其採納或贊許；他們的目的，只是要想把字音研究清楚，使唱戲時不唱錯。」

今韻書，斐然而有著述之意，曾欲編製〈北音韻圖〉與〈南音韻圖〉，並撰作《中原正韻》，惜未竣其稿，齎恨以歿；哲嗣沈標於兵燹之餘，董理先生僅存手澤，捃拾散亡，究心校理而得《絃索辨訛》與《度曲須知》。清代石韞玉等纂、宋如林等修之《道光蘇州府志》卷一二四即錄云：「《度曲須知》二卷、《絃索辨訛》二卷，吳江沈寵綏字君徵著。」碻知二書爲先生畢生研治曲學之代表作。該府志卷九二嘗略敘其生平，言其性情「倜儻任俠，所交皆天下名士」，其友顏俊彥爲《度曲須知》作序時亦云：「乃時過江上君徵氏，間出女童，清喉宛轉，絃索相應，絲竹肉繚繞無端，此時即飲光不免按節，況在凡夫能無口耳奔逸乎？」則先生蓄家樂，廣交遊，倜儻風流，醉心聲歌，俠骨柔情兼美之形象當不難想見。《蘇州府志》特別表彰先生戲曲語音學之造詣與功績，並引當時聲韻學界享譽甚高之李光地贊語，盛稱先生著作「不但有功於詞曲，且可爲學者讀書識字之助」；顏俊彥之序更將先生度曲之音韻造詣推崇得近乎出神入化，其文云：

君徵淵靜靈慧，於書無所不窺；於象緯青鳥諸學，無所不曉，而尤醉心聲歌。昔同習靜，已嘗見其稽韻考譜，津津不置。遇聲場勝會，必精神寂寞，領略入微，某音戾，某腔乖，某字吸呼協律，即此中名宿，靡不心媿首肯。君徵此種學問，何所自來，其殆有神授耶？從來通于音律者，必精述陰陽，曉明星緯，至薰目爲瞽，絕塞眾慮，庶幾以無累之神，合有道之器，故聲音之學，非輕易可言。

在光彩紛呈、門類紛繁的戲曲研究領域中，探觸唱唸咬字的戲曲音韻學，常是較爲寂寞的一環。其主要原因在於聲韻音律之學向被視爲僻奧深渺，古人爲了學得箇中奧窔，竟然得「精述陰陽，曉明星緯」，甚至還「薰目爲瞽，絕塞眾慮，庶幾以無累之神，合有道之器。」足見當時曲壇樂工歌客與文人墨士對音韻知識皆普遍缺乏。盱衡元明清三代曲壇，不得不令人嘆服：沈寵綏洵是天賦異稟，他擁有令人難以企及、驊騮獨步的音韻才學，卻無半點驕矜之態，誠願將此絕學明示金針，公彼同好，其所撰述之《絃索辨訛》與《度曲須知》，即爲當時及後世曲壇詞家、時師奉作金科玉律❹。

一、《絃索辨訛》

曲聖魏良輔嘗云：「南曲不可雜北腔，北曲不可雜南字」，沈寵綏感於斯言，見南曲坊譜可資參酌者甚夥，而北曲絃索卻無譜可稽，遂令作曲度曲者不明入派三聲等規律，因而貿然以南方鄉音替代中州雅韻，如此以南音唱北曲，實與圓枘方鑿無異，然此訛唱取嗤現象，曲壇竟無專譜予以救正，先生於是發心撰述北曲正確之口法字音譜式，以匡時謬。《絃索辨訛・序》云：

> 南曲向多坊譜，已略發覆；其北詞之被絃索者，無譜可稽，惟師牙後餘

❹ 有關《絃索辨訛》與《度曲須知》之成書先後、版本內容，詳參拙著《沈寵綏曲學探微》頁十五～三二。一九九九，五南圖書公司。

慧。且北無入聲，叶歸平、上、去三聲，尤難懸解。以吳儂之方言，代中州之雅韻，字理乖張，音義逕庭，其爲周郎賞者誰耶？不揣固陋，取《中原韻》爲楷，凡絃索諸曲，詳加釐考，細辨音切，字必求其正聲，聲必求其本義，庶不失勝國元音而止。

《絃索辨訛》全書凡三卷，《西廂》上卷自〈殿遇〉至〈傳情〉，共十折；《西廂》下卷則自〈窺簡〉至〈錦還〉，亦十折。另有「時曲」別爲一卷，博采當時傳唱不衰之北曲（間附南曲）十餘套，皆逐字音註，以示軌範。又斯編既云「辨訛」，沈氏輒於曲文上端加註眉批，或於該折末尾詳列大段按語，長短不一，不下四十則，其內容或釋曲文之形、音、義，或列諸本異文以備參覽，或考訂曲文格律以樹楷式。沈氏之所以如此不憚煩瑣地詳加批註按語，其目的即在：辨正俗本俗唱之訛誤。

二、《度曲須知》

南曲自魏良輔調用水磨、拍捱冷板以來，四聲婉協，運腔清峭柔遠，使崑曲藝術達到抽秘逞妍的境界。然而魏氏雖為一代曲聖，功深而鎔琢，於南曲音理卻是「鴛鴦繡出」，而「金針未度」，致使「學者見為然，不知其所以然；習舌擬聲，沿流忘初，或聲乖於字，或調乖於義，刻意求工者，以過泥失眞；師心作解者，以臆斷遺理。」沈寵綏對此無限感喟，於是發心撰述《度曲須知》，希望能使作曲度曲者藉其金針之度，而「一字有一字之安全，一聲有一聲之美好」，如此「頓挫起伏，俱軌自然」，則「天壤元音」，當可「一線未絕」！

秉持一份度人金針底神聖宗旨，沈氏在《度曲須知》的編排上顯得格外具有科學性與系統性，不僅編排有序，在行文措辭方面，也儘量避免摛文鋪藻，而力求淺明易懂，由於此書係作者繼《絃索辨訛》之後所撰系統性較強的理論專著，它累積了《辨訛》的研究成果，因而在論述內容上，既論北曲亦兼論南曲，沈氏甚至表示「南之謳理，比北較深，故是編論北兼論南，且釐榷尤爲透闢，覽者以附列絃索譜之後，遂謂無關南曲，而草草閱過可乎？」足見《度曲須知》雖於合刊時附於《辨訛》之後，然其釐音闡理誠較《辨訛》鞭辟入裏！全書凡二卷二十六章，上卷一至十五章，下卷十六章至末。此廿六章或長或短，形式有如傳統曲話，然較曲話條理而深密，闡論有序，且淺深得宜。書中有沈氏獨創之見解，亦有承襲總結前賢之說者，揆其深意，總爲度曲而設。是書與《絃索辨訛》所訂《西廂》樂字韻譜，彼此相互發明，「可使覽者，徐徐誦演，久久滑熟，入門之後，涇渭了然。」（〈收音譜式〉），誠爲伶工藝人審較唱唸曲音之最佳工具書。故顏俊彥於序文中云：「推敲久之，成《度曲須知》、《絃索辨訛》兩書，採前輩諸論，補其未發，釐音榷調，開卷了然，不須更覓導師，始明腔識譜也。」洵非虛言，而其子沈標於〈續序〉中贊云：「（先君子）恆病摘詞者類不解律，而按曲者又不識字，爰著《度曲須知》爲詞家秉金科，《絃索辨訛》爲時師懸玉律。二書成，天下始知有聲音之正事，豈微妙哉！」亦非溢美之辭。

貳、沈氏如何闡示戲曲音韻金針

識字正音原是作曲度曲之首務，然知音審律本非易事，即晚明戲曲正值隆盛之時，而當時聲韻學之薄弱，幾爲曲壇普遍現象，沈寵綏感慨：「若度曲者流，不皆文墨，奚遑考韻，區區標目，未知餘字可該，一字偶提，未解應歸何韻。」（〈收音譜式〉）如何能使舞台唱唸達到「字正腔圓」的標準，在理論闡述上的確需要一套既科學而又有系統的簡明方法，於是他在《絃索辨訛》中採用圈點記號，有如童蒙識字般可讓度曲者逐字記認；《度曲須知》則進一步科學而整飭地分析音韻，如巧擬曲韻要訣問答，善構四聲經緯圖說，科學剖析聲韻要素，明列字音正訛異同等，從淺及深，由源達委，採用通俗而訓詁式的闡述方式，冀望架構出一套明晰而實用的戲曲音韻學理論，質言之，即在使「南北兩曲，平仄四聲，韻各釐清，音皆收正」，他謙稱自己精心擘畫出來的這套方法是「接引愚蒙良法」，而「非敢爲賢智作津梁」，由此更可看出他的「金針之度」是如何地力求簡易、具體而實在。茲將其音韻金針略述如次：

一、標註音韻特殊鈐記

釐正字音既爲度曲之首務，故曲壇名家編撰曲譜時，率於易訛之字標註特殊鈐記，吾人若究心審校歷代曲譜，當不難發現其符號雖或詳或略，或異或同，唯就中當以沈寵綏《絃索辨訛》之標註最爲詳盡，闡述最爲深入，誠如其〈凡例〉第一條所云「平常易曉字面，亦並註明，毋使覽者開卷茫然。」沈氏將易訛字音釐爲六種：閉口、撮口、鼻音三種於左旁記認；開口張唇、穿牙縮舌、陰出陽收三種於右旁記認。茲歸納沈氏韻譜、註語、例字等說明，將其六種鈐記簡述如下：

㈠閉口　鈐記符號作□，凡隸侵尋、監咸、廉纖三韻者皆屬之，質言之，即韻尾收m者，如：金、針、三、臉、點……。

㈡撮口　鈴記符號作○，凡具u或iu（y）介音者皆屬之，如：雲、內、主、呂、絮、遂……。

㈢鼻音　鈴記符號作△，即庚青韻字，韻尾收əŋ者，如：兵、明、冷、青、映……。

㈣開口張唇　鈴記符號作■，係指主要元音為a者（韻母為複合元音如皆來、蕭豪等韻者除外），以家麻、江陽二韻居多，另有寒山韻及少數監咸韻者屬之。其中主要元音不可含唇滿呼，即不可唱成蘇州方音「o」，而應將舌位下降，唇形開張成「a」音。值得注意的是，沈氏所稱「開口」，與近世官話所謂「開、齊、合、撮」之開口呼有別。近世官話稱不含i、u、y介音者為開口呼，而沈氏之開口張唇，則除不含介音者外，含u介音者亦頗多，甚且亦有含介音i如「蝦」、「亞」、「江」、「講」、「絳」、「腔」……者，而此類含i介者率屬二等字，故沈氏之「開口張唇」，當指中古一、二等洪音（兼賅開口與合口）中主要元音為a者，如：花、亡、乾、江、看、男……。

㈤穿牙縮舌　鈴記符號作●，「穿牙」一詞為沈寵綏所創，蓋指「齒音」

而言，齒音包括正齒音與半齒音。正齒音有近於舌上之照穿神審禪等照系字，與近於齒頭之莊初床疏等莊系字，即今之舌尖面混合或舌面之塞擦音與擦音，如：愁、初、綻、是、殺、蕊……。

㈥陰出陽收　鈐記符號作﹅沈氏在探討唱唸字音時，不論南北曲都極強調「陰出陽收」的特殊咬字法。一般研究聲韻學的人乍看「陰出陽收」，不免心生困惑，蓋一字不屬陽即屬陰，焉有所謂陰陽兼俱之字？其實，從沈氏〈陰陽交互切法〉所列陰陽字音之對照，可知他本人對聲母清濁影響字音陰陽之理念極爲清楚，他之所以提出「陰出陽收」之口法，乃在正吳音之訛。趙蔭棠對沈氏「陰出陽收」觀念雖未深入探討，但卻也指出沈氏此類字皆與濁母有關❺。觀沈氏所舉數百字例，以全濁音居多，既是陽聲字，爲何又言「陰出」？主要是因爲這類字在吳方言中聲母皆非送氣，而在北方話或中州話，甚至今之普通話系統則讀送氣音，沈氏爲強調曲唱不宜泥於鄉音，而應如中原雅音般讀作送

❺ 詳參趙蔭棠《中原音韻研究》頁二〇～二二，一九八四，新文豐出版公司。

氣（「奚」、「兮」等擦音字，則氣流宜較吳音強），故云「陰出」；然又不得唱成陰聲字，故云「陽收」以存其濁聲之特質。如：紅、同、陪、杏、會……。

《絃索辨訛》六種鈐記符號說明已如上述，歷來曲譜標註鈐記者，大抵一字而標一種符號，沈氏《辨訛》則另有一字而標兩種鈐記者，其「左旁記認」下有註云：「集中有一字兩記認者，如窗字追字則穿牙兼撮口，生字、爭字則穿牙兼鼻音，男字、堪字則開口兼閉口，存字、唇字則撮口兼陰出陽收。須將兩旁六種圈點，熟辨胸中，庶披覽自然融貫。」由此益可見沈氏闡釋字音之不厭其詳。

二、巧擬曲韻要訣問答

在「度曲先須識字，識字先須反切」的理念下，沈寵綏為闡示戲曲音韻金針，在《度曲須知》中努力擷取先賢智慧，倣童謠啓蒙方式，巧擬諸多口訣與問答，如〈辨聲捷訣〉、〈出字總訣〉、〈收音總訣〉、〈收音問答〉、〈入聲收訣〉、〈四聲宜忌總訣〉等，並配合若干條例說明，其目的在使人便於記誦而衷心領悟。

㈠〈辨聲捷訣〉

〈辨聲捷訣〉凡二十四句，重在音素之辨認，將聲韻母之發音部位與方式作一番剴切之分析，較前代析韻之論，如宋代官書《玉海》卷首所載〈辨字五音法〉、〈辨十四聲法〉、〈三十六字母五音五行清濁傍通撮要圖〉等深入許多，劉復認爲沈氏所論「雖然未能到十分圓滿的程度，卻已比前人精細得多，眞實得多，已能漸漸的從非科學的方法，折入科學的——至少也可以說是近乎科學的——方法上去。」配合〈辨聲捷訣〉，沈氏另附有「陰陽交互切法」與「三十六字母切韻法」兩張圖表，藉以闡釋反切原理，即被切字之陰陽，全由反切上字聲母之清濁來決定，而與反切下字無關，換言之，只要聲母清濁相同，則兩字之反切下字縱然陰陽相異，亦可交互相切。

㈡〈出字總訣〉、〈收音總訣〉、〈收音問答〉

爲使作曲者譜釐平仄，調析宮商，無失律舛韻之虞，唱曲者吐字圓淨，歸音雅正，不致貽訛音倒字之譏，沈寵綏於《度曲須知》中特仿沈璟遺意錄〈出字總訣〉，並作〈收音總訣〉、〈收音問答〉詳明闡釋出字收音之理則。其〈出字總訣〉下有小註曰：「管上半字面」，而口訣中略不及聲母❻，大抵論其韻母而已，尤其專就主要元音而言；至於〈收音總訣〉與〈收音問答〉雖亦論韻母，然其重點尤在韻尾收束之是否準確。沈氏之論「上半字面」，旨在糾正作曲者平仄錯訛、韻部乖舛之失；其論「下半字面」，則在針砭唱曲者不收尾音、誤收別韻之病。〈出字總訣〉既爲作曲者而設，而「極塡詞家通用字眼，惟《中原》十九韻可該其概」，故沈氏此訣即在細辨《中原音韻》十九韻部之異，茲錄之如后：

一、東鐘，舌居中。　二、江陽，口開張。　三、支思，露齒兒。

❻ 沈氏有關聲母之論，詳參〈字母堪刪〉、〈字頭辨解〉、〈收音問答〉、〈翻切當看〉、〈同聲異字考〉諸章。

四、齊微，嘻嘴皮。　五、魚模，撮口呼。　六、皆來，扯口開。
七、眞文，鼻不吞。　八、寒山，喉沒攔。　九、桓歡，口吐丸。
十、先天，在舌端。　十一、蕭豪，音甚清高。
十二、歌戈，莫混魚模。　十三、家麻，啓口張牙。
十四、車遮，口略開些。　十五、庚青，鼻裡出聲。
十六、尤侯，音出在喉。　十七、尋侵，閉口眞文。
十八、監咸，閉口寒山。　十九、廉纖，閉口先天。

此訣之末，沈氏小註曰：「此訣，出詞隱《正吳編》中，今略參較一二字。」惜沈璟《遵制正吳編》今已遺佚，難以比勘沈氏所參較者究爲何字？沈氏既已參較又復徵引，當與己說無多異同。此訣特色在於每句最末一字皆採該韻之韻字，如「舌居中」之「中」字，即屬東鐘韻，「口開張」之「張」字，即屬江陽韻，「露齒兒」之「兒」字，即屬支思韻……，唯「十先天，在舌端」之「端」字隸桓歡韻，略有小疵而已。此外，十七、十八、十九即閉口三韻，作者若與前十六韻一樣，選用同韻字作爲口訣，在技巧上並無困難，但他採用對比法，將閉口三韻與眞文、寒山、先天相對照，如此描繪，使閉口韻形象更明顯，蓋因曲壇創作、唱唸常有開閉相混之病，作者如是提醒，頗可使作曲唱曲者對閉口韻有更顯豁之體悟。

在度曲規範中，沈寵綏對字尾收音問題，遠較字頭、字腹重視，主要因爲當時曲壇唱曲者率多「吐字極圓淨，度腔儘觔節，高高下下，恰中平上去入之窾要，閉口撮口，與庚青字眼之收鼻者，無不合呂，但細察字尾，殊欠收拾。」（〈中秋品曲〉）何以當時唱者能四聲穩協，平仄合律，但卻拙於收尾？沈氏細繹箇中原委，因而發現向來曲律專著多詳論四聲，而收音格範則鮮有論及者，於是他特別撰作〈收音總訣〉、〈收音譜式〉與〈收音問答〉予以救正，其目的在使唱曲者能「音音歸正，字字了結」，而彼尾音欠收者，亦能受其針砭。爲使論述較爲方便簡捷，茲參酌董忠司教授前揭文，將沈氏諸篇所論十九韻部之收音略加釐整而列表如后。

收音	韻目	擬音
收鼻音	東鍾、江陽、庚青	-ŋ
收舐腭音	眞文、寒山、桓歡、先天	-n
收閉口音	尋侵、監咸、廉纖	-m
收「噫」音	齊微、皆來	-i
收「嗚」音	蕭豪、歌戈、尤侯、模（魚模之半）	-u
收「于」音	魚（魚模之半）	-y
開尾韻（不收音）	車遮、支思、家麻	e、ï、a

(三)〈入聲收訣〉、〈四聲宜忌總訣〉

沈寵綏〈入聲正訛考〉云：「嘗考平上去三聲，南北曲十同八九，其迥異者，入聲字面也。」蓋因北曲入聲派叶平、上、去三聲，故曲唱中南北曲字音之差異，主要在於入聲字之有無。沈氏特於此章目下註云：「宗《洪武韻》，正南曲字面。」〈入聲正訛考〉既在正南曲之訛字，則〈入聲收訣〉亦特為南曲而撰。又《度曲須知·四聲批窾》章末，沈氏亦附有〈四聲宜忌總訣〉，訣云：「陰去忌冒，陽平忌拿，上宜頓腔，入宜頓字」。此二訣內容詳見下文。

三、善構四聲經緯圖說

「度曲先須識字，識字先須反切」，沈寵綏為闡述反切之理，除於〈翻切當看〉一章中，撰「陰陽交互切法」與「三十六字母切韻法」略作條列式說明外，更進一步撰〈經緯圖說〉予以仔細剖析。他擔心一般度曲者不辨字母清濁，不諳唇舌之開閉合撮，但憑牙舌虛翻反切上下字，以為可以調出正確字音，如此豈能無什一差訛！於是他發下苦心努力鑽研韻圖之結構與箇中蘊奧，竟發現陳獻可所著《皇極圖韻》❼，中有四聲及轉音經緯之韻圖，凡有切腳轉音皆不需牙舌翻調，衹要按圖索驥，其字音即歷歷可稽，堪稱一簡徑捷法，他興奮地將此經緯圖之稽查方式以十字與曲尺之形作比喻，頗爲貼切。

據其子沈標所言，君徵自得陳獻可《皇極圖韻》後，潛心苦思，反覆推勘，即便作者亦未能如先生般洞悉箇中奧窔，沈氏鑽研韻圖如是勤劬，卻不拘泥成文、墨守舊說，而每能與舞榭歌場之實際唱唸相互印證發明，如此理論與實際經驗相結合，終於發現他研讀多時的《皇極圖韻》，竟與實際的曲唱字音有著相當大的距離，韻書與實際語言產生隔閡，本是時空移易之常事，然製詞唱曲所用之字韻，最需與時代語言同步調，因爲戲曲是一種重視觀眾共鳴的藝術，它的字音必須使觀聽者耳聞即詳，在古代無字幕設備的環境下，咬字必須與當

❼ 陳獻可（藎謨）《皇極圖韻》成書於崇禎五年（一六三二）。此書韻圖部分爲其主要內容，「四聲經緯圖」，以聲調分圖，凡四圖，每圖橫列三十六字母，豎列三十六韻，圖末注「呼」；而「轉音經緯圖」則是「四聲經緯圖」之簡化。

時語言融通無礙，如此表演方可臻於圓滿境界。此外，就度曲矩矱而言，曲壇向以《中原音韻》、《洪武正韻》爲準繩，而《皇極圖韻》與二韻書相稽，率多牽強未諧。原因在於《皇極圖韻》過於陳舊，非但沿襲唐韻，又雜涉六朝以來之東南土音，故其韻圖結構雖佳，卻不適用於製詞唱曲。

沈氏原本希望仿《皇極圖韻》之架構，融入度曲正音精神，製作〈北音韻圖〉與〈南音韻圖〉，無奈心有餘而力未逮，殊爲可惜。唯其「經緯圖說」詳明闡述韻圖反切之理，於開齊合撮之呼與聲母清濁翻調之法則皆有明晰之解說，沈氏云「須將此篇說解，對閱後幅諸圖，圖所難晰處，覽說自明；說猶有費解處，再循圖覆照，未有不燎如指掌矣。」覽者若能將其「經緯圖說」與《皇極圖韻》相互參照，則於曲唱審音之理，自可瞭然於胸中。

四、科學剖析聲韻要素

我國古代字學研究多精於訓詁而疏於聲韻，對於字音要素之分析亦無甚貢獻。如在標註音讀方面，使用歷史最久的「直音法」與六朝盛行至今之「反切法」雖稱便捷，但對某些音素較爲複雜之字音則欠縝密詳備，如「簫」、「皆」等字，至少含有聲母、介音、主要元音、韻尾、聲調等五個音素，單用反切上、下字兩個來拼註，顯得不夠細密，沈寵綏於是發明了「字頭、字腹、字尾」的三部切音法。劉復表示「沈氏在這一點上的見解，若用現代語音學上的眼光看去，當然還不十分圓滿；同他以前的人比較起來，可進步得多了。」

沈氏將字音析爲三部之靈感來自度曲。他對反切之法既有正確的理解，平居延聲曼引的拍唱，使他恍然悟知「切法即唱法」。《度曲須知·字母堪刪》中沈氏曾詳明闡示音素結構，其文云：

> 蓋切法，即唱法也。曷言之？切者，以兩字貼切一字之音，而此兩字中，上邊一字，即可以字頭爲之，下邊一字，即可以字腹、字尾爲之。如東字之頭爲多音，腹爲翁音，而多翁兩字，非即東字之切乎？簫字之頭爲西音，腹爲鏖音，而西鏖兩字，非即簫字之切乎？翁本收鼻，鏖本收嗚，

> 則舉一腹音，尾音自寓，然恐淺人猶有未察，不若以頭、腹、尾三音共切一字，更爲圓穩找捷……。
>
> 惟是腹之尾音，一韻之所同也，而字頭之音，則逐字之所換也。如哉、腮等字，出皆來韻中，而其腹共一哀音，其尾共一噫音，與皆來無異，至審其字頭，則哉字似茲，腮字似思，初不與皆字之幾音同也。又如操、腰等字，出蕭豪韻中，而其腹共一鏖音，其尾共一嗚音，與蕭豪無異，至考其字頭，則操字似雌，腰字似衣，初不與蕭字之西音同也……。嘗思當年集韻者，誠能以頭腹尾之音，詳切各字，而造成一韻書，則不煩字母，一誦了然，豈非直捷快事；特中多有音無字，礙於落筆，則不能不追慨倉頡諸人之造字不備也已。

凡此皆可看出沈氏所創之字頭、字腹、字尾「三部切音法」之內容。吾人若以現代擬音方式考察沈氏所列例字之頭腹尾三部分音素內容，當可釐析作：

東＝多＋翁＋鼻音＝to+oŋ+ŋ　　蕭＝西＋鏖＋嗚＝si+au+u

皆＝幾＋哀＋噫＝ki+ai+i　　哉＝茲＋哀＋噫＝tsï+ai+i

腮＝思＋哀＋噫＝sï+ai+i　　操＝雌＋鏖＋嗚＝ts'ï+au+u

腰＝衣＋鏖＋嗚＝i+au+u（以上諸字之擬音，參見董忠司教授前揭文。）

如此對照分析，可發現沈氏之「字頭」除聲母之外，又含介音或i（零聲母則以介音爲字頭）；而「字腹」，包括主要元音和韻尾；唯有「字尾」才是單音的音素，指尾而言。沈氏所稱「字頭」之所以不等於聲母，蓋因單是聲母無法以漢字表示，眾所周知，借用一個字來解說一個標音是極不方便的，因爲漢字的構造原本相當複雜精緻，每一個個別的「字」都兼含聲、韻、調等多重元素，因此採用一個複雜的、組合式的字音，要說明一個單純的音素，自然有其莫大的侷限，即沈氏所言「中多有音無字，礙於落筆」。其所處時代並無科學而精密的國際音標，面對標音符號缺乏的困境，他祇得竭盡所能地努力描繪分析，試圖讓習曲、唱曲的人能將字音唱正唸準。因而他的三部切音法，乍看之下似有疊床架屋之嫌，但吾人若細心研讀其行文旨趣，當不難體會箇中蘊奧，而不必拘泥於字頭必屬聲母或字腹必兼含韻尾等刻板之框架。總之，沈氏雖非刻板地作「字頭—聲母」、「字腹—（介音）主要元音」、「字尾—韻尾」等對應關係，但從他的分析中，可知其已能確切掌握漢字字音具備聲母、介音、主要元音、韻尾與聲調等五個細部結構，與今人「頭、頸、腹、尾、神」之名稱實有異曲同工之妙。

綜上所論，沈氏拈示曲韻金針之道有四：一、標註音韻特殊鈴記，二、巧擬曲韻要訣問答，三、善構四聲經緯圖說，四、科學剖析聲韻要素，無一不析理透闢，闡釋詳明。另有一法最爲簡易，有如童蒙識字正音般淺明易懂，即「明列字音正訛異同」。《度曲須知》下卷〈北曲正訛考〉、〈入聲正訛考〉、〈同聲異字考〉、〈異聲同字考〉、〈文同解異考〉、〈音同收異考〉、〈陰出陽收考〉、〈方音洗冤考〉諸章，皆按韻部之不同，舉什佰字例，逐字考辨其正訛異同，或正吳語、土音之訛，或考音近實異之字，或列一字而具多音現象之字，或明字形同而音義俱異者，或辨韻部近而收音異者，凡此皆在使作曲度曲者由淺入深，繇源達委，得窺戲曲音韻之堂奧，無論創作抑或表演，其用韻、咬字悉歸雅正。如此度人金針，導後學以先路，沈氏之功在曲壇自不待言。

參、南北曲字音之探研

晚明傳奇體製因兼融南北曲而得以壯盛完備，唯曲唱字音亦因南北曲交化而趨於淆溷，或以南作北而非眞北，或以北混南而非眞南。沈寵綏乃發心撰述，冀望爲南北曲字音作一番釐整，並爲曲壇樹立正音南針，其《絃索辨訛》專論北曲，《度曲須曲》則論南曲亦兼論北曲，今歸納其論述旨趣釐析如次。

一、北曲宜宗《中原韻》

蒙元之世，北曲擅盛，曲壇自以北音爲天下之正音，迨入朱明，雜劇式微，傳奇以南曲爲基礎，兼又汲取北曲以爲滋養，隨崑山水磨調之風靡天下而雄峙曲壇，斯時曲作南北曲兼備，曲壇唱唸之咬字，亦因南北交化而造成莫大的激盪與沖擊。語言與聲腔兩要素原是構成我國古典戲曲藝術風格之重要特色，就實際唱演而言，語言代表戲曲之特色尤重於聲腔，故南北咬字異音，則戲曲聲情風格自能凸顯而不淆溷，清、徐大椿《樂府傳聲・北字》有云：「凡唱北曲者，其字皆從北聲，方爲合度。若唱南音，即爲別字矣。」唯北曲南漸之後，南人徒慕其雄勁悲激之聲情，然一啓口便成南腔，甚且雜涉土音，則曲雖名北而非眞北也❽。沈寵綏有鑑於此，深感歌北曲而操南音，終不免訛唱取嗤，於是乃力倡北曲用韻、咬字宜恪遵《中原音韻》，誠欲救正曲壇「以吳儂之方言，代中州之雅韻」底舊弊，如此字求正聲，腔歸本源，方不失勝國元音。故沈氏書中每每揭櫫「北曲宜宗《中原音韻》」之說，茲臚列如次：

❽ 沈德符《顧曲雜言》嘗云：「今南腔北曲，瓦缶亂鳴，此名『北南』，非北曲也。只如時所爭尚者『望蒲東』一套，其引子『望』字北音作『旺』，『葉』字北音作『夜』，『急』字北音作『紀』，『疊』字北音作『爹』，今之學者，頗能談之，但一啓口，便成南腔，正如鸚鵡效人言，非不近似，而禽吭終不脫盡，奈何強名曰北？」

《弦索辨訛·凡例》第一條：「顧北曲字音，必以周德清《中原韻》爲准。是集一照周韻詳註音切于曲文之下。」

《度曲須知·絃索題評》「……而釐聲析調，務本《中原》各韻……」

前書〈中秋品曲〉，「……其理維何？在熟曉《中原》各韻之音，斯爲得之，蓋極塡詞家通用字眼，唯《中原》十九韻可該其概。」

前書〈入聲收訣〉：「北叶《中原》，南遵《洪武》。」

前書〈收音譜式〉：「用簡《西廂》北曲，類派《中原》各韻，逐套韻腳，摘出詳列於後。」

前書〈宗韻商疑〉：「凡南北詞韻腳，當共押周韻，若句中字面，則南曲以《正韻》爲宗，……北曲以周韻爲宗。」

前書〈字釐南北〉：「北曲肇自金人，盛於勝國。當時所遵字音之典型，惟《中原韻》一書已爾，入明猶踵其舊。至北曲字面所爲，自勝國以來，久奉《中原韻》爲典型，一旦以南音攙入，此爲別字，可勝言哉！志釐剔者，其留意焉。」

前書〈北曲正訛考〉下小註：「宗《中原韻》」

沈氏何以力倡北曲必遵《中原音韻》？蓋承魏良輔「兩不雜——南曲不可雜北腔，北曲不可雜南字」之旨而立說。又北曲格律賴絃以定，倚聲塡詞之配樂方式，若將北字改作南音歌之，則音樂旋律無法與語言旋律相吻合，況南地鄉音甚夥，若不宗中原雅正之音，則流弊無窮。且德清《中原音韻》標榜「必宗中原之音」，即「韻共守自然之音，字能通天下之語」，非但「以中原爲則」，且「又取四海同音而編之」，故自成書以來，即被曲壇奉作北曲字音之正鵠，自元迄今享譽甚隆，誠如瑣非復初所稱：「德清之韻，不獨中原，乃天下之正音也。」明、王驥德《曲律》亦盛稱周韻「作北曲者守之，兢兢無敢出入。」是知北曲製作、敷唱之恪守周韻，已爲不刊之論。

沈寵綏倡論北曲宜宗周韻，唯周韻雖享譽甚隆，沈氏卻無緣得識眞本，只得將諸多修訂本參酌磨較，而他竟也能憑一己高超之音韻造詣，對王文璧《中州音韻》訛誤處提出質疑，並道出與周韻相吻合之正確讀音。此外，戲曲音韻原本就有與時俱變的特質，北曲流播至晚明，其語音產生若干遷變乃勢所必然之事，度曲者當凜遵周韻不違抑或盡變周韻以從俗，其間分際應如何拿捏？沈氏認爲宜以雅聽爲原則，當從則從，當變則變，既不膠瑟盲遵舊韻，亦不可隨俗而盡變程範。❾

二、南曲宜釐整雅聽

南曲從宋元之際的村坊小曲發展到有明一代體局大備，成爲長篇戲曲「傳奇」音樂的主體，在唱唸字音方面，自然不能如往昔里巷歌謠般採「隨心令」方式，以鄉音隨口取叶❿。然因我國語言之差異性南方遠較北方爲大⓫，而南

❾ 詳參拙著《沈寵綏曲學探微》頁一〇二～一〇八。

❿ 徐渭《南詞敘錄》云：「永嘉雜劇興，則又即村坊小曲而爲之，本無宮調，亦罕節奏，徒取畸農市女順口可歌而已，諺所謂隨心令者，即其技與？」

⓫ 顏之推《顏氏家訓·音辭篇》云：「南方水土和柔，其音清舉而切詣，失在浮淺，其辭多鄙俗。北方山川深厚，其音沈濁而鈋鈍，得其質直，其辭多古語」。周祖謨《問學集·切韻的性質和它的音系基礎》一文曾分析道：「南人語音清切，北人語音濁鈍，南人語多俚

地曲唱之聲腔又品類紛繁，南曲賴以孕育發展之語言聲腔環境遠較北曲複雜。明中葉以降崑曲壓倒眾聲，獨步曲壇，蔚爲全國性之戲曲藝術，而其音樂又兼融北曲以資壯大，因而在唱唸字音方面，必然參酌許多中原雅音，方能使此藝術廣被四海，且舞台歌場聲口若拘守鄉音，總不免貽笑大方，故自魏良輔以降，曲家如徐渭、王驥德、沈璟等皆有漸去方言土音之律。因爲在眾所矚目的崑曲發跡、盛行地帶——吳方言區，即存在各種「聲各小變，腔調略同」的許多不同吐字與唱法，以致產生何者爲「正宗」的爭議。其實，追本溯源，自然應以人文薈萃的蘇州府及其起源地崑山、太倉爲正聲，當時曲家潘之恆於《鸞嘯小品·敘曲》中即有一番詳明的辨析：

俗，北人語多典正。所謂『多鄙俗』者，指多方言俚語而言，所謂『多古語』者，指多爲書記相承應用的語詞而言，這是就一般情況來說的。……顏之推所以這樣說，當與言辭是否『清雅』、語音是否『切正』有關係。」指出南方語言鄉音繁多，故較爲俚俗，北方語言差異性小而較典正。王驥德《曲律·雜論上》亦云：「北語所被者廣，大略相通，而南則土音各省郡不同。」

長洲、崑山、太倉，中原音也，名曰：「崑腔」，以長洲、太倉皆崑所分而旁出者。無錫媚而繁，吳江柔而淆，上海勁而疏，三方者猶或鄙之，而毗陵以北達於江，嘉禾以南濱於浙，皆逾淮之橘，入谷之鶯也，遠而夷之，無論矣！

潘氏表示，就行腔吐字而論，長洲（今蘇州）、崑山、太倉一帶最合雅音之格範，無錫過於媚繁，吳江顯得柔而淆，上海則又勁而疏，都不夠正宗，至於常州、武進以北及嘉興以南等地則屬吳語區邊緣地帶，所唱的崑曲已是「逾淮之橘，入谷之鶯」而逐漸走樣了！潘氏此評頗爲中肯，即以聲調而論，無錫有八個，上海五個，吳江有八到十一個之多；至於蘇州、崑山、太倉則有七個聲調⓬，不致過繁或過簡，且四聲皆備，清濁兼具，頗能體現南曲之特色。另外

⓬ 詳參趙元任《現代吳語的研究》，北京清華學校研究院；詹伯慧《現代漢語方言》頁一〇九～一二二，湖北人民出版社；張拱貴〈關於吳江方言的聲調〉一文。

要強調的是，崑曲雖以長洲、崑山、太倉之音爲正，但並非以此三地之方音爲準，潘氏早已明白指出蘇州諸地因爲講究「中原音」，故被曲壇唱唸奉爲圭臬。

而此「中原音」究竟該如何掌握，才能合乎博雅大方？南曲畢竟與北曲不同，不能將周德清《中原音韻》囫圇接承，在語言腔調上自有其南方語言之特色，誠如王驥德所言「周之韻，故爲北詞設也，今爲南曲，則益有不可從者，蓋南曲自有南方之音，從其地也。」若步趨於北音，尤其四聲少卻入聲，則失其本色，使「聽者不啻群起而唾矣！」南曲的唱唸字音，既要取則中原之雅音以去鄉音，又得兼顧本身語言特色以展現南曲風味，無怪乎深諳曲理的沈寵綏要感嘆「南之謳理，比北較深」！

首先，入聲字調之凸顯允爲南曲唱唸特色之一。當時曲壇尚未出現一部專爲南曲而設之韻書，沈寵綏雖明言「北叶《中原》，南遵《洪武》」，然其〈入聲收訣〉末尾亦指出《洪武正韻》原不爲填詞度曲而設，且其中頗多音路未清之現象，故沈氏特撰〈入聲收訣〉作爲南曲入聲咬字之準則。茲將《洪武正韻》、清代沈乘麐《曲韻驪珠》（我國第一部爲南北曲而設之韻書）與沈寵綏〈入聲收訣〉各韻部主要元音之擬音及其派叶北曲之韻目臚列如次⑬。

《洪武正韻》	《曲韻驪珠》	沈氏歸韻之擬音	沈氏入聲派叶之北曲韻目
屋	屋讀oʔ、uoʔ、yoʔ	uʔ	魚模
質	質直iʔ	ieʔ	齊微
緝			
藥	約略ɔʔ、uɔʔ、iɔʔ	ɔʔ	蕭豪
陌	拍陌æʔ	æʔ	皆來
屑	恤律yeʔ	ɛʔ	車遮
葉	屑轍iɛʔ、yɛʔ、ɛʔ		
曷	曷跋eʔ、ueʔ	oʔ	歌戈
合			
轄	豁達aʔ、uaʔ、iaʔ	aʔ	家麻

⑬《洪武正韻》入聲十部擬音可參董同龢《漢語音韻學》頁七十二與應裕康〈洪武正韻韻母音值之擬訂〉；《曲韻驪珠》各韻部擬音可參拙著《曲韻與舞台唱唸》頁二十三～二十九；沈氏入聲之歸韻，則由筆者參酌其〈入聲收訣〉與〈入聲正訛考〉所論試擬而成。

由此表可窺知《洪武正韻》之分韻與舊韻書較接近，稍嫌繁細且脫離日常生活語言；《曲韻驪珠》雖略寬，然其「屑轍」韻特分出「恤律」一韻，分韻誠然精細，唯曲壇實際唱曲經驗中，大抵未嘗如此細分。足見沈氏〈入聲收訣〉洵與舞台曲唱之實際情形較爲吻合。

其次，北曲僅平聲分出陰陽而已，南曲則更有陰去、陽去、陰入、陽入之分，度曲者不僅須四聲分明，更得留心聲母之清濁異同。如「通」不可唱成「同」，「丘」不可唱成「求」；「凍」不可訛作「洞」，「貝」不可訛作「被」；「篤」應與「獨」異，「百」應與「白」異，凡此皆清濁有別，作曲唱曲者宜審音辨字而不可相互訛混。此外，雅部崑曲之咬字最忌攙入鄉音，魏良輔《南詞引正》第十七條、徐渭《南詞敘錄》、王驥德《曲律・論閉口字》等皆嘗提及吳地鄉音之病，沈寵綏《度曲須知・鼻音抉隱續篇》亦指出「書、住、朱、除」宜撮口，而蘇音不正；「裙、許、淵、娟」四字亦讀撮口，而吳興土音誤讀齊齒；庚青韻宜收舌根鼻音，唯蘇音每犯舐腭，即誤唱成舌尖鼻音而歸眞文韻；至於閉口字，姑蘇全犯開口，……足見南地鄉音紛紜不類，曲唱雖以崑山爲正聲，而蘇音中有乖中原雅音處，亦宜加以釐整、去其訛陋，方能臻於博雅大方之境界。

肆、四聲腔格之配搭

在我國單音節的語言特質裡，每個字音本身就蘊含抑揚頓挫的自然旋律，因而具有相當高的音樂性。如平上去入四聲若再各分清濁，則有八調以上之多，而每個字調各有其腔格與口法，或飛沈低昂，或吞吐收放，其音聲之迭代，若五色而相宜，使整個語言旋律變得鏗鏘有致、繁複多姿。古典戲曲既擁有如是豐厚的語言基礎，在唱唸或譜腔上，自然要求語言旋律與音樂旋律能密切配合，如此作曲者不舛律，唱者不拗嗓，聽者當然也就能「耳聞即詳」，不至於會錯音義了。故自元代以來，周德清即有「歌其字而音非其字」等鈕折嗓子之戒，宋沈義父（伯時）《樂府指迷》、明王驥德《曲律》、沈璟《正吳編》等，亦嘗於四聲應有之腔格與唱法作一番探研。沈寵綏踵繼前賢之說，特於《度曲須知·

四聲批窾》一章中，詳明闡述平上去入四聲之不同配腔、唱法與禁忌，其所論四聲腔格，頗具承先導後之功，誠爲崑曲度曲理論之重要代表，茲將其說釐述如次：

一、平聲腔格

平聲宜體現「平道莫低昂」之腔型，王驥德《曲律·論平仄》謂「平聲尚含蓄」意即在此，世又稱「平有提音」，皆指出平聲腔格舒緩和平之特色。周德清《中原音韻》將平聲分出陰陽，對明代曲家頗具啓發作用，沈寵綏即承繼前人之說，並積累豐富之度曲經驗，對陰陽平之腔格作深入而細密之剖析，其文云：

> 若夫平聲自應平唱，不忌連腔，但腔連而轉得重濁，且即隨腔音之高低，而肖上去二聲之字，故出字後，轉腔時，須要唱得純細，亦或唱斷而後

起腔，斯得之矣。又陰平字面，必須直唱，若字端低出而轉聲唱高，便肖陽平字面。陽平出口，雖繇低轉高，字面乃肖，但輪著高徽揭調處，則其字頭低出之聲，簫管無此音響，合（原註：叶葛）和不著，俗謂之『拿』，亦謂之『賣』，（原註：若陽平遇唱平調，而其字頭低抑之音，原絲竹中所有，又不謂之拿矣。）最爲時忌。然唱揭而更不『拿』不『賣』，則又與陰平字眼相像。此在陽喉聲闊者，摹肖猶不甚難，惟輕細陰喉，能揭唱，能直出不『拿』，仍合陽平音響，則口中觔節，誠非易易。其他陰出陽收字面，更能簡點一番，則平聲唱法，當無餘蘊矣。

說明平聲腔格舒緩和平，其旋律縱有低昂之致，但絕無上下抗墜、顛落分明等突兀之腔型，因而講究溫婉閒雅、流潤悠長的水磨曲唱，遇到平聲時，不管如何轉腔，都得唱得純細而不可重濁。陰平字必須直唱，不可隨便由低翻高，以免與陽平相混；而陽平字若遇到高腔，唱時既不能如陰平般直接唱高，須在出口唱字頭時先發低出之聲，才符陽平腔格，但又不能與簫管不合（搭不上笛子），露出「拿」、「賣」的歌唱破綻。沈氏認爲這種陽平唱法，對陽喉聲闊者處理起來還不算難，但對輕細陰喉者而言則不容易。其實唱者雖是細喉，但若能掌握陽平字出口即唱濁聲母之特點，則腔雖高，亦不難達到沈氏之要求，如《牡丹亭·遊園》一齣，即屬輕細陰喉之旦角唱口，其中〔步步嬌〕「裊晴絲吹來閒庭院，搖漾春如線」句之「晴、來、閒、庭、搖、如」等字皆屬陽平，出口時若能發濁聲母字音，則既合律而又不「拿」不「賣」，其中「晴、閒、庭」三字再強調送氣音，則可合陰出陽收之規範。後代曲家如清·徐大椿《樂府傳聲》、王德暉、徐沅澂《顧誤錄》與近代王季烈《螾廬曲談》之論平聲腔格，其承繼沈氏之遺意至爲明顯。

二、上聲腔格

古人謂「上有頓音」，王驥德稱上聲「促而未舒」，沈璟云「遇上聲當低唱」，對上聲腔格之描繪皆頗簡略，事實上，上聲是否都得低唱？而「頓音」

又是怎樣的口法？前賢皆未嘗細論，沈寵綏爲度人金針而不厭其詳地作如下解析：

上聲固宜低出，第前文間遇揭字高腔及緊板時，曲情促急，勢有拘礙，不能過低，則初出稍高，轉腔低唱，而平出上收，亦肖上聲字面。古人謂去有送音，上有頓音。送音者，出口即高唱，其音直送不返也；而頓音，則所落低腔，欲其短，不欲其長，與丢腔相倣，一出即頓住。夫上聲不皆頓音，而音之頓者，誠警俏也。

指出上聲字向來都譜成低腔，今考諸舞台盛演不輟之《牡丹亭·遊園》〔皀羅袍〕曲牌「原來奼紫嫣紅開遍，似這般都付與斷井頽垣。良辰美景奈何天，賞心樂事誰家院。朝飛暮捲，雲霞翠軒，雨絲風片，煙波畫船，錦屏人忒看的這韶光賤。」其中上聲字除「錦」、「美」二字略高之外，其餘「紫、井、景、賞、捲、與、雨」等字皆譜低腔。但若遇到揭字高腔及緊板曲，在情勢上不能過低時，則只好採初出稍高而轉腔即又低唱的「平出上收」方式，如〈遊園〉中杜麗娘一出場所唱的〈遶池遊〉「夢回鶯囀」之「囀」字，即採初出稍高，轉腔後乃歸低唱方式，蓋因前一字「鶯」屬陰平，譜腔略高之故；又〈尋夢〉〈江兒水〉「便酸酸楚楚無人怨」之「楚楚」二字，則因節拍較緊促，故亦採「平出上收」之方式。

至於所謂「頓音」，即是一出腔即頓住，自清代以降，曲壇率以「霍腔」名之，今多作「嚯腔」，嚯者，呑也，俗稱「落腮腔」。如〈遊園〉〈皂羅袍〉「雨絲風片」之「雨」字，宮譜為「合工」，唱時作〈530〉；〈步步嬌〉「怎便把全身現」之「怎」字，宮譜為「六工六五」，唱時作〈53056〉。

此外，誠如沈寵綏所言「上聲不皆頓音」，除上述頓腔之外，曲壇另有「啐腔」亦屬上聲之特殊口法，其他平、去、入三聲切不可用。啐者，揭高也，即上聲在出口唱低腔時，先發出較第一個工尺高出八度左右的音，再順勢滑下接唱本音，過腔時以轉無磊塊為上。如〈遊園〉〈醉扶歸〉「艷晶晶花簪八寶瑱」句之「寶」字，「怎便把全身現」句之「把」字即是。

三、去聲腔格

去聲具有「清而遠」、「分明哀遠道」之特質，故曲壇向以「發調」稱之。古人謂「去有送音」，王驥德言「去聲往而不返」，沈璟云「遇去聲當高唱」，沈寵綏董理前賢之說，亦云「送音者，出口即高唱，其音直送不返也。」此外，當時范善溱（昆白）所著《中州全韻》（一六三一）將去聲分出陰陽，此一發現隨即反映於曲壇唱唸字音之講究，沈寵綏特於〈四聲批窾〉中詳細分辨陰去與陽去唱法之異，其文云：

昔詞隱先生曰：「凡曲去聲當高唱，上聲當低唱，平入聲又當酌其高低，不可令混。」其說良然。然去聲高唱，此在翠字、再字、世字等類，其聲屬陰者，則可耳；若去聲陽字，如被字、淚字、動字等類，初出不嫌稍平，轉腔乃始高唱，則平出去收，字方圓穩；不然，出口便高揭，將被涉貝音，動涉凍音，陽去幾訛陰去矣。

指出陰去字如翠、再、世、貝、凍等可直接高唱，陽去字如被、淚、動等字則不可馬上揭高而唱，須採「平出去收」方式，即平出之後，轉腔乃可高唱，方不致與陰去訛混。此外，沈氏〈四聲宜忌總訣〉另有「陰去忌冒」之禁格，蓋因曲壇能體現去聲口法的是「豁腔」；傳統唱譜用上滑音「ノ」表示，豁腔因非主腔，故宜虛唱，而在上滑與轉腔而下之間，唱者若把握不好，容易發出飄忽不定，不合簫管之怪音，故沈氏獨揭「陰去忌冒」之說，以爲度曲者戒。

四、入聲腔格

南曲入聲唱法，每以戛然唱斷體現其「短促急收藏」之本色，故「斷腔」爲入聲之主要腔格。芝庵〈唱論〉所謂「停聲待拍」，當係斷腔口法，王驥德稱入聲「逼側而調不得自轉」，沈寵綏言「入宜頓字，一出字即停聲」，又云

「凡遇入聲字面，毋長吟，毋連腔，出口即須唱斷。至唱緊板之曲，更如丟腔之一吐便放，略無絲毫粘帶，則婉肖入聲字眼，而愈顯過度顛落之妙；不然，入聲唱長，則似平矣，抑或唱高，則似去，唱低則似上矣。」斷腔在實際拍唱時講究前音實唱，一吐即放，後音則須虛唱，一帶而過，如〈琴挑〉〔懶畫眉〕「傷秋宋玉賦西風」之「玉」字，宮譜作「工合」，宜唱成〔305〕；而〈遊園〉〔醉扶歸〕「沈魚落雁」之「落」字，宮譜作「四上尺」，宜唱成〔6012〕。

伍、結論

綜上所述，沈寵綏之論四聲腔格，非但能踵繼前賢論述精華，亦能有新見發明，並作深入剖析，為後來徐大椿、王德暉、徐沅澂、王季烈等曲壇諸名家奠下厚實之基礎，使清代以降之舞台唱唸口法益發顯得繁複增彩、曼妙多姿⑭。

⑭ 清代以降曲壇十餘種唱腔口法與平上去入四聲之配搭關係，詳參拙著《曲韻與舞台唱唸》頁一九三～二〇五。一九九七，里仁書局。

沈寵綏秉絕高之音韻造詣，以豐贍之度曲經驗，遠承周德清戲曲派語音學之開拓遺緒，博采前賢論曲精粹，於戲曲聲韻、口法之闡發，誠足示曲苑以楷則，導後來之先路，在我國戲曲史上自有其不可磨滅之功績。唯學術之推進，每因前修未密、後出轉精而得以日新又新。沈氏所論，間有若干見解值得修訂與商榷處，本文亦嘗試予以辨析。

一、曲學之貢獻

沈寵綏心性靈慧，酷嗜音律，抱持一份發皇曲學曲理的使命感，他釐音榷調，詳辨腔譜，所著《絃索辨訛》、《度曲須知》允爲曲壇正音南針。茲略論其曲學之貢獻厥有數端：

㈠明示曲韻金針

沈氏對戲曲音韻之發皇深具使命感，唯聲韻之學向被視爲僻奧深渺，於是他發心架構一套既科學而又有系統的簡明方法，在《絃索辨訛》中，他以六種鈐記符號將易訛之字特加標註，有如童蒙識字般可讓度曲者逐字記認；《度曲須知》則進一步科學而整飭地分析音韻，如巧擬曲要訣問答，善構四聲經緯圖說，科學剖析聲韻要素，明列字音正訛異同等，從淺及深，由源達委，採用通俗而訓詁式的論述方式，將戲曲音韻學作明晰而實用之闡釋。

㈡樹南北字音楷式

傳奇於有明一代隨崑山水磨調之風靡天下而雄踞曲壇，斯時曲作南北兼備，曲壇唱唸之字音，因南北交化而造成莫大的激盪與沖擊，如此南北淆溷，貽笑方家，甚且攔入鄉音，殊乖大雅，種種訛唱取嗤現象莫由救正。北曲固以遵周韻為原則，至於南曲自有其與生俱來之地域特色，四聲清濁分明，與北曲之入派三聲迥不相類，沈氏《度曲須知》曾有多章反覆推勘辨正。在兼論南北曲音時，〈字釐南北〉之析辨尤為透闢，如南北殊音、南北可同可異音以及當時曲壇「本音」與「俗唱」等情形，沈氏皆詳列數十字例予以紀實、辨明。

㈢發南北唱法精蘊

明傳奇聲腔之主流——崑曲，因其文學體製與音樂體製皆極謹嚴而精緻，唱法亦頗爲考究，須謹守魏良輔所揭櫫之「曲有三絕」——字清、腔純、板正，即咬字穩正，不悖四聲腔格；行腔規矩，不逞怪腔以譁眾取寵；節奏緩急得宜，不可師心紊亂尺寸。魏良輔《南詞引正》第十三條云：「過腔接字，乃關鎖之地，最要得體。有遲速不同，要穩重嚴肅，如見大賓之狀，不可扭捏弄巧。」而過腔接字該如何安排遲速不同的尺寸，才算得宜？怎樣的吐字做腔是犯了扭捏弄巧的毛病？魏氏皆僅揭示大原則而已，至其細部內容則未遑深論，其他曲家亦鮮論及。唯獨沈氏能別開堂奧，邁越前賢，作一番科學翔實之探討與說明。〈字頭辨解〉云：「予嘗刻算磨腔時候，尾音十居五六，腹音十有二三，若字頭之音，則十且不能及一。」一字之頭、腹、尾所占時間比率如是分派，則切出來的字音才自然、清楚而有餘味。又該章嘗提及中唱曲者有時爲了扭捏弄巧，著情賣弄，會把「字疣」誤作「字頭」。事實上，字頭爲時雖短，唱時最要謹愼，萬不可含糊混過，因爲它對字音具有重要的辨義作用；字疣則是唱者故意作態而附加在字頭之前的贅音，兩者差之毫釐，失之千里，一爲雅而正，一則俗而誤，故不可不辨。〈收音問答〉亦指出：

今人每唱離字、樓字、陵字等類，恆有一兒音冒於其前。又如唱一那字，則字先預贅一舐腭之音，俗云「裝柄」，又云「摘鉤頭」，極欠乾淨，此又可名曰「字疣」，不可誤認為字頭也。

「離」字應唱「li」，「那」字應讀「na」；若「離」字唱成「ɚli」，「那」字唸作[na]，此乃唱曲者故作姿態，而在字頭前另外加上贅音，這種特別作態的咬字，在沈寵綏所處的明清時期有，劉復的民國初年也有，就是目前曲界亦不乏其例，演員為招徠觀眾，過份譁眾取寵，終將失卻雅正風範。此問題雖小，但頗可為梨園歌場深以為戒。

綜上所述，沈氏由於深切體認音韻知識對度曲之重要性，而剴切道出「蓋切法，即唱法也。……精於切字，即妙於審音，勿謂曲理不與字學相關也。」（〈字母堪刪〉）其所論曲理乃能鞭辟入裡，非但能踵繼前賢論述精華，更能有新見發明，洵爲後世曲學之研究奠下厚實基礎，亦有裨於戲曲音韻學科之建立。

二、曲學商榷處

沈氏曲學可待商榷處，如論「元人以塡詞制科」、「詞曲先有北後有南」等，筆者已有專文評述，故不贅及⑮，本文但就其論戲曲音韻而或可商榷者予以辨析如次。

(一)「凡南北詞韻腳當共押周韻」質疑

明代曲壇南北曲各因其與生俱來的地域、劇種特色，而在創作用韻與唱唸字音上，各有不同之準則。北曲自周德清撰曲韻嚆矢——《中原音韻》以來，已具型範，故北曲無論創作或唱唸之審音辨字，皆當凜遵周韻不違。至於南曲押南韻本屬理所當然之事，然而自沈璟倡押周韻以降，明清曲家雖撰南曲，亦

⑮ 詳參拙著《沈寵綏曲學探微》頁一五九～一六八。

取《中原音韻》以爲矩矱，其原因除了明清多數曲家誤以爲南曲係北曲之變，故以襲用北韻爲常等觀念影響之外，有明一代迄清朝中葉，曲壇並未出現一部南曲專用之韻書當是最大原因。而《洪武正韻》除編輯體例非爲戲曲而設外，亦存在不少土音，音路未清，歸屬不明，不符合戲曲檢韻之要求，沈寵綏之所以提出「凡南北詞韻腳當共押周韻」，實乃不得已之折衷派觀點，而非不刊之論。但沈氏如此明言南曲韻腳當押周韻，誠有貽誤後學之虞，事實證明，倡導南北曲當共押周韻之「中原音韻派」，自明萬曆以後到清代傳奇鼎盛期始終佔上風，即如乾隆年間雖出現第一部南曲韻書——《曲韻驪珠》，將入聲韻部獨立，作者沈乘麐亦苦心孤詣地仔細釐析南北曲音之異，然而整個曲壇除了歌場清謳與舞台唱演者取以爲正音南針之外，一般戲曲作家仍舊拿《中原音韻》來湊合使用。余恐爾後習曲者受沈寵綏折衷派說法影響，致習訛而傳訛，故特拈出予以辨明。

㈡閉口字音誤標

沈寵綏對開閉口字音之辨極爲審愼，但卻在《度曲須知·字母堪刪》後所附「尋侵」韻字偶有失誤，即此韻目下沈氏雖註明「俱收閉口音」，但卻以「恩」字作反切下字，致遭毛先舒所譏⑯。當時曲壇若有將閉口字誤作開口者，曲家莫不斷斷然直指其誤，就連有「度曲申韓」之稱的沈璟，偶而失誤也不能例外，如沈寵綏〈宗韻商疑〉即指出「簪，本尋侵字眼，《正吳編》兼列眞文韻，與尊字同音，是閉口字混入開口韻矣。珊，本寒山字眼，《正吳編》謂闌珊之珊則叶三，是開口字反混入閉口韻矣。」然而君徵究竟秉性溫厚，下文隨即道出：「細查《正韻》，初無此等音切，而詞隱云爾，豈其有錯謬者乎？抑豈災木者之誤筆歟？予之集是編也，自揣頗覺精當，乃詞隱尚以正訛致訛，則予失簡處，或亦不少，惟後之君子正之。」沈璟當時自揣《正吳編》頗爲精當，故名「正吳」，意在正吳音之訛，殊料竟乃致訛，恐付梓時手民誤刻所致，君徵爲此悚然警焉，恐己作亦有失簡處。觀先生釐音榷調之勤劬，考字辨腔之精

⑯ 毛先舒《聲韻叢說》云：「《度曲須知》一書，可謂精於音理，但〈字母堪刪〉論後，總括十九韻頭腹，凡例侵尋法當閉口，則侵宜作妻音切，鍼宜作知音切，深宜作施音切，欽宜作欺音切，金宜作饑音切，今凡宜用音字者，俱用恩字，是不閉口而抵齶矣，亦其漏也。」

詳，尚且兢兢若此，今余翕然披覽先生全書，其所論閉口字音，亦唯此處偶誤而已，抑豈災木者之誤筆歟？余不敏，失簡必多，思之得無儆乎！

（本文於一九九九年五月「第六屆國際暨第七屆中華民國聲韻學學術研討會」發表，原載《聲韻論叢》第九輯）

吳梅《南北詞簡譜》在近代曲學上的價值

我國傳統戲曲從劇本寫作到舞台敷演，至少得經過劇作家依律填詞、音樂家按曲訂譜、表演家循聲習唱等三度創作，故傳統曲學理論率由創作與演出等實踐過程中提煉而出。近代曲學大家吳梅（一八八四～一九三九）畢生研治傳統戲曲，充分掌握曲學重心，由創作、著書立說、編選斠勘到粉墨登場，在在呈顯他對傳統曲學的全面關注，除承繼傳統曲論之理論體系外，更具有製曲、度曲、譜曲、演曲等豐富的實際經驗，他緊密結合理論與實踐，觀其會通，窺其奧窔，故能昌大秘學，導後來之先路。

吳梅全方位的戲曲研究與實踐，在近代曲壇上，與精研考證的王國維形成強烈的對比。王國維在資料蒐集、考證、鑒別、辨僞等方面的深厚功力，來自精覈謹嚴之乾嘉學派與西方科學之治學方法，其重要戲曲論著如《宋元戲曲考》等❶泰半由考證入手，釐清戲曲歷史及源流演變，將「託體卑近，後世儒碩薄而不爲」的戲曲，當作一門學術來看待，使傳統戲曲的研究正式邁入學術領域。可惜的是，王國維僅站在文學的角度評賞戲曲，並未接觸傳統聲樂之學，掌握傳統曲學之重心，他本人既不愛看戲，又未嘗創作戲曲，對戲曲藝術的認同畢竟只是片面而已，欠缺創作經驗與舞台實踐的功夫來作爲他研究學術的動力。因此他雖開啓戲曲學

---

❶ 王氏《宋元戲曲考》（一九一二～一九一三）一書凡十六章，大抵薈萃《曲錄》、《戲曲考源》、《優語錄》、《唐宋大曲考》、《曲調源流表》、《錄曲餘談》、王校《錄鬼簿》、《古劇腳色考》、《戲曲散論》等九書之研究成果而成。其論述謹嚴客觀，結論紮實可信，並有較高的史料價值，故郭沫若將它與魯迅的《中國小說史》並稱爲「中國文藝史研究上的雙璧」。

術研究之風氣，但對於以音樂爲本位的傳統戲曲，始終難以觸及核心問題，以至於在短短的六年之後，他就對戲曲感到厭倦，轉而趨於金石古史之學，這毋寧不是近代曲學的一大遺憾。文學史家浦江清論吳、王二人成就，曾有如是的評：

> 近世對於戲曲一門學問，最有研究者推王靜安先生與吳先生兩人。靜安先生在歷史考證方面，開戲曲史研究之先路，但在戲曲本身之研究，還當推瞿安先生獨步。

錢基博《現代中國文學史》亦云：

> 特是曲學之興，國維治之三年，未若吳梅之劬以畢生；國維限於元曲，未若吳梅之集其大成；國維詳其歷史，未若吳梅之發其條例；國維賞其文學，未若吳梅之析其聲律。而論曲學者，並世要推吳梅爲大師云。

由是觀之，吳梅之所以能遠邁靜安爲並世曲學大師，主要關鍵在於他能越過外圍、直探戲曲的本體核心部分。在三十餘載曲學研究生涯中，他曾撰作散曲凡一百四十首、雜劇八種、傳奇四種，曲學研究專著十種，編選校刻元、明、清戲曲五種，並撰寫大量序跋及日記❷，使曲學研究體現深化與系統化之意蘊。

在吳梅諸多論著中，《南北詞簡譜》洵爲巔峰之作。此書草創於民國九年，歷經十載，至一九三一年乃完稿，凡九卷，是竭畢生精力所成，因而他在逝世前曾致函弟子盧前：

《顧曲麈談》、《中國戲曲史》、《遼金元文學史》，則皆坊間出版，聽其自生自滅可也。惟《南北詞簡譜》十卷爲治曲者必需之書，此則必待付刻。

---

❷ 有關吳梅曲學研究之重要論著、創作、編選、斠勘、序跋、日記等內容，可詳參拙著《近代曲學二研究——吳梅、王季烈》頁七八～九四。

《南北詞簡譜》如何能成爲吳梅一生鍾愛，且臨終囑託「必待付刻」？它在近代曲壇上占有何種地位？對後世曲學研究有何價值？本文嘗試就近代曲學之困境、《南北詞簡譜》之內容特色與價值等數端釐述如次。

壹、近代曲學之困境

中國古典戲曲爲高度綜合之文學與藝術，在創作歷程上不同於一般文學體製，它需要文學家、音樂家與表演藝術家三者密切配合，才能圓滿完成，也才足以體現戲曲藝術的特色。誠如吳梅〈新定《九宮大成南北詞宮譜》敘〉所云：「余嘗謂歌曲之道有三要也：文人作詞，國工製譜，伶家度聲。」他爲童伯章《中樂尋源》作敘時，也一再強調「聲歌之道，律學、音學、辭章而已。」

作曲、譜曲、演曲三者完美結合的境界，在元明以迄清初古典戲曲擅盛的時代自無多大問題，但乾嘉以降，以秦腔和皮黃爲主的花部崛起，挾以「其詞直質，雖婦孺亦能解；其音慷慨，血氣爲之動盪」（焦循《花部農譚》）的特長，如疾風勁雨之勢，襲入京師，風靡劇壇，直奪崑劇之正席，使得向來講究律曲（選韻填詞、擇宮聯套）、製曲（安排結構、斟酌詞采）與度曲（依腔訂譜、循聲習唱）格律的雅部崑曲，逐漸因曲高和寡而步上沒落之途。在劇本創作方面，清代中葉以降，文人劇作與舞臺日益疏遠，南洪北孔的水準已難再現，誠如鄭振鐸《清人雜劇初集·序》所言：「嘗觀清代三百年間之劇本，無不力求超脫凡蹊，屛絕俚鄙。故失之雅，失之弱，容或有之；若失之俗，則可免譏矣。」此話道出當時文人創作之得失，而過份趨雅避俗，不諳聲律、不顧舞臺演出的結果，終於失去了大批的觀眾。當時劇作家作長劇者，如董榕《芝龕記》多至六十齣，「隸引太繁，更不可度曲」（見楊恩壽《詞餘叢話》），吳梅也指出此劇板法與句法常有不合之處，如此不懂音律，劇作根本無法上演。作短劇者，雖摹擬徐渭《四聲猿》，但多不顧演出效果，往往藉劇作以澆胸中塊壘，故每無徐渭之豪邁，而失之於靡弱，如張韜與桂馥的《續四聲猿》，曹錫黼的《四色石》，文辭雖佳，但與戲劇的關係甚爲薄弱。其中較爲出色的楊潮觀《吟風閣雜劇》三十二種，則近詩詞而遠戲劇。當時能付諸場上敷演一番的劇本實在有限，無怪乎略懂音律排場的沈起鳳，能使「優伶登門求之者，踵相接」了。其後徐爔的《寫心雜劇》成了描繪生活的小品文，舒位的《修簫譜》、黃燮清的《倚晴樓七種曲》、陳烺的《燕子樓》皆文才有餘而劇才不足，不免淪爲案頭曲，而日形隆盛的花部戲曲又多粗野無文，因此吳梅不禁感嘆：

> 乾隆以上有戲有曲，嘉道之際，有曲無戲，咸同以後，實無曲無戲矣。（《中國戲曲概論卷下·清人傳奇》）

關於此點，胡忌以爲「有曲無戲」的階段應提前五十年，即在乾隆後期（見《崑劇發展史》第五章第四節），此看法頗能符合當時劇壇的實際情況。

王季烈（一八七三～一九五二）對清末劇作家不諳音律，以致音乖字別難以奏之場上的情形，在《螾廬曲談卷三·論譜曲》中曾有明確的分析：

古時崑曲盛行，士大夫多明音律，而梨園中人亦能通曉文義，與文人相接近，其於製譜一事，士人正其音義，樂工協其宮商，二者交資，初不視爲難事，是以新詞甫就，祇須點明板式，即可被之管絃，幾不必有宮譜。自崑曲衰微，作傳奇者不能自歌，遂多不合律之套數，而梨園子弟識者日少，其於四聲陰陽之別，更無從知，於是非有宮譜不能歌唱矣。其武斷從事者，往往張冠李戴，以致音乖字別，如陳厚甫《紅樓夢傳奇·凡例》云「此本皆用四夢聲調，有《納書楹》可查對，引子以下大約相倣」云云，幾似曲牌相同，即可用同種之宮譜；又同治末年，俞曲園先生自撰新曲，規仿彈詞，令伶人阿掌強以彈詞之宮譜歌之；光緒壬寅六月萬壽聖節，張文襄在鄂宴外賓，盛張古樂，有彈琴崑曲等項，其崑曲曲詞，文襄自撰，亦令度曲者強以舊譜之工尺唱之。凡此皆文人不諳音律，好爲武斷，歌者不明聲律之原，無從糾正，以致貽此笑柄。

說明陳厚甫、俞曲園、張文襄（之洞）等雅好戲曲，卻又昧於音律，硬將他劇之工尺譜套上同曲牌之己作，不究四聲腔格，不明主腔觀念，率爾操觚，致貽笑柄，足見當時眞正懂得度曲之學的，已寥寥無幾了。

在戲曲理論方面，由於劇壇上重身段、行頭、排場等表演藝術的花部崛起，文人創作又多不重聲律，因而曲論中提及宮調、板式、四聲腔格、唱唸口法等傳統曲核心問題者寥若晨星，間或有之，亦每掇拾成說而鮮見新猷。如李調元《劇話》、《雨村曲話》，李斗《揚州畫舫錄》，焦循《花部農譚》、《劇說》、《易餘籥錄》，黃旛綽《梨園原》，王德暉、徐沅澂合著之《顧誤錄》，梁廷枏《籐亭曲話》，陳棟《北涇草堂外集》，楊掌生《京塵劇錄》、劉熙載《藝概·詞曲概》，楊恩壽《詞餘叢話》，平步青〈小棲霞說稗〉，姚燮《今樂考證》，姚華《曲海一勺》，《菉猗室曲話》與徐珂《曲稗》等皆是❸。

晚清是中國歷史上空前未有的大變局。自鴉片戰爭以還，內憂外患紛至沓來，民族面臨存亡危機，政治上的革命氣息在有心之士的推動下，頓時瀰漫整個

❸ 上列清末諸曲論內容，可參拙著《近代曲學二家研究——吳梅、王季烈》頁四三～四五。

文壇。在「文學反映時代」的旗幟下，無論詩歌、散文或小說，均在內容與形式上有一番革新，而體製格律頗爲謹嚴的傳統戲曲，更肩負起政治宣傳的重責大任。但因猝逢時局遽變，劇作者一心只在感憤抒慨與警世醒眾等實用目的上，對於尋宮數調、按譜索拍等戲曲的基本格律，根本無暇顧及，且近代曲運衰頹，劇作家普遍欠缺度曲與譜曲能力，因此當時古典劇作雖多，卻幾乎全淪爲案頭曲，而鮮有奏之場上，呈現藝術之美者。

由於當時劇作家大多疏於音律，因而賓白往往多於曲詞，以便宣傳思想、譏評時事；關目排場亦因不明套曲之聲情與性質而顯得粗陋不堪；雜劇、傳奇、皮黃各劇種中的腳色互相混用，妝扮科諢亦趨於西化或現代化；至於音樂方面，又多不諳字格、腔格與曲牌聯套關係，若以傳統曲律衡之，動輒出現乖宮訛調、腔亂韻雜等現象。

諸如此類爲數甚多的改良式劇本在當時的革命刊物如「河南」、「民報」、「二十世紀大舞臺」、「江蘇」、「中國白話報」上刊登（詳見阿英《晚清戲曲小說目》），對晚清委頓的人心確有一番摧陷廓清之功，終而締造民國新紀元，對後來新興的文明戲、話劇，更具啓導作用，但此類劇本漠視傳統戲曲格律，悍然截斷「戲」與「曲」原本血肉相連的關係，不能不說是傳統曲學的一大厄運。

由上述傳統戲曲式微的軌跡看來，不難發現當時的戲曲作品之所以粗陋，不再擁有古典的神韻魅力，以致不爲一般曲家接受，主要在於這類劇作只是徒具傳統戲曲形骸，而不具曲學應有的格範。這種不符曲理、貌合神離的「古劇」，就傳統戲曲的特質而言，已非當行本色，因而爲時不久即隨時潮淹沒殆盡。由此可見「律亡則曲亡」，誠如馮夢龍爲王驥德《曲律》作序時所言：

> 律設，而天下始知度曲之難；天下知度曲之難，而後之蕪詞可以勿製，前之哇奏可以勿傳。懸完譜以俟當代之眞才，庶有興者！……濫於曲而譜概之，濫於借口譜之曲而律概之，其揆一也。

一般詩文之難在於氣韻風骨而不在格律❹，曲之格律遠較詩文爲難。因爲中國古典戲曲係以音樂爲本位，其特色在於以「曲」呈現「戲」的風格，質言之，無曲則不足以成戲。故研究或撰作傳統戲曲當以音樂爲依歸，不涉曲樂，則無法眞正探觸戲曲之核心❺。而中國戲曲音樂的基礎在於宮調、曲牌、板眼與聲腔，這些基礎也正是作曲、度曲與論曲者必備的知識。但這類知識的獲得不比其他文學體製，它往往需要從實際的唱演之中觀察、體悟，誠如吳梅所言：「欲明曲理，須先唱曲，《隋書》所謂彈曲多則能造曲是也。」基於這份深切的體認，於是他擫笛拍曲，潛心學習陰陽抗墜、輕重疾徐之法，而他的曲學理論與造詣，也正奠基於此「度曲」之道。

度曲洵是習曲的入門功夫，然而在戲曲從創作到完成的三階段——文士塡

❹ 吳梅《顧曲麈談·原曲》云：「詩古文辭，專在氣韻風骨，世之治此者，求其工穩，與漢、魏、唐、宋作家爭衡，固非易事。若論入手之始，僅在平仄妥協而已。況高論漢魏者，有時平仄亦可不拘，是其難在胎息，不在格律之間也。」

❺ 詳參拙著《近代曲學二家研究——吳梅、王季烈》第一章「曲學重心與曲運隆衰」。

詞、國工製譜、伶家度聲——中，「訂譜」可說是最難的了。吳梅爲王古魯譯青木正兒《中國近世戲曲史》作序時，曾慨嘆「夫戲曲之道，塡詞爲首，訂譜次之，歌演又次之。今歌演者有之，塡詞者已寥寥矣，至訂譜則竟不一二遘焉，又何怪此藝之衰熄也。吾讀此書竟，不禁有厚望於吾黨也。」近世戲曲衰熄之現象與訂譜人才如千里馬之難求有關，因爲戲曲必須有譜才能唱演，才能展現生命力，而訂譜者必須深諳曲理才能勝任此工作。魏戫爲《集成曲譜》作序時嘗云：「曲必有譜而始能歌，必通知宮調曲牌之體式、四聲陰陽之區別，而後可以言訂譜。今之習崑曲者雖多，而能訂譜者蓋少，卒就伶工笛師傳鈔宮譜奉爲圭臬，謬誤百出，莫爲訂正。」俞粟廬之序亦云：「樂工習其音而昧於義，文人長於辭而闇於律，兼之爲難，則訂譜非易也。」訂譜之難較塡詞遠甚，吳梅《顧曲麈談．度曲》也表示「惟尙有一事爲度曲家所不知，及知之而而未能盡通其癥結者，則製譜之法是矣」，他慨嘆「近世度曲之家，計吳門海上，不下百人，而能訂譜者，實十不得一」，「自來文人但知塡詞，不知訂譜，往往脫稿後，付優人樂師，爲之點拍，而已反就樂師學歌，於是自己新詞，轉向他人教授，不亦可笑之極乎！」塡詞作曲，本是樂事，但由於不諳「製譜之法」，新詞既成，卻無法奏歌，只好求助於優人樂師，不免是件憾事。若因訂譜之才難求而率爾操觚，則將步上述陳厚甫、俞曲園、張之洞等覆轍而貽笑大方。吳梅對艱鉅的訂譜之學本「有厚望於吾黨」，但環顧傳統曲學湮沒不彰之近代，此種人才似已渺不可得。他於是秉持舍我其誰的態度，發下十年苦心，孜矻考訂古譜，亟「欲立一定則，爲學子導先路」，終而突破困境，爲近代曲學樹立新的里程碑。

貳、吳梅《南北詞簡譜》之內容與特色

我國傳統戲曲的音樂結構，自北宋末年發展到晚清，幾乎全屬聯曲體（或稱曲牌體）系統，如宋元南戲、金元雜劇、明清傳奇等皆是。聯曲體戲曲最重視曲牌格律，即每支曲牌皆有其必須恪遵之定格，如宮調、板式、字句乃至唱法等，莫不有其格律，凡此定格悉賴曲譜得以保存。然而歷代記譜方式詳略有別，良窳不一，因此對品類紛繁的曲譜，唯有釐正其誤謬，辨析其格律，方能眞正探觸到

傳統曲學的核心。

在諸多爲製譜、度曲而編定的曲譜中，有的成書較早，所錄曲牌體式不甚完備，如周德清《中原音韻·作詞十法》雖附有小令定格，但僅四十首，牌調不全且無套式；而題明·朱權所撰之《太和正音譜》雖按元曲十二宮調之分類，錄三三五支曲牌，使北曲之作始有準繩可依，但於借宮之法與增句之體則付闕如；有的亡佚或經後人臆羼，如《南音三籟》與《骷髏格》；有的因襲守舊，無多創見，如程明善《嘯餘譜》、張孟奇《北雅》與范文若《博山堂北曲譜》互相因襲，少有獨見，到了清初李玉的《北詞廣正譜》，在求「廣」取「正」的原則下，錄曲、評註皆有可觀，唯正襯之分仍多紊亂。南曲曲譜方面，明代初有蔣孝《南九宮譜》，後有沈璟《南九宮十三調曲譜》與清呂士雄《南詞定律》，但三者板式參差，莫衷一是。其間沈自晉《南詞新譜》雖改正沈璟譜部分謬誤，然於曲調源流變衍則失於考察，創見無多；明末徐于室、清初鈕少雅合編之《匯纂元譜南曲九宮正始》，費時二十二年，九易其稿，態度務實而嚴正，然作者將九宮與十三調視爲對立，而未併爲一譜，令使用者頗感不便；故東山釣史（查繼佐）與鴛湖逸者同輯的《九宮譜定》乃將二者合而爲一，並於〈總論〉中列十六篇專論戲曲聲樂格律，餘則多襲舊說而無甚新猷；成書較晚的呂士雄《南詞定律》，廣徵博引，擇善而從，唯仍有若干失誤。

至於康熙年間頗受重視的《欽定曲譜》，對四聲板式、正襯句讀與押韻皆一一註明，但內容大都抄襲舊譜，無甚創獲，故許之衡《曲律易知》詆其「比較殊少，且多漏略」；乾隆年間周祥鈺等奉敕編纂的《九宮大成南北詞宮譜》凡八十二卷，卷帙浩繁，頗有集大成之勢，然於正襯、宮調、南北體式、詞格正變等方面皆有舛誤，難以作爲製曲、譜曲之準繩❻。

吳梅既深切體認訂譜之學是突破近代曲學困境、挽救傳統戲曲之重要課題，於是他花下十年苦功，在樊然殽亂、莫可究詰的曲海中，瘁心梳爬搜剔，歸整釐訂，使一般習曲治曲者不再望譜興嘆，而有定則可依。《南北詞簡譜》十卷，前

❻ 有關歷代曲譜資料概述，可詳參錢南揚〈曲譜考評〉，載《文史雜誌》第十一、十二期；俞爲民《宋元南戲考論》頁三六五～四四八，一九九四，台灣商務印書館。

四卷舉北曲三三二章，套式六十二例，按語三四一條；後六卷舉南曲八七二章，套式九十二例，按語六一六條，在前人研究成果的基礎上，對每支曲牌的曲文格律、曲譜聲律及唱演格範等，精覈考訂，辨析毫釐，以期達到明體式、知變通、別正誤的要求，使作曲、譜曲、度曲者有矩矱可循。而這番考訂歷程可說是艱辛備嘗，誠如他在一九三二年初稿序中所云：

> 文章有道，以南北詞爲最難，其間有定程焉。就其程而馳驅之，則律音諧而口齒合，否則鉤輈格磔，讀且不可，何有於歌？……蓋此事之難，北在整字句，南則別正集，元人散曲，文約而字簡，雜劇則多用襯字，句讀字格，從而紊亂，南詞集曲，日新月異，甲乙互勘，動多齟齬，梳爬搜剔，輒廢寢食，又北詞借宮，純在意會；而增句格式，迄無端緒，寧獻所錄，亦未得要領，南詞新舊板式，轇轕淆亂，不可究詰，而欲立一定則，爲學子導先路，此豈淺嘗者所能從事歟！

序中可見此譜每一曲例的揀選，每一按語的撰述，皆是先生「取諸譜彙校之」，加上本身製、譜、度、演的實踐經驗，而「斷以鄙意」，如此反覆思索，「時作時輟」地斷斷考訂，垂十載寒暑終底於成。

《南北詞簡譜》訂譜的對象，吳梅在序中表示，北曲以《太和正音譜》、《北詞廣正譜》為主，南曲以《九宮譜定》為主，並參酌《南詞定律》，因為這四本書「較為可據」。但他並非全然墨守舊譜，遇有滯疑處，則潛心尋繹箇中理則，所謂「至分合論斷，概出管見，雅不欲依附古賢，而於襯貼、正集、增句、板式之間，尤兢兢焉！」此種嘔心瀝血之審訂功夫，洵非淺嘗者所能從事。綜觀先生此譜之內容特色有：

一、錄曲以簡馭繁

一部詳贍出色的曲譜必然能給作曲、譜曲者帶來極大的方便，是曲譜之編訂，貴在繁簡適中，實用性高。觀夫歷代曲譜編撰之軌跡，係由簡趨繁，唯簡則每流於粗陋，而繁又易趨蕪雜，如何汰蕪存精，以簡馭繁，誠是編訂曲譜之重要課題。

周德清《中原音韻》所附〈作詞十法〉最後一法「定格」中，揀選當時常用曲牌四十四支，每支曲牌錄一名家作品以爲楷則，並標示平仄、對偶、正襯、韻位等曲文格律，錄曲雖精，然數目過少，難符後世作曲者之需。《太和正音譜》雖錄三三五支曲牌，數量增多不少，然僅列正格而無變格，使得原本可隨音樂旋律變化多姿的曲牌樣式，驟然定於一尊，成爲牢不可變的死式，填詞作曲者縱有驊騮獨步般的才情亦如幽桎梏，傳統戲曲似此，焉有生機可言！

是故此後曲譜撰作者率多踵事增華，羅列變格，使作曲譜曲者有較多馳騁才華的空間，如明·蔣孝《舊編南九宮詞譜》即有十支曲牌備列「么篇」，此類變格雖少，但畢竟是一種突破。到了沈璟編《南九宮十三調曲譜》時，即在每支曲牌的正格之外，另闢「又一體」，大量羅列變格，提供一般劇作家更多選擇的餘地。《九宮正始》在選曲方面雖窮源竟委，重視原文古調，但對常用變格之選取，鈕少雅在序文中表示「正宜多存廣載，而使撰者無束縛，歌者無揣摩」，尺度較沈璟寬而豁達。《北詞廣正譜》意在求廣，在不失主旋律與曲牌原有聲情之原則下，全譜廣收變格九一一種，遠超過原來的四四一種正格。《九宮大成譜》更是變本加厲，幾乎每支曲牌皆收變格，有的竟高達二十多種。由於編者廣採博收，其錄曲數量之多、體式之廣，皆前所未有，如南曲變格收一二六〇支，較《九宮正始》多三一八曲，北曲變格超過一千七百支，較《北詞廣正譜》多七九三曲，編者旨在廣備譜式，難免羼入許多失格舛律、不足爲法的曲文，造成「博而不精」的缺憾。

上述曲譜在羅列各種變格時，多未註明由正到變的發展軌跡，亦未指出正變異同之關鍵，使得繁複多樣的變格徒然成爲一種堆砌，對戲曲作家造成惑亂心目而莫知歸趨的不良後果。吳梅有鑑於此，面對錯綜複雜的諸多體式，運用歸納、演繹法加以釐析，將每支曲牌各種變格詳加比勘，選取最具代表性的一支作爲標準——「正格」，再尋繹諸多變格之衍化規律。如此抽絲剝繭，董理曲牌正變格之頭緒，既知其變，又能觀其會通，裨益後學匪淺。是故《南北詞簡譜》所錄每支曲牌皆僅列一正格曲文，但同時又在每一正格下，用按語註明常用變格之體式，如南黃鐘過曲〈黃龍袞〉曲收《荊釵記》「休將別淚彈」一曲，註云：「此〈黃龍袞〉之正格也。『背井』二句，有作五字、七字者，是爲變格，如《幽閨》云：『祇恐容易洵，（把）恩情心事都忘了。』此格亦通用。」北曲雙調〈梅花酒〉，《北詞廣正譜》列九格，《九宮大成譜》列十三格，而皆莫知正變，吳梅認爲「此曲之難訂正，可謂無以加焉。」他經過「再四探討」之後，才將張雲莊小令「年紀又半百過」一支確爲定格，並要學者「細心按讀元詞，當無甚不合矣！」爲了證明他的考訂精審，他特別將《北詞廣正譜》所列九格一一詳作疏證。浦江清對吳梅這種以簡馭繁的功夫推崇備至，他批評沈璟、李玉等人「於曲律祇知其變而不能觀其通，是以每個曲牌下，列了許多『又一體』、『又一體』的格式，令人目迷五色。先生用歸納方法，觀其會通，定出一定不易之格律來，使學者知所依歸。」❼不僅「又一體」如此，舊譜中不必要的「犯調」，先生亦刪汰許多。

對於實用性不高的曲牌，《南北詞簡譜》不予收錄。如卷七南曲道宮有〈薄

❼ 見浦江清〈悼吳瞿安先生〉一文，載《戲曲月輯》第一卷第三輯，一九四二年三月十七日。

媚破〉一首，吳梅因「傳奇、散套鮮有用者，故不錄」；又卷八大石調引子〈少年遊〉曲下註云：「余譜從簡，故不多列，即就此四支中擇用，亦足矣。」至於北曲譜常見的各種尾聲譜式如〈隨煞〉、〈隨尾〉、〈ｘｘ煞〉等，對實際創作無多大用處，因而吳梅於每一宮調內只收列一支〈尾聲〉或另加一支〈煞尾〉。如黃鐘宮內祇收一支〈尾聲〉，曲下註云：「此黃鐘尾正格也。」而「其他如〈隨尾〉、〈隨煞〉、〈黃鐘尾〉、〈神仗兒煞〉等名，皆見《廣正譜》，概不列入。蓋此等尾格，實爲文人狡獪，學者就此式作煞，已是合律，正不必多增字句，浪使才情也。」北曲曲調向有「死腔活板」之說，故其曲牌每見字句增損之格，吳梅爲免繁冗，只列正格，而未羅列其他增損之格，並在按語中將精心考訂之增損規律詳加註明，如卷二中呂〈道和〉曲下註云：「《正音譜》以此曲爲句字不拘，可以增損。余謂增損雖可自便，而格律須釐然不紊，非可亂次以濟也。因遍覽元明諸譜，定一格式如右。」又如卷三南呂〈玄鶴鳴〉亦屬句字可以增損之曲，先生於曲下註云：「此又名〈哭皇天〉，句字不拘，可以增損，周德清失註也。多在第五句（七字上三下四）前後，多少韻否，皆所不拘。」他如黃鐘〈刮地風〉、仙呂〈後庭花〉與南呂〈草池春〉、〈鵪鶉兒〉等，亦皆詳註其增損之格。如此以簡馭繁，雖未盡列諸多譜式，而該曲句字之增損規律亦粲若列眉。

綜觀《南北詞簡譜》所呈現之譜例，莫不以簡扼實用爲原則，這與吳梅「作譜之旨，在便利學者」（北曲黃鐘〈文如錦〉註）之宗旨有關。就曲譜發展史而言，《九宮大成譜》係由簡趨繁之濫作，而《南北詞簡譜》則是由繁趨簡之偉著，此「簡」非榛狉未啓之粗疏簡陋，而是繁華落盡，精蘊乃出之精鍊簡要。

二、合南北曲於一帙

我國古典戲曲主流如南戲、雜劇、傳奇等，其體製雖或有異同，然其所用曲調約可括爲南曲、北曲二類，故向爲作曲、譜曲、度曲者奉作矩矱之曲譜，亦僅北曲譜、南曲譜與南北曲譜合編三種形式而已。

在清康熙以前，始終未出現一部南北合編的曲譜，這在元代北曲雜劇以「振鬣長鳴，萬馬皆瘖」之態勢領文壇風騷，而早期南曲戲文猶僻居一隅的情況來看，南北曲譜分編是勢所必然。如專爲北曲格律而作的有《中原音韻》與《太和正音譜》；而專爲南曲格律而作的有《十三調譜》與《九宮譜》❽。事實上，傳統戲曲各劇種之間交互影響的力量是相當強大的，如宋元間著名的三種戲文，除時代較早的《張協狀元》之外，由於當時北曲雜劇勢居主流，其曲調漸次流傳到南方，以致《宦門子弟錯立身》與《小孫屠》皆有純粹採用北套之例❾，而每爲明清南曲專譜引爲格範的「傳奇鼻祖」《琵琶記》❿，也在第九齣丑（陪宴宮）自述墜馬時唱了一支北曲〈叨叨令〉，又在第十五齣末（小黃門）描述丹墀早朝情境

❽ 同時刊刻於元天曆年間（一三二八～一三三〇）的《十三調譜》較早，當出於宋人之手；而《九宮譜》較晚，可能出於元人之手，因其增錄許多曲調，且大都屬集曲。此二譜詳細內容之介紹，可參錢南揚《戲文概論》形式第五「第二章格律」。

❾ 《宦門子弟錯立身》第十二齣用北越調〈鬥鵪鶉〉一套，與《小孫屠》第七齣用北南呂〈一枝花〉一套皆屬純粹北曲套數。

❿ 有關《琵琶記》聯套格律爲後世取法情形，詳參拙著《琵琶記的表演藝術》頁一〇九～一一六，二〇〇一，台灣學生書局。

時唱了〈點絳唇〉、〈混江龍〉二支北曲。南戲、傳奇的聯套原較金元雜劇變化而多姿，在劇情需要時，往往會在南曲本身清峭柔遠，宜於訴情的基礎上，吸收若干勁切雄麗，宜於豪俠之北曲，藉以取長補短，使聲情豐富多樣，便於塑造腳色，營造戲劇氣氛。

因此編訂一部南北皆備的曲譜，無論就戲曲自然發展態勢，或就戲曲作家塡詞作曲之需而言，皆有其必要性。遺憾的是，有明一代以迄清初，諸曲壇名家如蔣孝、沈璟、沈自晉、范文若、查繼佐、呂士雄、李玉、徐于室、鈕少雅……等所編的曲譜，或僅爲北曲或僅爲南曲而著，各偏一隅，無法南北兼容，給予作曲、譜曲與度曲者使用上的方便。到了康熙年間，終於出現第一部南北合編的《欽定曲譜》，可惜王奕清等人奉敕編撰時，僅是北曲據《太和正音譜》，南曲據沈璟《南九宮十三調曲譜》抄錄，並稍加删節而已，可說毫無發明。更何況《太和正音譜》對曲牌考訂不精，或將一曲誤作二曲，或將兩曲誤爲一曲，或正襯紊亂，或句讀混淆，字句韻格律失誤處亦所在多有；沈璟之譜也存在著輕信坊本、妄改原文、版本失考等毛病，因此《欽定曲譜》之沿訛承謬，不足爲曲譜法式自不待言⓫。至於乾隆年間卷帙浩繁之《九宮大成譜》雖亦兼賅南北，但其錄曲博而不精，或正襯失於考訂，或南北互誤、異宮混調，且增體羅列而徒亂體裁⓬，又偏重歌唱，忽視詞作，這些都是造成劇作者作曲時的不便。吳梅於是合南北曲於一帙，精審考訂出詳贍準確之曲譜，爲作曲、譜曲與唱曲者帶來莫大的方便。

三、辨舊譜之正誤

曲譜之良窳，關係傳統戲曲創作、唱演之優劣，故其編訂是否審愼正確，向爲曲家所重視。而歷代曲譜紛然雜陳，或正襯互誤，或異宮混調，或板式參差，

⓫ 王季烈《螾廬曲談》第二章「論宮調及曲牌」末尾，舉例指出《欽定曲譜》之誤有數端：一、北曲正襯混而不分，二、脫字脫句甚多，三、收別體而失載通行之格，四、一曲之末誤聯他曲，五、絕不相同之曲，因牌名相同而誤作一調。

⓬ 見汪經昌〈吳梅〉一文，載於張其昀主編《中國文學史論集》（四），中央文物供應社。

令人莫知所從。吳梅於是瘁心考覈，多方參酌，撰《南北詞簡譜》以爲曲壇南針，該譜旨在就「前人爬梳未晰者，爲之一一辨正」⑬，故其辨正舊譜訛誤處甚夥，茲略舉數例條述如次：

(一)卷一北大石調〈伊州遍〉錄白樸所作雙漸蘇卿故事散套之支曲「爲憶小卿，牽腸割肚」，按云：「此調諸譜皆誤」，並指出《太和正音譜》與《欽定曲譜》句讀誤斷處，而《北詞廣正譜》亦犯了以正作襯之誤，先生於是加以辨正，故云「凡此皆前人之失，余得據以訂正者也。」

(二)卷二北中呂宮〈剔銀燈〉錄《漢宮秋》「恰才這答兒單于國使命，……更做道簫韶九成。」曲，按云：「此調配搭襯字，異常巧妙，洵是詞林宗匠，句法與南曲同。」先生並指出末句應爲四字句，唯《正音譜》作六字句，《幽閨記・走雨》折作七字句，皆使詞格失眞，《九宮大成譜》更增載成

⑬《南北詞簡譜》卷一北黃鍾〈綵樓香〉按云：「黃鍾宮內諸曲，如〈晝夜樂〉、〈文如錦〉、〈傾杯序〉及此曲，皆前人爬梳未晰者，余故爲之一一辨正焉。」

四體，先生謂「實即一格耳！」

㈢卷三北雙調〈亂柳葉〉錄商政叔散套「為才郎曾把曾把香燒」曲，按云：「此調增加襯字，非常美聽。與正宮〈笑和尚〉、〈叨叨令〉、黃鐘〈水仙子〉類，繁聲促拍，點綴殊工，作者須順其句調為之。第《正音譜》所收，字句多脫譌，《廣正譜》所錄，又正襯不清。余據《雍熙樂府》正之，而此調美處遂顯矣。」吳梅據《雍熙樂府》將此曲定字句、別正襯，以正《正音譜》與《廣正譜》之誤，亦使此調美聽處由是而顯。

㈣卷五南正宮過曲〈三字令〉，此曲之所以「聚訟紛紛」，蓋因諸譜所收，有《臥冰記》、《劉盼盼》，句法不同，叶韻平仄亦略有參差，且諸譜未分正襯，故多異說。先生乃潛心核對各譜所收曲文，鉤稽出《劉盼盼》「秋風曲」一曲以為正格，據此釐析「諸譜之誤，在以疊字作正文而已。」經過這一番考辨，「於是聚訟諸說，迎刃而解」。

㈤卷六南仙呂過曲〈河傳序〉錄《西廂記》「巴到西廂把咱廝奚落」曲，《董西廂》早有此曲牌名，但蔣孝作譜時未見，遂將它誤作集曲，題曰〈聚八仙〉，以爲集八曲所成。此外，諸多曲譜將首句皆作兩語，故仍多葛藤，先生認爲「不如將『把咱』二字作襯，前後無異之爲愈也。」而此曲板式，沈自晉譜有誤，先生乃依《南詞定律》訂正之。

㈥卷八南小石調過曲〈罵玉郎〉「我管底花香逗彩痕」曲，先生云：「此調有標名〈罵玉郎帶上小樓〉者，大誤也。試思〈罵玉郎〉爲南呂宮曲，〈上小樓〉爲中呂宮曲，如何帶得過去？況此曲聲譜完全南音，又聯在〈漁燈兒〉套，萬無改唱北詞之理。」指出〈罵玉郎〉是正曲而非帶過曲，是南曲而非北曲。

綜上所述，吳梅《南北詞簡譜》在編撰體例上以簡馭繁，只列一支正格作爲楷則，同時在按語中詳註常用變格之體式與北曲增損之格，講究實用簡便；又合南北曲於一帙，以資閱者比較之便並節翻檢之勞。在實際曲例之考辨上，亦能辨析舊譜之正誤，不爲各家之見所囿，使「舊譜疑滯悉爲掃除」（盧前《南北詞簡譜・跋》），浦江清盛讚先生之譜「較之李玄玉、沈璟輩精密數倍」，蓋良有以也。

參、《南北詞簡譜》之價值

古典戲曲之創作與敷演，其中關乎聲樂部分者，除存於當時唱演者唇吻之際外，往往有意無間爲治曲者錄存而成曲譜；而在欠缺錄聲設備的古代，聲樂之美早因年湮代遠而無法再現，唯獨保存、記載宮調、板式、旋律、唱法等聲樂實際內涵之曲譜，能使後人研究有跡可循，不再茫然不知歸趨，足見曲譜洵爲研究傳統戲曲聲樂之重要文獻。

而曲譜之價值即在於體現塡詞作曲之格範，保留唱演口法之規律，並對後世作曲、譜曲、度曲、演曲乃至治曲者具有指導與提昇作用。吳梅《南北詞簡譜》之價值若何？筆者擬就研究、創作與唱演等三方面分析如后。

一、度治曲以金針

古典戲曲藉著歌、舞、樂的融合無間，於氍毹間粲然登場，展現千姿百態的藝術魅力，攫住眾人忻慕的眼光，使得一般文學或藝術研究者不禁對它投以青睞。只是，近數十年來傳統戲曲的研究，大抵偏向戲曲史與作家作品的研究，而研究戲曲史者多半關注劇體演化、劇場形式、表演技術、服裝道具等外在事物之探討；研究作家作品者又多僅就時代背景、故事型態、修辭結構、理論批評諸方面分析。至於戲曲本體的核心問題，如關乎劇本寫作的曲文格律，以及關乎唱演的曲樂聲律，這類學問似乎已漸次出現斷層。誠然，缺乏這類基礎學問，一樣可以研究戲曲，但卻存在相當大的局限性。因爲戲曲不同於詩詞、小說、散文等一般案頭文學，它以音樂爲本位，以唱演爲歸趨，唯有結合案頭場上，才能對戲曲作完整的研究，何況我國古代戲曲理論從發展之初就形成了以曲詞寫作和演唱爲重心的實踐技術理論體系。這套學問如是重要，但一般治曲者苦無門徑可入，吳梅撰《南北詞簡譜》洵是頗爲實用的「金針之度」。

一般治曲者鑽研劇本，對曲牌本身的格律往往感到棘手，如每一牌調之字數、句數、句式、平仄、正襯、韻協、增句、正集等，舊譜所列每有異說，且分體煩瑣，常令治曲者茫然無所適從，吳梅之譜對此起了便於檢索的工具書作用。

如卷一北黃鐘宮〈喜遷鶯〉「更闌人靜」曲下註云：「元人作詞最喜增加襯貼字，往往本調止有若干字，而襯字反多於原格者，故讀元曲而僅從文理爲句讀，是不啻謬以千里也。即如此調，原止八句，而作者每以首末二語，各用疊語，如《長生殿·絮閣》折內『休得把虛脾來掉』、『我只待自把門敲』，皆用疊句，今遂牢不可破，非疊不可矣，此蓋就度曲家之便，而不知非法也。」先生指出元曲襯字常有喧賓奪主之勢，不可僅從文理來斷曲文的句讀，並揭示此曲正格，提醒治曲者不可爲舞台盛演不輟之名曲所惑，他接著在下文標註此曲可加襯字處，及宜注意之用韻與曲文四聲格律，令治曲者有準則可依。

〈九轉貨郎兒〉爲北曲重要套曲，然一般治曲者並未深究其格律，吳梅在卷一北正宮中列出第一轉正格，並將以下八轉所犯曲牌如〈賣花聲〉、〈鬥鵪鶉〉、〈山坡羊〉、〈迎仙客〉、〈紅繡鞋〉、〈四邊靜〉、〈普天樂〉……等詳明標出。其中第五轉連犯〈迎仙客〉、〈紅繡鞋〉二曲，吳梅稱「從來論者無有明白也」，甚至連爲《長生殿》斠律的著名曲家徐靈昭亦不知此轉犯了二支曲牌。其實，九轉中最複雜的要算是第八轉，按云「九轉中以此支最難校刻，緣其中句調雜出不倫，非如前七轉之犯全曲者可配合也。」他以李玉譜作根柢，再仔細鉤斠出此轉共犯了〈堯民歌〉、〈叨叨令〉、〈倘秀才〉三支曲牌，其中〈堯民歌〉與〈叨叨令〉還各犯了二次，更增加此調的複雜度，經吳梅逐一疏校，此套曲格律顯得容易許多。此外，在卷二北仙呂〈油葫蘆〉《西廂記》「情思昏昏眼倦開」曲按語中，先生因「此章作者固多，而每句變格，至有令人目眩者」，於是比對諸多劇本，辨明正襯而得出結論：「余前謂元詞襯字，反多於本調者，即此等處也。執簡禦繁，惟有照此曲比勘耳。」他於是歸納分析出正格，其他變格的正襯問題自然可迎刃而解。

綜觀我國古典戲曲劇本留存至今者不下數千種，但由於古代印刷技術不精及刻印者對曲學格律不甚熟悉，以致章句音韻訛誤、漏字錯字、正襯互誤現象頗多，治曲者若要整理、研究，自然得嫻熟曲文與曲樂格律方能勝任，誠如浦江清所言：「或謂曲律者，爲作曲而設。作曲之時代如過去，則曲律之書殆將覆瓿。不知戲曲在文字之美以外，尚有聲律。吾人即僅有志於讀曲，欲衡量古人之劇本，而知其得失，曲律研究終不可廢也。」而吳梅《南北詞簡譜》正是治曲者探求曲律之金針。

二、示文苑以楷則

古典戲曲的創作，除了情節關目的安排布置之外，它與小說最大的不同，就是必須考慮敷演問題，因而它包括腳色安排、音樂配搭、科介表演與穿關砌末等綜合藝術之運用；在曲文方面，除了詞采必須當行本色之外，它的格律如字數句法、四聲韻協、正襯對偶、曲牌定格等，皆較詩詞爲難。其中屬於劇情處理、腳色塑造、穿關表演與斟酌詞采等問題，作劇者只要多方揣摩、撰作，當可領略於心。至於屬於音樂配搭方面，如選宮擇調、安排套數、布置排場等曲樂核心學問，歷來曲家皆鮮少觸及，即或有之，亦但粗言梗概而已。近代李宣倜對此情形不無感慨，其《曲律易知·序》云：「樂律之事，本自伶倫，往往能了於心，未必能宣諸筆。精斯道者，亦復移於習俗，僅以自喻，不求喻人，以是文人撰曲，冥行索塗，動乖音律。」而屬於曲文格律方面，又患無詳贍曲譜可供遵循。這套專業學問，獨行摸索則不免迷失，閉門探究則或陷訛謬，雖耗時喪志而未必能竟其功，故晚清以降古典戲曲之創作鮮有措意其間者。

吳梅認爲僅從理論上闡述南北曲的創作及譜度規律，對實際的撰作仍嫌不足，必須從曲詞入手，訂下楷式，才能啓導後學，正如他所說的「立一定則，爲學子導先路」，於是他不殫煩瑣編撰了《南北詞簡譜》這部工具書性質的曲譜。在編排方式上，他以簡馭繁只列正格，將南北曲合爲一帙，詳辨舊譜之正誤，都是體貼戲曲創作者的作法。有關音樂配搭知識，該譜每支曲牌各有隸屬之宮調，而每一宮調末更詳附其常用之套數格式，至於南曲曲牌何者爲引子、爲過曲、爲尾聲抑或爲集曲，披覽斯譜即可了然於胸；曲牌之聲情、有無贈板，該譜亦詳列之，對創作時之選宮擇調、安排套數，具有莫大助益。

有關曲文格律方面，譜中亦時時標註闡釋。如卷三北雙調〈撥不斷〉錄張小山小令「抖征衫……利名全淡」曲，按云：「此調末句，無不四字者。《廣正譜》收東籬小令，末句云『醉眠時小童休喚』，以爲七字句，不知醉眠時三字亦襯也，此曲用韻甚嚴，可以爲法。」卷五南黃鐘宮引子〈西地錦〉錄《琵琶記》「好怪吾家門壻」曲，全曲共四句，按云：「此止第三句七字，餘俱六字。」卷六南仙呂宮引子〈紫蘇丸〉錄《幽閨記》「侯門宴飲來催赴」曲，七言四句，按云：「此支惟第二句是上三下四，餘俱上四下三。亦有通體用入韻者，不必從。」同宮引〈似娘兒〉錄《勸善金科》「雲路共翱翱」曲，六句四韻，按云：「第二句上三下四，第三句上四下三，切勿倒置，末二句可作扇面對。」由上述諸例可見吳梅對曲牌字數、句數、句式、用韻、正襯等格律之考辨功夫。至其所錄曲文詞采，又能在雅俗之間揀選當行本色之作，戲曲作家經由此點醒示範，則創作之繩墨亦可得矣。綜觀先生明示條例，昌大秘學，示文苑以楷則，俾後學獲此明燈，循徑通幽，得窺戲曲創作之堂奧，厥功可謂偉矣。

三、樹歌場之典範

魏良輔《曲律》嘗云：「唱曲俱要唱出各樣曲名理趣」（第十一條），如〈玉芙蓉〉等曲俱要馳騁，〈針線箱〉等曲要規矩，〈二郎神〉等曲要悠揚，〈撲燈蛾〉等曲「雖疾而無腔有板，板要下得勻淨，方好」。說明唱曲者不只是按曲譜工尺，用清亮嗓音唱出抑揚頓挫的旋律而已，必須將曲牌聲情嫺熟於心，唱曲能得其情，方足以感人動神。然而各樣曲牌的「曲名理趣」，歷代曲籍載錄無多，蓋因古典戲曲的拍唱技巧原本依賴口傳心授而得以薪傳不墜，此種傳授方式，曲界稱之爲「傳頭」[14]。吳梅具備豐富的訂譜、度曲與演曲經驗，其《南北詞簡譜》對此拍唱學問亦時有提示。

此外，前代曲譜在論述曲律時，往往抽離劇本原有的具體劇情，致使唱曲者按譜習聲時對曲牌聲情往往難以掌握。且腳色行當不同，其唱口聲情亦自有別，唱曲者宜「忠奸異其口吻，悲歡別其情狀，方能將曲中之意，形之於聲音之內。」[15]故吳梅《南北詞簡譜》在論述曲牌特性時，往往能結合實際劇情需要、曲牌聲

---

[14] 「傳頭」一辭，見吳梅村〈王郎曲〉「梨園弟子愛傳頭，請事王郎教弦索。」又〈琵琶行〉云：「盡失傳頭誤後生，誰知都唱江南樂。」

[15] 見王季烈《螾廬曲談・論度曲》。吳梅《顧曲麈談・度曲》之「曲情」亦承前賢諸說，主張唱曲宜唱出曲情。

情與腳色口吻，作貼切而詳贍的闡述。如卷一北正宮〈九轉貨郎兒〉，按語中指出此套曲傳至今日僅有《貨郎旦》、《義勇辭金》與《長生殿》三種。而以憲王《義勇辭金》較爲可據，且其第六、七轉與《貨郎旦》聲情、曲文格律皆異，故先生別錄此二曲，並註云：「若劇情舒緩，可用憲王六、七兩轉；若戲情緊急時，則仍用《貨郎》原格，不必如《鶴歸來》之字字摹倣洪昇也。」指出〈貨郎兒〉第六、七轉可靈活地按劇情需要揀擇不同的曲文格律。卷三中呂〈快活三〉曲下註云：「此曲首二句用快板，第三句用散板，第四句用慢板。蓋緊接〈朝天子〉慢唱，正北詞中抑揚緩急之妙，爲南曲所無。南曲始慢終急，遂一發不可收拾。北詞則始慢中急，急後復慢，而爲之過渡者，在中呂則〈快活三〉也。」又在中呂〈朝天子〉曲下註云：「此曲往往緊接〈快活三〉下，〈快活三〉快唱，此卻慢唱。」說明〈快活三〉唱時由快而漸慢，其下常接速度較慢的〈朝天子〉，是北曲套數中由快速過渡到慢速的重要曲牌。

卷三北雙調〈清江引〉按云：「此曲止用在饒戲中，大套內輒不聯入。試觀明曲，常有淨、丑登場，歌此曲一二支後，方唱大套者，實以代引子用耳。」闡述〈清江引〉具有引子性質，不適合入大型套數，而適合淨、丑口吻唱過場戲。卷五南正宮過曲〈錦纏道〉曲下註云：「此曲音調至爲悲壯，宜施老生、正末之口。」卷六南仙呂過曲〈番鼓兒〉曲下註云：「此調專用淨丑口吻，係快板曲，萬不可用詞藻。」卷八南小石調過曲〈駡玉郎〉按語指出此曲牌聲情「幽雋新逸，爲小石調中別開生面；即作快板唱，亦自冷雋可聽也；若用三眼唱，更佳。」用快板唱，將予人冷雋之感，若放慢速度用一板三眼，即 4/4 拍唱來，則更美聽。

此外，歷代舊譜所錄之散曲、劇曲，大都以元明兩代爲主，唯《九宮大成譜》成書較晚，而加錄若干清初宮廷戲如《月令承應》、《法宮雅奏》、《九九大慶》、《勸善金科》等。吳梅《南北詞簡譜》則汰蕪存精，既保留舊譜精華，又增錄當時舞台爨演傳唱不衰之名曲，如《長生殿》、《桃花扇》、《紅樓夢散套》、《帝女花》等皆是。就錄曲角度而言，《南北詞簡譜》既全且精，又特別具有時代性；而吳梅精覈謹嚴地考訂曲牌聲情、板眼、腔格等格律，尤可救正俗唱之訛陋，爲歌場樹立典範。

綜觀瞿安先生爲振興近代曲學，費十載心力所編的《南北詞簡譜》，「從創作南北曲看，它爲作者立下了標準模式；從研究和校點看，它是一部很好的工具書；從欣賞角度看，它又是一部很好的選本。」⑯它給予治曲、作曲、譜曲與唱曲者莫大的啓發，爲已呈衰弊的近代曲壇注入新血，帶來新氣象，無怪乎其受業弟子盧前爲此書作跋時，特別推崇道：「舊譜疑滯，悉爲掃除，不獨樹歌場之典範，亦立示文苑以楷則，功遠邁於萬樹《詞律》，宜先生之自矜重其書如此！」段天炯亦盛讚先生「曲學之能辨章得失，明示條例，成一家之言，導後來先路，實自霜崖先生始。」⑰洵非過譽。然而殊爲可惜的是，先生生前限於貲力，未能將此書鐫板。抗戰勝利後，門弟子等草率將原稿石印，竟將曲中先生所兢兢考訂之板式，悉予省略，誠屬近代曲學之一大損失。而如何恢復漏印之板式，或更進一步藉四聲腔格與主腔之擘研，爲該譜譜上工尺，將是有志於傳統曲學者所當研究的課題。

（原載一九九七年《第三屆近代中國學術研討會論文集》）

⑯ 見王衛民〈繼往開來，獨樹一枝——論吳梅先生在曲學研究上的貢獻〉一文，載《戲曲研究》一九九〇年七月。

⑰ 見段氏〈吳霜崖先生在現代中國文學界〉一文，載一九三九年四月十六日《時事新報》。

曲學上的拓荒補闕之作

——談錢南揚的《戲文概論》

一位眞正的學者，帶給世人的不只是學術文化的提昇，研究方法的突破，更是畢生盡瘁於學術的一種典型，錢南揚先生之所以令人感動正在於此。《戲文概論》是他晚年代表作，總結他一生研究成果，不僅塡補了中國戲曲史研究的空白，也標誌著南戲學科的確立。

治學目標、涵養與方法

南戲是我國戲曲史上第一種比較成熟的戲曲形式，自宋元至明初，它與雜劇、傳奇鼎足而立，對戲曲發展具有樞紐作用，但因源自村坊小曲、里巷歌謠，故被鄙爲小道，或明令禁毀，或任其散佚，長久以來乏人問津。明嘉靖年間，雖有徐渭爲它作《南詞敘錄》，但僅略記其劇目與產生因緣而已，並未引起重視。此後曲論家如王驥德、李調元、焦循等，雖嘗提及南戲，觀念亦多偏頗，姚燮《今樂考證》雖略涉本事與創作之考證，然論述亦未系統而全面。八百餘年的悠悠歲月，戲文一直蒙著神秘面紗，直到近代著名學者王國維，才又對戲文研究伸出新觸角，但當時由於《九宮正始》、《永樂大典》等戲文重要材料尚未大量發現，王氏的研究仍有許多侷限，如他雖意識到宋代可能已有戲曲，但文獻不足，他還是只有把眞戲曲的產生定在元雜劇上。錢先生也指出王氏考證的不足之處：「精深如王靜安，雖於《宋元戲曲史》論南戲淵源頗多創獲，而在《曲錄》中仍未爲南戲專立一目，卻把宋元南戲都誤入明無名氏傳奇之下。」（《宋元南戲考》，載《燕京學報》第七期）

由於南戲史料的湮晦不足與研究上的空白，致使戲曲史上對金元時期北曲雜劇如何能驟爾異峯突起，以及明傳奇如何能棼興蝟起、雄視曲壇感到費解。

一般曲論家甚至倒果爲因，認爲南戲是北雜劇流傳到南方後，南人聽不慣其嘈雜淒緊，才改而爲南戲，因而錢先生稱戲文的研究是我國戲曲發展史上「一個失去了的環節」，於是，他確立了一生的治學目標。家人有時曾揶揄他說：「你又不是抄冷貨，有什麼用啊！」他毅然回答：「做學問，拓荒補闕才有意義！」這種正確而崇高的治學目標，以及另闢蹊徑的膽識與決心，著實可佩。

單憑拓荒補闕的志願和決心來從事戲曲研究，有時還是不夠的。如王驥德何嘗不有「從世界闕陷者一修補之」的宏願，但他的鉅著《曲律》，在錢先生看來，仍有「強不知爲知」之憾。因爲戲曲不同於一般韻文學，它必須付諸氍毹，才能展現眞正的生命力，而深一層的曲理曲律問題，也往往有賴多年的拍唱乃至爨演方得以悟出。錢先生有幸早年在家鄉平湖即接觸擁有「百戲之母」雅譽的崑曲，學會了《琵琶記》、《荊釵記》等古典名劇的十幾齣戲，還粉墨登場飾旦角。上了北大，選修許守白的戲曲、劉子庚的詞史、錢玄同的聲韻學，之後拜師吳梅，延聘笛師曲師唱曲學戲更見頻繁，這些豐沛的習曲經驗，的確厚實了他的治學涵養，誠如他對學生的諄諄訓勉：「治曲不會唱曲，就如瞎子摸大象，只能觸及皮毛，而無法研究戲曲音律方面的問題。」他深諳瞿安先生「欲明曲理，須先唱曲」箇中道理，因而秉性雖質樸寡言，數十年來總是曲不離口。有了唱曲的涵養，不但使他日後的研究得心應手，更讓他晚年身羸病弱時，仍以哼曲爲樂，孜矻撰作，展現學術研究內在所蘊含的汩汩生機。

除了具備戲曲研究的內在涵養，掌握戲曲研究的核心問題之外，在研究方法上錢先生更得力於乾嘉學派「實事求是，無徵不信」的考證態度。由於中學英文老師是王國維的弟弟王國華，他有緣得識中國戲曲史學的開山之祖，從靜安先生那兒，他學到了清代乾嘉學派嚴謹的治學方法與西方學術的邏輯思辨法則，爲他日後在鈎沈輯佚、辨析考證上，打好縝密而紮實的基本功。然而王國維對戲曲藝術缺乏感性知識，也絕口不談音律聲腔之學，對戲曲僅從文學角度進行析評，不能說不是一短。在這方面，吳梅傳統曲學的精湛造詣，正可彌補此一缺憾，在作曲、訂譜、度曲、唱演等屬於戲曲本體方面的學問，瞿安先生給了他正確的南針與訓練，顧頡剛曾稱讚錢南揚「博通音律」，足見吳門治曲方法對他的深刻影響。

先生有幸得吳、王二家之長，且在方法上另有突破，他不僅埋首古籍資料、拍曲唱演，更實地從事艱苦的田野調查工作。《宋元南戲百一錄．小記》嘗云：「年來車驅南北，塵泌短衣，作輟靡常，遷延八稔。」「嘗三至蘇州，一至北平，以搜求資料。」更曾遠赴閩南考察目前依然流行的古老劇種莆仙戲、梨園戲等，企圖從劇目、曲辭、表演等多方面，尋繹搜求宋元戲文的遺響。行萬里路的豐富閱歷與實事求是的態度，確使他的學術著作躋於「不立空言」的境界。

《戲文概論》的內容

《戲文概論》在寫法上別創一格，不同於一般的戲曲史，也非單純的評論文字，而是融合史料、曲論、小說筆談等資料，作一番考證與析評的功夫，立論嚴謹而樸實，文筆省淨而剴切。全書分引論、源委、劇本、內容、形式與演唱六大部分，凡十九章廿四節，計有十八萬一千餘字，茲條述如次：

引論第一

我國古典戲劇在定名方面，或據地名，或據性質，顯得頗不一致，即如戲文一種，出現在古代戲曲典籍中就有八種不同稱呼，錢先生開宗明義為求正名，於是旁搜遠紹、條分縷析，認為「戲文」這名稱係專為此一劇種而起，其產生時代較諸「南戲」、「溫州雜劇」、「永嘉雜劇」等為早，又兼採北曲，不宜但稱「南詞」，且其後流布甚廣，非僅侷處溫州（永嘉）一隅，故不宜再以地名呼之。至於「鶻伶聲嗽」顯得過於生僻，「傳奇」一詞則又過於浮濫，因而定「戲文」為此一劇種之正式名稱。

其次，在探討戲文產生發展之因素時，他放棄了以前較為片面的說法：「大概在南渡前後，南戲已流傳到現在的杭州，經了文人的參加、貴族的提倡，於是南戲大行。」（《宋元南戲百一錄・總說》），而從政治、文化、經濟諸方面，考察北宋末年溫州一地在兵燹四起、江南凋瘵時，能因偏處浙江東南而倖得「寧靖的環境、文化的基礎」，加上對外貿易的擴展，使戲文得以擁有優渥的發展條件。而唐宋古劇如何在歌舞、說白、科範與思想方面刺激戲文的發展，先生皆有一番詳盡闡述。

源委第二

南戲的發生時代，歷來說法不一，錢先生經過翔實的考證辨析，放棄早期《宋元南戲百一錄》所持「宣和間已濫觴」的說法。他根據祝允明《猥談》所載「趙閎夫榜禁」這一線索，查閱《宋史》，發現趙閎夫與宋光宗年齡相近，當時之所以榜禁，必然是戲文已蔚爲大國，流布外地，足證《南詞敘錄》所示「南戲始於宋光宗朝」有誤。又《猥談》所云「南渡之際，謂之溫州雜劇」，當是戲文已由溫州擴展流行至杭州等地，才有如是稱呼，因而肯定戲文之發生，應遠在宣和之前。這一番考證功夫，樸實無華但卻深中肯綮，推翻了《南詞敘錄》與《猥談》諸般臆說。

從戲文流行區域的擴展，錢先生發現南宋時戲文已陸續傳入福建，從題材、文辭與曲調之比對，可以肯定梨園戲、莆仙戲實淵源於戲文。對戲文三大聲腔——海鹽、餘姚、弋陽腔的特色與發展，先生也有一番明晰的勾勒。如從海鹽到崑山，由於崑腔發展到明中葉之後，雄霸曲壇達三四百年之久，其格律較諸戲文嚴整而細密，故由戲文劃然別出而為明清傳奇，他如餘姚腔則變化為青陽腔，弋陽腔則演進而為南京的四平腔、北京的高腔與河北、湖南等地的高腔，其傳衍脈絡皆有迹可尋。唯先生認為「滾調」是餘姚腔系的特色，弋陽腔不該有。但據王驥德《曲律·論板眼》云：「今至弋陽、太平之袞唱，而謂之流水板，此則又拍板之一大厄也。」明葉憲祖《鸞鎞記》第廿二齣亦載：「（丑）他們都是崑山腔板，覺道冷靜。生員將（駐雲飛）帶些滾調在內，帶做帶唱何如？（末）你且念來看！（丑唱弋陽腔帶做介）……（末笑介）好一篇弋陽！文字雖欠大雅，到也熱鬧可喜。」清劉廷璣《在園雜志》又云：「舊弋陽腔乃一人自行歌唱，原不用眾人幫合；但較之崑腔則多帶白作曲，以口滾唱為佳。」且弋陽腔北支之京腔，於清中葉百餘年間亦仍保有滾唱現象。由上述諸多記載看來，弋陽腔添加滾調唱法由來已久，故先生斯說誠有待商榷。

劇本第三

戲文源自民間，其劇本多賴師徒輾轉摩鈔，原無刻本傳世，故流傳不廣，加以明代文人視之爲小道，或聽其散佚，或妄意改竄，致凋零殆盡。錢先生對戲文抱有補闕之志，故自一九二四年起即苦心孤詣地進行輯佚與搜集工作，吳瞿安先生「奢摩他室」、「百嘉室」的藏弆之富，使他有機會飽覽群籍，其後南北奔波搜訪，亦多有所獲。他將典籍著錄的二百三十八本戲文詳明列出，稱之爲「一篇總帳」，再詳細稽考其存佚情形，發現存者竟不及十分之一，其中又分保持戲文原來面目與經明人修改兩種；至於失傳者，有佚曲可錄者凡一百三十四本，完全失傳者則有一百一十九本。至若明人戲文凡四十二本，先生亦簡扼條述。此部分可見先生乾嘉學派鈎沈輯佚、縝密考證的功夫非常紮實，所述戲文總帳粲若列眉，令讀者一目了然。

內容第四

戲文題材極廣，舉凡正史、時事、唐宋傳奇、民間故事、道經佛典，靡不包括在內。錢先生首先予以分類，並指出由於時代相近，戲文在內容方面與宋元話本、金元雜劇多有相互取資的現象。而在諸多題材中，又以反映婚姻問題爲最多，佔三分之一以上。

戲文三種《張協狀元》、《宦門子弟錯立身》、《小孫屠》的本事、思想與人物塑造藝術，錢先生皆詳明闡述。對於內容與格律引起最多爭論的《琵琶記》，則專立一章討論，他認爲蔡伯喈的形象，正反映元朝知識份子苦悶的心情與窘態，層層剖析，抉幽發微，看法獨到而犀利。至於格律方面，他從聯套之妥貼、字格句格四聲之得宜、用韻之自有格範等方面，肯定《琵琶記》格律之整飭謹嚴，並對明人將高則誠「也不尋宮數調」一語誤解成「無宮可尋、無調可數」予以駁斥。至於明人曾改動的《荊》、《劉》、《拜》、《殺》戲文四種，其故事內容、人物形象與改動情形，先生皆簡扼條述。

綜觀「內容第四」部分，由於涉及劇本內容、主題思想與人物性格方面較多，因而在錢先生洗鍊的文筆下，不時出現階級鬥爭等觀念，這當是社會主義下一種不可免的意識型態罷。

形式第五

戲文的形成，錢先生分結構與格律兩章來寫。在談結構時，他對戲曲的演變舉了兩個重要的實例：一是早期戲文開頭的四句韻語，稱爲「題目」，它除了總結劇情大意之外，還有用來張貼廣告以招攬生意的實用價值，並非如《南詞敘錄》所言由副末上場所念；但到明朝中葉，劇本結構有了改變，題目取消了，才改由副末在念完開場白之後，多出四句由題目變化而來的下場詩。二是宋元戲文只分段落，到了明人手裡才分折、分出。至於宋元雜劇的「折」，是以腳色爲標準，明人則以套數爲標準，同樣稱「折」，涵義卻有不同。有關出與齣（或齣）、折與摺之間，在書寫上的傳衍關係，先生亦有詳明闡釋。

格律一章，可見先生傳統曲學造詣之深厚。對歷來含混糾葛的宮調問題，如宮調之數目、名稱、作用與性質，如何隨時代遷變，他作了一番釐析與廓清的功夫。唯先生將中樂古七音、俗七音與西樂七音列表作對照時，把工尺譜的「合」與西樂do作對應，採用的是舊音階形式，然自第六世紀迄今，新音階形式——即將「合」與西樂低音的sol作對應——已普遍用於民間音樂與外來音樂，如朱載堉《律呂精義》、胡彥昇《樂律表微》、沈綰《琴學正聲》、王坦《琴旨》、淩廷堪《燕樂考原》與吳梅《詞學通論》等書，皆採此說。新舊音階之差異與音律、樂器種類、移調記譜等有關，關鍵在於首音移位，並未改變工尺譜各半音關係位置之實質，但就使用習慣而言，目前仍以新音階形式較爲一般所接受。

有關引子、過曲與尾聲的曲牌性質與聯套格律，戲文與明清傳奇在運用上如何由粗疏邁向謹嚴，他都深入淺出地予以剖析，引證闡理非但較許守白《曲律易知》詳贍，且較舊稿《漢上宧文存·曲律簡說》深密許多。

演唱第六

錢先生具有舞臺爨演的實際經驗，因而對戲文從劇本產生到付諸場上搬演的整體過程特別關注，所論亦別具隻眼。如編戲的書會才人、演戲的劇團、作戲的演員、配戲的樂隊以及戲臺、行頭、化妝、科範等，都作了一番細緻而翔實的介紹。尤其從藝術造詣高低的演變，探討演員行戾之分的歷史，由劇團人數的改變考證演員與腳色的關係以及腳色名稱之沿革等，都頗具學術價值。而在論戲文唱唸字音時，他認爲《中原音韻》所謂「入聲以平聲次第調之，……閉口「緝」以「侵」，至「乏」以「凡」九韻，逐一字調平、上、去、入，必須極力念之，悉如今之搬演南宋戲文唱念聲腔。……（沈）約之韻乃閩浙之音。……南宋都杭，吳興與切鄰，故其戲文如《樂昌分鏡》等類，唱念呼吸，皆如約韻。」的看法有問題，他覺得宋朝唱戲文用的是吳浙之音，其中並無閩音存在。事實上，戲文由北宋宣和以前民間社火的「村坊小曲」萌芽起，不斷吸取各種表演與說唱藝術芳華，南渡之後逐漸在東南沿海地區蔚然興盛，而這也是錢先生所肯定的（見「源委第二」）。且據劉念茲《南戲新證》（一九八六年北京中華書局）考查，南渡後福建一地人口驟增近八十萬人，戲文由是南移而大盛，甚至在光宗朝遭到朱熹、陳淳的禁演，與浙江趙閎夫榜禁幾乎同時，戲文之鼎盛於閩地可見一斑。而浙南溫州、平陽等地，因與閩地接壤，迄今仍有閩方言的地盤，故宋代戲文中除吳浙等方音之外，其有閩音存在本是極爲自然的事，何況周德清所強調的戲文唱唸須四聲分明，尤其閉口音之講究，皆屬閩地方言之特色，故錢先生所論或可商榷。

綜觀《戲文概論》一書，雖有若干待商榷處，然微疵未足掩瑜，錢先生論述全面，引證翔實，辨析明確，全書引用書目計有二百二十七種，尚不計《十三經》、《廿五史》、諸子以及《古本戲曲叢刊》所錄之劇本，是書凝聚其一生心血，稱得上是研究曲學的必讀之書。

成就與影響

學術研究成果與學術地位的肯定是從無僥倖獲致的，在雜亂的時代尤其如此。錢先生生當清末（一八九九），國事蜩螗，壯盛之年，抗日戰熾，萬卷圖書、積年文稿均毀於兵燹，待晚年學術漸臻顛峰時，又遭逢文革摧斲，若無終身奉獻學術的信念與過人毅力，是難以克竟其功的。

錢先生的研究歷程，約可分爲三個階段。在北大求學時期（一九一九～二五），他即利用課餘研究當時鮮受重視的謎語，從浩繁的資料中逐一考索，把這民間文學從先秦以迄晚清理出一條清晰的演變軌跡，一九二八年《謎史》在廣州出版，被學界譽爲「別具隻眼」，具「首創之功」，是中國學術史上第一本，也是迄今唯一的一本《謎史》。有了這層爬梳資料、考辨問題的經驗與訓練，一九二四年又開始投注心力研究湮晦已久的民間文學——宋元戲文，二九年發表了〈宋元南戲考〉，是近代南戲研究史上第一篇學術論文，這是他學術生涯的第一階段。

北大求學時，他趁暑假赴蘇州訪師吳梅以習曲，不但飽覽其豐富的藏書，更得其親授曲譜、曲韻、曲律之學，因此這些難得一見的明清曲譜，除了幫助他鈎輯戲文佚曲之外，由於他明瞭戲文的體局與聲律格範，更使他得以校訂戲文劇本的脫衍舛誤現象。一九二九年至三四年是他研究生涯的第二階段，一九三四年燕京學報專號出版的《宋元南戲百一錄》是此期代表作，書首的〈總說〉分別將南戲的名稱、起源和沿革、結構、曲律、文章、名目等六方面作了初步的系統論述，使人對南戲的實質內涵有了清晰的輪廓。而在輯佚的過程中，他還體貼地將每本戲文的本事、存佚與演變情形，作一番稽考，使讀者雖僅見數支佚曲，亦能想其劇情大概。

一九三四年之後，是先生學術生涯的第三階段，在這段期間，雖雜亂踵至，但由於以前的學術根基深厚而紮實，故其研究頗見跬步千里之功，不但內容擴大、層次加深且自成體系。在作品輯佚方面，一九五六年連續出版《梁祝戲劇輯存》與《宋元戲文輯佚》兩種，尤其後者更見功力，在《百一錄》發表的第二年，北京發現了徐子室和鈕少雅合編的《南曲九宮正始》，此書徵引宋元戲文凡七百三十餘支佚曲，爲戲文研究帶來新契機，錢先生於是對《百一錄》進行增補與修訂，在數量上由原有的四十五本擴增爲一百六十七本，內容上《百一錄》曾誤收的明清傳奇曲文，如沈璟《十孝記》誤作南戲《王祥臥冰》、李玉《太平錢》誤作南戲《朱文太平錢》，這些舛誤在《宋元戲文輯佚》中都一一作了修正。在曲律方面，有〈曲譜考評〉、〈南曲譜的源流〉、〈論明清南曲譜的流派〉（一九六四）、〈曲律簡說〉等；在聲腔方面，有〈魏良輔南詞引正校註〉、〈湯顯祖劇作的腔調問題〉等，以上三篇皆收於《漢上宧文存》（一九八〇）；在古典戲曲的整理校點方面，有《元明清戲曲選》（一九三七）、《湯顯祖戲曲集》（一九六八）、《永樂大典戲文三種校注》（一九七九）與《元本琵琶記校注》（一九八〇）、《南柯夢記校注》（一九八一）、《宋元明清戲曲詞語匯釋》等。在錢先生諸多著述中，尤以《戲文概論》（一九八一）最受矚目，被譽爲集南戲研究之大成，學界盛讚此書撰成之不易，稱它「並非有資料就可寫成」，無怪乎先生不在意他書，而只關心此書之是否付梓，與吳梅對經歷十載撰成的《南北詞簡譜》具有相同的心情。

錢南揚先生一生淡泊名利，做學問與追求眞理是他生命的主旋律，除此之外，他無暇亦無心攀緣，故雖年逾五十，他仍在中學當國文教員，卻從無半句不遇之言，抗戰逃難時，白天教書，夜晚燃煤油燈撰述，文革期間，白天到「牛棚」參加改造，夜裡捧出未被抄走的舊稿繼續奮戰，包括改寫《戲文概論》與修訂《永樂大典戲文三種》，亦始終未露半點恓惶之色。在風雨飄搖的歲月裡，他能秉持一介書生本色，造次顚沛必於是地從事研究工作，這種六十年如一日、鍥而不捨的研究精神，焉不令人爲之動容！中山大學王季思教授稱先生「是一個老老實實做學問的人，受多大的委屈他都不說話！」著名戲劇學者胡忌也曾慨言：「作爲戲文研究的一代奠基人，首先應是有這種稱爲研究者而當之無愧的人。」他們都是深識錢南揚先生的治學態度與人格風範，而有如是的評，由此我們也可以看出，一代曲學典範的學術成就與人格的息息相關。

（原載《書目季刊》第卅一卷三期一九九七年十二月）

自成體系，獨見迭出

——談洛地的《詞樂曲唱》

生命原本就是不斷發現和重新認識的過程，讀畢戲曲名家洛地先生的《詞樂曲唱》（人民音樂出版社，一九九五年初版，三七四面），更加深了我這層體悟。我國古典戲曲因著歷史的積累而成爲高度綜合的文學和藝術，它幾乎囊括所有的文學體裁和書畫藝術。清・孔尚任《桃花扇・小引》曾言：「傳奇雖小道，凡詩、賦、詞、曲、四六、小說家，無體不備。至於摹寫鬚眉，點染景物，乃兼畫苑矣。」這項「無體不備」的藝術，需要文學家、音樂家與表演藝術家三者密切配合，才能圓滿完成，體現本色，誠如吳梅所言：「余嘗謂歌曲之道有三要也：文人作詞，國工製譜，伶家度聲。」（新定《九宮大成南北詞宮譜》敘）然而自晚清以來「歌者不知律，文人不知音，作家不知譜」（吳梅語），傳統曲學漸趨式微，洛地先生對此亦不無深重慨嘆，他在書首特別指出「近百年來文、樂、戲三歧」，文士不懂音樂，樂士不聽戲曲，戲士不搞文史，三士各分其家，似都無可指摘，結果卻苦了我國民族文藝。爲此，他深心撰述《詞樂曲唱》，冀望引起文、樂、戲三界關注，對我國傳統曲唱、詞樂的構成能有一番深切的體認，俾此民族文藝瓌寶不再僅是遺產，而能振興有望。

壹、撰述格局　自成體系

洛先生的研究向來是獨出機杼而自成體系的，《詞樂曲唱》依然展現原有的學術風格與特色。全書分上下編，上編「曲唱」，横向剖析曲唱的構成在韻、板、腔、調，作者深密地從聲韻學、譜曲學、度曲學、樂律學諸方面，配合圖表、譜例作詳盡的闡述；下編「詞樂」，縱向探究由曲子到律詞，再由詞唱傳衍爲曲唱的曲折歷史進程，上下縱横互補，脈絡井然，撰述體局擺落一般研究窠臼，徵引文獻亦多避俗套。作爲研究詞曲唱論的專著，作者自然將著眼點放在「唱」——文與樂的結合之上，從而分析我華夏民族的「唱」可大別爲二類：一是「以樂傳辭」，屬於民間的，具有定腔（固定旋律）而可塡唱句式平仄不拘的文辭；二是「以文化樂」，屬於文士的，將（律化詞曲）文辭的句字平仄化爲音樂，構成旋律，換言之，即依字聲行腔。而貫串全書論證的，正是「以文化樂」觀點的提出與強化。實則這兩類文與樂和結合方式，自六朝以降，不乏之論述❶（一般稱「倚聲塡詞」與「因詞製樂」兩種），只是造語略嫌模糊且欠深

---

❶ 南北朝沈約修《宋書》云：「凡樂章、古詞……諸曲，始皆徒歌既而被之弦管，又有因弦管金石，造歌以被之……」唐元稹《樂府古題．序》提及自《詩經》、《楚辭》之後，詩流爲二十四品，其中「操、引、謠、謳、歌、曲、詞、調……八名，皆起於郊祭軍賓吉凶苦樂之際。在音聲者，因聲以度詞，審調以節唱，句度短長之數，聲韻平上之差，莫不由之准度。而又別其在琴瑟者爲操引，采民甿者爲謳謠，備由度者總得謂之歌、曲、詞、調，斯皆由樂以定詞，非選詞以配樂也。」又言：「詩、行、咏、吟、題、怨、嘆、章、篇……九名，皆屬事而作，雖題號不同，而悉謂之詩可也。後之審樂者，往往采取其詞，度爲歌曲。蓋選詞以配樂，非由樂以定詞也。」孔穎達云：「初作樂者，准詩而爲聲，聲既成形，

究，洛先生獨具隻眼特意拈出，爲全書架構出鮮明的立論體系。

貳、深諳曲律　理實兼備

上編「曲唱」，作者首先由歷史發展軌跡肯定近百年來「曲唱」之格範僅存於崑劇唱中，然並非每個崑班皆能作曲唱，從而提出唯有能掌握或學得明代曲聖魏良輔乃至清代葉堂等薪傳不墜之「水磨正音」者，方是「正崑」❷，方能體現「曲唱」之本色，尤其揭櫫清曲唱（清工唱法）爲曲唱之最高水平所在，頗能切中目前習崑而爲俗伶所誤之時弊。正確觀念建立後，洛先生開始仔細釐

須依聲而作詩。」宋郭茂倩《樂府詩集》稱「因歌而造聲」，「因聲而作歌」，明末顧炎武亦稱「古人以樂從詩，今人以詩從樂。」

❷ 洛先生於一九八一年撰《周傳瑛傳》時，曾揭櫫「正崑」理念，與之相對者謂之「草崑」，唱演較無格範，今曲界正、草之說已漸風行。

述「曲唱」之構成主要在四方面：

一、「韻」——曲唱的字音在「識字辨聲，明韻知律」

曲唱既是「以文化樂」、「依字聲行腔」的唱，則識字正音自然是第一要求。爲此，作者運用聲韻學，簡扼地就歷代曲韻專書析論曲唱字音之聲、韻、調，間亦述及今古音、中州韻，乃至南北合套之發展脈絡。在論述過程中，洛先生深具慧眼提出「明中下葉，曲論家如雲如林，其中比較最切實、眞懂曲理、並比較最有水平的是沈寵綏。他比有些如王驥德高多了。但如今研王者眾、知沈者稀，是亦近世來『文、樂』兩歧的緣故所致。」筆者亦深感沈寵綏遠承元代周德清戲曲音韻之開拓遺緒，踵繼魏良輔之度曲精粹，於中國戲曲派聲韻學誠具承先導後之樞紐作用，然一般研究漢語音韻學史者，卻鮮少注意到他，而治曲者亦多苦於音理之僻奧而未遑深究其書，致今沈氏在聲韻學界與曲界始終未得到他應有的地位❸；至於王驥德之《曲律》，雖能總結前人治曲成果，論述全面，組織嚴密而又自成體系，然而若進一步仔細分析，即可發現其書無論度曲、作曲、譜曲與批評等方面理論，仍有頗多謬誤與不足之處。❹

二、「板」──曲唱的節奏在「板以點韻，板以分步」

板是用來點定韻位、分出音步的，板式關係整首曲調節奏之快慢，故製譜之法首在點正板式，作者此章以最平實的方法分析奇、偶言之板位，且不避煩瑣地以實例詳述各種板式之正格與變化，對實際打譜之點板具有揭示作用。其中對「贈板」之詮釋尤佳，曲界一般對贈板但知其然而未知其所以然，作者站

❸ 有關沈氏音理、曲學之內涵與論評，詳參拙著《沈寵綏曲學探微》，一九九九年，（臺灣）五南圖書公司。

❹ 詳參楊振良《王驥德論曲斟疑》，一九九四年，里仁書局。

在拍曲的實際，批駁諸多臆說，明白表示贈板之板，係有板之聲而非板之位，即它原非正板而是爲給司板者與唱者方便而饒送的板。

三、「腔」——曲唱的旋律在「字腔過腔，組成腔句」

在我國單音節的語言特質裡，每個字音本身就蘊含抑揚頓挫的自然旋律，因而具有相當高的音樂性，如平上去入四聲若再各分清濁，則有八調以上之多，而每個字調各有其腔格與口法。曲唱既擁有如是豐厚的語言基礎，在唱唸或譜腔上，自然要求語言旋律與音樂旋律能密切配合，如此作曲者不舛律，唱者不拗嗓，聽者當然也就能「耳聞即詳」，不至於會錯音義。四聲腔格之說，自元迄今闡述如林❺，洛先生更在前賢基礎上，別具隻眼地提出曲唱之行腔有字腔、過腔、潤腔之別，「字腔」是根本特徵，按四聲腔格，故不可扭失；「過腔」

❺ 詳參拙著《曲韻與舞台唱唸》第三章之「四聲腔格」，一九九七年，里仁書局。

則是從魏良輔《南詞引正》「過腔接字，乃關鎖之地」、「過腔難」中體悟而出，誠如作者所言「在魏良輔之後，四百年來，可以說沒有人再提到過、注意到(有一個)過腔。」它是字腔與字腔之間銜接過渡之旋律片段，故不可唱得過實，亦毋須賣弄。明白「過腔」之實質內涵，則可洞悉現今學者解說「四聲腔格」時，無端增添「又一式」是何等無稽與徒亂心目，又唱者縱音色宏亮，但若未能掌握過腔與字腔之虛實關係，則仍未諳曲唱三昧，作者之闡述頗能繩繼魏氏「聽其唾字、板眼、過腔得宜，方妙，不可因其喉音清亮，就可言好。」底遺意。至於「潤腔」乃屬口風、唱法之華彩修飾，而「結音」當以腔句字腔盡吐而徹滿之結煞音作判斷，以及「集曲」產生之緣由，作者皆詳予辨明。

四、「調」——曲唱的用調在「笛色七調，適應音區」

在音韻學上、文體學上，尤其是音樂學上，「調」之指義既多又糾葛難辨，洛先生特於此章作一番科學而簡要的梳理。西潮東漸，近四、五十年來，曲壇奏樂多風行非平均孔的「十二律改良笛」，與傳統平均孔之曲笛迥異，作者深富中西樂律素養，於是深入淺出地介紹傳統笛律，即平均七律，亦作者所謂的「自然七律」，並製表指出笛管七孔聲十一音律在各笛色中的詳細位置，闡示傳統宮商角徵羽五正音與西方十二律間的毫釐之差，而這層體認，在我國民族民間音樂之探究中，無論理論或實際皆有其重要意義。

在曲唱的實際用調中，作者指出清曲唱原不拘調高，且同一曲牌，細口之用調常比闊口高一個調；若某一唱段中，細口與闊口互相接唱，在不能更換調高時，便在用音即行腔上予以區別，通常生旦之音區較淨末來得高而寬。接著作者深密地從音樂體式學考察，剖析「曲唱」直到現今，在音樂上尚未發展到推求樂式、樂體的階段，因此對不同調高的連接、輪轉，也就只能處於「自然」（自在）的狀態。尤其我國的樂器，其散聲（筒音）占其所能奏出的所有樂音中最爲重要的地位，因而《牡丹亭・尋夢》的首曲〔懶畫眉〕是六字調，接下來的〔惜花賺〕是凡字調，在舞台實際演出時卻往往不唱，而直接唱第三支曲牌〔忒忒令〕（小工調）。一般研究者率抵認爲〈尋夢〉前十支曲牌皆旦（杜麗娘）所唱，唯次曲爲貼（春香）所唱，易打斷整個排場氣氛，故略而不唱。洛先生就南曲換調習慣，以譜例詳細比對出〔懶畫眉〕之後換接〔忒忒令〕，比接〔惜花賺〕來得通順而自然，主要由於新調〔忒忒令〕之銜接始於筒音，再者，若堅持要唱〔惜花賺〕，則演出時往往不換調高，而改用首曲之六字調，以求自然便利。凡此在在看出作者深諳舞台藝術規律，故每能將傳統曲論中的學理結合實際唱演，而達到理實兼備的理想研究層次。

參、章明慮周　獨見迭出

下編「詞樂」，作者由「曲子」之不律對比出「律詞」之有律，再由「詞樂」內涵貫串、迴溯上編「曲唱」精神，末尾探究宮調之實質與運用，層層遞進，章明而慮周。茲將各章梗概條述如次：

第一章「詞唱——以文化樂的唱」

作者先通過對「以樂傳辭」定義之解說，舉例分析早期「曲子」之類型，並條列辨明「曲子」與「律詞」之間質的轉化與差異，再就史料、文籍中「律詩入曲」與「曲辭用律」等記載，考覈律詞產生之緣由與過程。重要的是，一般認爲詞發展到南宋，因與民間新聲斷絕關係而走向沒落，作者卓然指出南宋律詞，無論在「文」或「樂」兩方面皆有「質」的提昇與躍進，在文體上，典型的「慢」體——「換頭雙調」已然完成，且各詞調亦趨於規範；在詞唱上，張炎、姜白石等論述，已達到「辨聲、明韻、反切、知律」的層次，擺脫早期隨意性的「吟」、「詠」而趨向某種規範的階段，與明代魏良輔《南詞引正》所論遙遙相契。

第二章「從詞樂看南北曲」

由於作者對向來備受鄙視的南曲特予關注，多年潛心研究發現凡南北曲同有的曲牌如〔林裏鷄近〕、〔一枝花〕、〔五供養〕等，曲界從來認爲首先是北曲，是南曲吸收了北曲，而事實證明它們原先都是南曲，且元曲雜劇受南宋戲文影響之處尤多❻。南曲來自民間，由於它採方言韻，常以曲代言，單曲連用時句式近似，又一曲可由多人分別接唱或合唱，因而作者認爲它是「以樂傳辭」、有「定腔」的急曲子，至於南曲中呈現詞調的不同情形，作者亦作了深入而中肯的剖析。有趣的是，由於蒙元統治，南曲與律詞在爲北曲「奉獻」無數養料的同時，自身險被壓倒、呑沒，直到明中葉，江山易主的大環境，戲文在民間孳長，諸腔蓬興，才引起文士層的注目與介入，從而竄升爲集大成的民

❻ 詳見洛先生《戲曲與浙江》第二章「元曲雜劇」，一九九一年，浙江人民出版社。

族戲劇——傳奇，而原本訛陋、樂與字聲不應的南曲劇唱也上升爲「字清、腔純、板正」的「今曲唱」，作者饒有興味地道出「歷史有一種奇異的補償」。

至於北曲的發展，作者在分析北曲曲牌的三種類型後，由元代奉宋代十首詞調爲「大樂」，及當時歌姬角妓之擅唱「慢詞」，「抑揚高下，聲字相宜」、能「尋腔依韻……審音知律」、「當年雅音，低唱還好」，說明南宋「詞唱」之依字聲行腔，在元初猶存於某些由宋入元的歌者口中。接著對〈唱論〉中無人曾解的兩句「南人不曲，北人不歌」，提出創發性的見解，他認爲「南人」指唱「南曲戲文」者，不會唱「字眞、句篤、依腔、貼調」的「北曲」樂府之曲；「北人」則指北曲唱家不（會）唱有定腔，有「換頭」、有「合」的「南曲」。

有關北曲中的「定腔」，作者基本上持肯定態度，只是這些定腔並非全曲性的，而僅在某些個別字位上才有，尤其他認爲北曲律化小令中的定腔樂滙，就是歷來解者紛紛而難有定論的「務頭」。筆者認爲「務頭」乃指曲中必施俊語，必用美腔、必拘守四聲，且必有一定位置者❼，蓋因務頭必有一定位置，故務頭必是定腔，唯洛先生表示「不同的曲牌可以使用著相同的定腔樂滙」，如此說來，定腔樂滙有其普遍性，並非該支曲牌最爲悅耳動聽之處，且定腔所在之處未必恰是該曲施俊語處，故定腔未必是務頭。

第三章「換頭與套」

作者析分詞調之體式，對「慢」與「換頭」作詳盡的解說，並指出南曲的二言用韻換頭現象，其結構原本近於詞，且一支曲牌不論有幾個換頭，仍是一支曲牌，足見南曲的文體以曲爲單位。接著作者剖析北曲套數的組合內涵與規律，並指出首曲對北套之命名、宮調、用韻與節奏具有主導作用，間亦述及詞

❼ 有關歷代「務頭」之詮釋，可參拙著《近代曲學二家研究——吳梅、王季烈》頁二八八～二九三，一九九二年，臺灣學生書局。

曲中拍、板、眼的種類與用法。

至於一般所謂南曲乃至傳奇的「套」，作者認爲無此必要。蓋因南曲曲牌之體式、句式、句內步節皆相當穩定、明確，無論曲破諸段子、唱賺、纏達、北套及南北合套之北曲等一入南戲，皆一一曲牌化，句式一一定格化，「套」之結構隨之瓦解；況且每支曲牌可由場上不同人物分唱、接唱或插入唸白，每齣非僅押一韻僅用一個宮調，因而若欲以北套觀念強施之於南套，終不免削足適履，窒礙難行。

第四章「論宮調及其演化」

洛先生對明代曲家所謂「北有宮調」提出質疑，首先他將唐二十八調、宋所載宮調、諸宮調、唱論十七宮調、《中原音韻》十二宮調、《輟耕錄》九宮調，以及明人所稱五宮四調等作一排列總表，而後發現元曲宮調之數目無定。一般論者說元曲宮調雖有十七，「但實際使用時，不需要這麼多」，作者認爲這是輕率之強飾語，他實事求是地將被删減的調考覈它們的關係，發現大都是不同的調，怎會「不需要」？且合併得殊欠條理。其次，再根據今存元劇曲、散曲作品及元文籍中所標「宮調」，發現其中曲牌重出於兩個宮調以上者占百分之六十，作者還運用統計學縝密地作出簡表，說明各宮調之間曲牌穿插出入的現象極爲嚴重。一般接觸元曲者都能覺察其曲牌宮調之歸屬大都無定，只是作者表示「也許不是都像我這麼傻，一個一個地去數」，這種嚴謹務實的治學精神令人感佩。尤其洛先生深諳中西樂理，他認爲若元曲的「宮調」實指音樂中的調高、調式，則元劇必有頗多四套調式全用「宮」音，且四套之調高竟多是罕見的半音連接或減四度連接，至於最常見而通順的同一調高之不同調式間的連接，卻反而是占最少的，如此音樂處理方式，作者認爲「無論古今中外，絕無這種需要和可能。」

秉持乾嘉的樸學作風，洛先生決定揄開元曲「宮調」這層迷幕。由於本身對諸宮調研究有著深厚的素養，他發現諸宮調的用韻，冒看一下雖很雜亂，而在實質上，恰恰是解開「宮調」之謎的樞紐。首先，他以《董西廂》爲例，說明㈠異曲換韻，必兩標宮調名；㈡異曲同韻，則不標宮調名；㈢同曲同韻，不再標宮調名；㈣同曲異韻，必再標宮調名，由此反覆推勘論證，終於得出結論：換韻必標宮調名，不換韻必不標宮調名。以此檢視《劉知遠》殘本四卷八十五支曲牌前七十九處標「宮調」，及《董西廂》八卷三百一十三支曲牌前一百九十三處標宮調，竟無一例外，足見宮調之意義只在（提示用）韻，就「套」而言，宮調只在首曲——以其「韻」統領其後同韻的諸曲牌。而這段精彩的論證，正可解開上述元曲宮調之疑團，爲元曲宮調作嶄新而有力的詮釋。只是作者全然否定〈唱論〉之宮調聲情說，似還可商榷。

第五章「今北曲的用調」

作者體察現今崑曲中的北曲，在用調上有其特色與創造，如北曲因遍用七調，其上字調（相當於二十八調的「高宮均」，在宋代已消失許久）之降si音明顯突出，因而造成奇異的美聽效果；又北曲常運用二度或四（五）度的「反調」手法，使原基腔的音列發生變化，旋律、調式產生差異，從而出現唱中的轉調效果，呈顯出特殊的樂趣，這在我國民族的唱中是很少見的。末尾更以譜例分析北套首曲〔點絳唇〕不論在文體上、樂體上、具體腔句結構及唱腔旋律上，皆是北曲諸套基本「骨骼」。凡此皆可看出作者之發見，惜此章篇幅略少，未盡發揮。

本書末尾附有「《唐二十八調擬解》提要」，作者自「弱冠習樂，即陷入宮調迷宮，四十餘年冥思苦索，未得要領；至白頭待槁，回首舊途，忽見蹊徑，乃有《唐二十八調擬解》書稿之舉。」積數十年功力所成，見解自是不凡。過去四十年，他與絕大多數研究二十八調者同樣花絕大部分精力在「律率」、「角調」及「調名源流」上兜圈子，而今回首審視唐時文籍，乃恍然直以唐・段安節《樂府雜錄》爲根本素材，作平實而深心的研究，終於廓清宋人諸多謬說，如「閏角調」之糾葛，以及誤將唐二十八調視作八十四調之從屬與派生等。

他指出二十八調之關要在「輪轉」，即今所謂轉調。對《樂府雜錄》所述「雖云呂調七運如車輪轉卻中呂一運聲也」、「上平聲犯下平聲犯下聲爲徵聲」、「商角同用；宮逐羽」等一般視爲玄奧的樂理，作者皆有專業而詳盡之闡說。尤其針對過去習以二十八調爲「琵琶調」之誤說，作者就典籍史料旁徵博引，並以七「均」十一「音聲」之樂理，反覆證明二十八調在管；近有研究燕樂「一宮四調」與拜占庭「正格四調」相同，而拜占庭記譜法與燕樂半字譜之「管色譜」亦頗近似者❽，益可補證作者之說。最後作者總評宋、元、明向對二十八調產生誤解，迨至清代笛調確立，乃從實際出發，以「均」（筒音聲）爲調而廢調式觀，倒反而比元明之「南北宮調」要與唐二十八調接近得多。

值得一提的是，洛先生在上編論曲牌以腔句爲基本單位時，提及明代曲壇有名的「湯沈之爭」，他跳開一般只著眼於「形式」（曲律）與「內容」（曲意）之爭的論評，而將焦點指向腔句與曲牌之內在矛盾，即湯顯祖並非不律，他律的是句字，而沈璟律的則是曲牌（與宮調）。此說確有獨見，也爲治曲者提供另一個思索的空間。至於作者在書中反覆強調的一個觀念是，律化的詞與曲，其製譜方式皆是「以文化樂」，即依字行腔一種而已，筆者認爲此說誠有待商

---

❽ 詳參何蒼伶〈燕樂二十八調之謎〉，一九八七年，人民音樂出版社。

權。

首先，洛先生表示旋律穩定、確定者，必屬「以樂傳辭」類，其文體之句數、句式、平仄均不必講究格律（見該書頁二五五）。筆者認爲旋律確定，即有定腔者，若爲一般民間歌謠小調如〈四季歌〉、〈五更轉〉、〈藍花花〉……或一般山歌對唱等，因其旋律通俗而易於上口，歌者文藝素養不高，唱時自可任意將所欲唱之歌詞塞填入既有而固定的旋律中，這類情形當然不用考慮文體之句式、平仄等是否合乎格律，甚至連句數都毋需考慮是否整齊，只要唱辭能湊得上節拍旋律即可。但律詞是經過文人加工潤飾提煉的精緻文藝，它的音樂美聽，文學程度高，爲搭配固定的詞調，而有固定的句數、句式、平仄及押韻，這種「倚聲塡詞」方式是相當精雕細琢的，比之民間歌謠之隨意湊拍泂味迥異，有時爲了合乎某一定腔的音義效果，作者往往得字斟句酌，推敲多時，如宋代張炎《詞源》卷下〈音譜〉即云：

> 先人曉暢音律，有《寄閒集》，旁綴音譜，刊行於世。每作一詞，必使

> 歌者按之。稍有不協，隨即改正。……又作〈惜花春起早〉云：「瑣窗深」，深字意不協，改爲幽字，又不協，再改爲明字，歌之始協。此三字皆平聲，胡爲如是？蓋五音有唇、齒、喉、舌、鼻，所以有輕清、重濁之分。故平聲字可爲上、入者，此也。

此段明白指出「深」、「幽」、「明」三字雖皆爲平聲，但清濁有別，此處用陰平不協，改爲陽平之「明」字，而後「歌之始協」。北宋音樂理論家沈括曾云：「唐人塡曲，多詠其曲名，所以哀樂與聲，尚相諧會。今人則不復知有聲矣！哀聲而歌樂詞，樂聲而歌怨詞，故語雖切而不能感動人情，由聲與意不相諧故也。」（《夢溪筆談》卷五〈樂律〉）足見詞調原本就有哀樂固定之聲情與旋律，且南宋初程大昌亦提及「〔六州歌頭〕，本鼓吹曲也。近世好事者倚其聲爲弔古詞，音調悲壯，又以古興亡事實文之。聞其歌，使人慷慨，良不與艷詞同科，誠可喜也。」（《詞林紀事》卷九引《演繁露》）律詞既是倚聲之學，則除某些自度曲屬「依字行腔」之外，其旋律固定而字句格律又頗費推敲自不待言。

即便到了元曲，律化的精緻小品——小令出現，曲家對於其中某些定腔的字句平仄仍是相當重視，如周德清在《中原音韻·後序》裡特別提及歌姬唱〔四塊玉〕「彩扇歌，青樓飲」句時，羅宗信認爲「青」字用陰平不合律，蓋此字字格「必揚其音，而『青』字乃抑之，非也。」其友瑣非復初乃驅紅袖改用陽平「纏」字，唱作「買笑金，纏頭錦」，方才合律依腔，德清大爲嘆賞曰：「予作樂府三十年，未有如今日之遇宗信知某曲之非，復初知某曲之是也。」又如曲最重收尾，〔清江引〕末句爲七言句，其最末三字按曲文配腔格律宜作「平去上」，張可久〈采石江上〉末句即用「一聲杜鵑春事了」，合律而佳；不意有人曾用「拍拍滿懷都是春」作末句，辭固清爽，然一付歌喉竟成「都是蠢」，致甚遭譏誚。由此可見律化之詞、曲，既爲我國韻文學之範型，其配樂情形固有高文化之「依字行腔」，亦有甚工推敲之「倚聲塡詞」方式並行其間，從而織就出文律俱美之韻文佳構。

其次，作者對近數十年來流行於曲界的「主腔」（即作者所謂「定腔樂匯」）說及「每支曲牌都有自己的曲式、調式和調性以及本曲的情趣」（《中國大百科全書・戲曲曲藝卷》）等說法，均持否定態度。事實上，每支曲牌各有它的性質與聲情，自魏良輔以來曲界即有此共識，如《南詞引正》之：「唱曲俱要唱出各樣曲名理趣，宋元人自有體式。」接著舉例說明：〔玉芙蓉〕等須馳騁，〔針線箱〕等要規矩，〔二郎神〕等要悠揚，〔撲燈蛾〕等為急曲，可說是各有情致。而吳梅《南北詞簡譜》在剖析曲牌體式與唱法時，亦每每標誌其聲情，如正宮〔錦纏道〕「音調至為悲壯，宜施諸老生正末之口」，仙呂〔番鼓兒〕「此調專用淨丑口吻，係快板曲，萬不可用詞藻。」商調〔二郎神〕則「以低腔做美，凡細膩言情之戲，皆宜倚此調，南詞中最耐唱耐聽者也。」至於主腔之說，北曲套性強，主腔再現次數多，如《長生殿・絮閣》與《義妖記・水門》所同用之南北合套，稍一聆聽即能分辨出為某支曲牌，足見其主腔鮮明度頗高。洛先生亦承認北曲有定腔樂滙，且舉〔點絳唇〕以明之❾，而南曲則誠如先生所言，

❾ 洛先生書中頁二〇四～二〇五列〔點絳唇〕首句共十一例，其定腔格式，第三字（sol）比第四字（Re）高，按北曲字音陽平聲原比陰平聲高，唯洛先生將「字」與「腔」不合之處標出，恰與北曲字腔格律相反。

經魏氏水磨釐整字腔後，其曲牌之主旋律較難呈現，然其間如〔朝元歌〕、〔山坡羊〕、〔祝英臺近〕等，細聆其旋律之鋪排，依然可見若干主腔反覆出現之規律，爲更切合譜腔之實際，目今率以「框架腔」詮釋之⑩。況且文辭與音樂之結合，我國自古早就存在著「倚聲塡詞」（作者稱「以樂傳辭」）和「因詞製樂」（作者稱「以文化樂」）兩種方式。傳統詞樂及曲唱（尤其是崑曲），經無數文人、樂工、伶家的不斷錘鍊，累積數百年的智慧與心血，融鑄上述兩種方式，其文辭與音樂之結合程度，原較一般俗樂複雜而精緻，尤其崑曲之譜曲法又稱「製譜」，俗謂「打譜」，即譜曲者先將曲文內容與情境瞭然於胸中，再按曲詞之四聲陰陽酌配工尺，並顧及曲牌本身的主腔旋律，多方面調整加工的結果，使原曲牌之主要旋律與新曲詞緊密結合，唱演者只要按譜而歌，就能達到字正腔

⑩「主腔」之說，由近代曲家王季烈開啓端緒，而後由其哲嗣王守泰結合十餘位傳統曲樂專家，於一九九四年撰成《崑曲曲牌及套數範例集》（上海文藝出版社），將主腔由原先的「線型論」改用「框架論」來詮釋，顯得涵蓋較廣且較靈動。

圓、表情達意的效果。因而洛先生堅持律化之詞曲在敷唱時，僅採「以文化樂」一種方式而已，似有待商榷。

綜觀洛先生《詞樂曲唱》一書，自成體系，獨見迭出，觀點鮮明。秉持一份發皇絕學的使命感，對傳統詞曲投下既深且廣的關注與鑽研。南宋遺民張炎作《詞源》時，「嗟古音之寥寥，慮雅詞之落落」，明末馮夢龍見當時曲壇一片失宮舛律，故爲王驥德《曲律》作序時，懍然提出：「律設，而天下始知度曲之難；天下知度曲之難，而後之蕪詞可以勿製，前之哇奏可以勿傳。懸完譜以俟當代之眞才，庶有興者！……濫於曲而譜概之，濫於借口譜之曲而律概之，其揆一也。」我想洛先生撰作此書時，當與張、馮二君有著相同的感慨與寄望。尤其書中所論，每能結合實際，非但有助於譜曲能力之提昇，亦可針砭唱演之時弊，兼具學術價值與應用價值。至於書中或可商榷處，詹慕陶在爲作者《戲曲與浙江》作序時曾言：「任何一種嚴肅的學術思索，總是滲透著著述者的心血，不管你同意不同意他的結論，其思索的獨見能予人們啓迪，以致能聯想到許多問題。」作者亦曾表示：「一個創造性的謬誤，勝過一百個重覆的眞理。」

（《洛地文集·自序》）他「努力探索，自我作祖，不避失誤」的治學態度，的確值得學習與深思。

（原載《書目季刊》第卅五卷二期，二〇〇一年九月）

國家圖書館出版品預行編目資料

曲學探賾

蔡孟珍著. – 初版. – 臺北市：臺灣學生，2003 [民 92]
面；公分

ISBN 957-15-1166-8 (精裝)
ISBN 957-15-1167-6 (平裝)

1.中國戲曲 – 論文，講詞等

824 91024640

曲學探賾（全一冊）

著作者：蔡孟珍
出版者：臺灣學生書局
發行人：孫善治
發行所：臺灣學生書局
臺北市和平東路一段一九八號
郵政劃撥戶：〇〇〇二四六六八號
電話：(〇二)二三六三四一五六
傳真：(〇二)二三六三六三三四
E-mail:student.book@msa.hinet.net
http://studentbook.web66.com.tw

本書局登記證字號：行政院新聞局局版北市業字第玖捌壹號

印刷所：宏輝彩色印刷公司
中和市永和路三六三巷四二號
電話：二二二六八八五三

定價：精裝新臺幣四七〇元
平裝新臺幣四〇〇元

西元二〇〇三年一月初版

82405

ISBN 957-15-1166-8 (精裝)
ISBN 957-15-1167-6 (平裝)